Na CORDA B

"Um retrato original e fiel do que é ser uma mulher negra nos dias de hoje."
– LENA WAITHE, roteirista, produtora e atriz norte-americana

"Uma história provocativa sobre aspectos do nosso dia a dia: culpa branca, vaidade e a dinâmica desigual entre empregadas domésticas e seus patrões."
– THE TIMES

"Arrebatador, complexo, cativante e, acima de tudo, verdadeiro. Uma leitura maravilhosa, séria e, devo dizer, divertida."
– PAUL HARDING, autor de *A restauração das horas*

"Kiley Reid mostra que, no mundo em que vivemos, quase sempre as intenções não correspondem aos atos, as expectativas não correspondem às suas consequências, e é possível que alguém queira fazer uma boa ação e acabe provocando algo bem ruim."
– CHLOE BENJAMIN, autora de *Os imortalistas*

"O romance de estreia de Kiley Reid é deliciosamente desconcertante. Você não vai conseguir largar este livro, que é como uma comida boa e quentinha que fatalmente vai causar certa azia."
– VOGUE

"Uma trama fascinante, real e costurada com perfeição."
– WASHINGTON POST

"Repleto de traições, reviravoltas e relacionamentos complicados, *Na corda bamba* é permeado de discussões sobre preconceito racial e divisão de classes – e todos os heróis imperfeitos desta história possuem sentimentos muito verdadeiros."
– *Entertainment Weekly*

"Alguns vão achar graça, outros vão ficar incomodados por se identificarem tanto, mas todos precisam ler este livro complexo e arrebatador."
– NPR

"*Na corda bamba* marca a chegada de uma nova voz corajosa que conta uma história carregada de preconceitos raciais, mas também de uma forte convicção de que essas feridas até hoje abertas podem ser curadas com esperança e compreensão."
– Paperback Paris

Título original: *Such a Fun Age*
Copyright © 2019 por Kiley Reid Inc.
Copyright da tradução © 2020 por Editora Arqueiro Ltda.

Todos os direitos reservados. Nenhuma parte deste livro pode ser utilizada ou reproduzida sob quaisquer meios existentes sem autorização por escrito dos editores.

tradução: Roberta Clapp
preparo de originais: Juliana Souza
leitura sensível: Rane Souza
revisão: Rayana Faria e Suelen Lopes
diagramação e capa: Natali Nabekura
ilustração de capa: aquarela de Mariana Sguilla
impressão e acabamento: Bartira Gráfica

CIP-BRASIL. CATALOGAÇÃO NA PUBLICAÇÃO
SINDICATO NACIONAL DOS EDITORES DE LIVROS, RJ

R284n   Reid, Kiley
          Na corda bamba / Kiley Reid; tradução de Roberta Clapp.
       São Paulo: Arqueiro, 2020.
          320 p.; 16 x 23 cm.

          Tradução de: Such a fun age
          ISBN 978-65-5565-027-3

          1. Ficção americana. I. Clapp, Roberta. II. Título.

20-66102   CDD: 813
                                                     CDU: 82-3(73)

Todos os direitos reservados, no Brasil, por
Editora Arqueiro Ltda.
Rua Funchal, 538 – conjuntos 52 e 54 – Vila Olímpia
04551-060 – São Paulo – SP
Tel.: (11) 3868-4492 – Fax: (11) 3862-5818
E-mail: atendimento@editoraarqueiro.com.br
www.editoraarqueiro.com.br

Para Patricia Adeline Olivier

"Eu não compro coisas para eles sem motivo. Nós sempre esperamos os aniversários. Mesmo que a coisa seja um sorvete. Tipo, [minha filha] tem que fazer por merecer. Ontem a gente prometeu para ela um sorvete, mas ela se comportou muito mal. E eu disse: 'Sinto muito, o sorvete é só para meninas que sabem se comportar. E hoje você não se comportou. Quem sabe amanhã?'"

– RACHEL SHERMAN, *Uneasy Street: The Anxieties of Affluence*

PARTE UM

Um

Naquela noite, quando a Sra. Chamberlain ligou, Emira a princípio só entendeu algo como "levar a Briar sei lá onde" e "te pago o dobro".

Em um apartamento cheio de gente, com alguém gritando "Essa é a minha música!", Emira estava ao lado de suas amigas Zara, Josefa e Shaunie. Era um sábado à noite de setembro e faltava pouco mais de uma hora para que o dia do 26º aniversário de Shaunie chegasse ao fim. Emira aumentou o volume da ligação e pediu que a Sra. Chamberlain repetisse o que dissera.

– Por acaso tem alguma chance de você ir no mercado com a Briar rapidinho? – quis saber a Sra. Chamberlain. – Desculpa te ligar a essa hora. Sei que tá tarde.

Era quase impensável que o serviço de babá de Emira, realizado durante o dia (envolvendo roupinhas caras, brinquedos de encaixar coloridos, lenços umedecidos e pratinhos com divisórias), pudesse se misturar com sua noite (música alta, vestidos colados ao corpo, delineador labial e copos descartáveis). Mas lá estava a Sra. Chamberlain, às 22h51, torcendo para que Emira dissesse "sim". Sob o efeito de dois drinques fortes, a interseção entre essas duas realidades quase parecia engraçada, mas se tinha uma coisa sem a menor graça era o saldo da conta bancária de Emira: 79,16 dólares. Depois de uma noite com pratos principais de 20 dólares, shots comemorativos e presentes coletivos para a aniversariante, seria bom para Emira Tucker poder contar com aquele dinheiro.

– Só um minuto – respondeu Emira. Então colocou o copo que segurava em uma mesinha de centro baixa e enfiou o dedo no ouvido. – Você quer que eu leve a Briar no mercado agora?

Do outro lado da mesa, Shaunie apoiou a cabeça no ombro de Josefa e balbuciou:

– Isso significa que agora eu sou velha? Vinte e seis anos é considerado velha?

Josefa a empurrou para o lado e falou:

– Não começa, Shaunie.

Ao lado de Emira, Zara ajeitou a alça do sutiã. Ela fez uma cara de asco para Emira e perguntou, mexendo a boca sem emitir som:

– É a sua chefe?

– O Peter, sem querer… A gente teve um incidente aqui, uma janela acabou quebrando… e… Eu só preciso tirar a Briar de casa. – A Sra. Chamberlain estava calma e articulava as palavras de um jeito estranho, como se estivesse ajudando alguém a dar à luz, dizendo: "Muito bem, mãe, chegou a hora de empurrar o bebê." – Desculpa mesmo te ligar tão tarde – disse ela. – Eu só não quero que ela veja a polícia aqui.

– Eita, caramba. Tá bem, mas… Sra. Chamberlain?

Emira se sentou na beira de um sofá. Duas garotas começaram a dançar ao lado dela. A porta da frente do apartamento de Shaunie se abriu à esquerda de Emira e quatro rapazes entraram gritando: "Uhuuuuul!"

– Meu Deus – falou Zara. – Esses daí tão querendo mesmo aparecer.

– Eu não tô exatamente com cara de babá nesse momento – avisou Emira ao telefone. – Estou no aniversário de uma amiga.

– Ah, caramba. Me desculpa. Então não precisa…

– Não, não, tudo bem – interrompeu Emira. – Eu posso ir. Só tem uma coisa: eu estou de salto alto e tomei… um ou dois drinques. Tudo bem por você?

Emira ouviu o choro da pequena Catherine, a caçula de 5 meses.

– Peter, você pode dar uma olhada nela? – pediu a Sra. Chamberlain. E depois, voltando à ligação: – Emira, eu não me importo com sua roupa. Eu pago seu Uber até aqui e depois outro pra você voltar pra casa.

Emira enfiou o celular numa pequena divisória de sua bolsa transpassada, certificando-se de que todos os seus pertences estivessem ali. Quando se levantou e comunicou sua partida antecipada para as amigas, Josefa disse:

– Você tá indo embora pra *tomar conta de criança*? Você só pode tá de sacanagem.

– Gente... olha só. Ninguém precisa tomar conta de mim – informou Shaunie ao grupo.

Um dos olhos dela estava aberto, e o outro se esforçava muito para fazer o mesmo.

Josefa ainda não tinha feito todas as perguntas que queria.

– Que tipo de mãe chama uma babá a essa hora da noite?

Emira não estava a fim de entrar em detalhes:

– Eu preciso da grana – explicou. Ela sabia que era altamente improvável, mas acrescentou: – Volto quando acabar lá.

Zara a cutucou e disse:

– Eu vou contigo.

Emira pensou: "Ai, graças a Deus." Em voz alta, falou:

– Tá bem, beleza.

As duas garotas terminaram suas bebidas em um único gole, enquanto Josefa estava de braços cruzados.

– Eu não tô acreditando que vocês vão embora da festa da Shaunie agora.

Emira respirou fundo, levantando um pouco os ombros e baixando-os em seguida.

– Acho que até a Shaunie já tá indo embora da própria festa – comentou Emira, enquanto a aniversariante se arrastava pelo chão e anunciava que ia tirar uma soneca.

Emira e Zara desceram as escadas. Enquanto esperavam por um Uber do lado de fora, em uma calçada pouco iluminada, Emira fez as contas de cabeça. "Dezesseis vezes dois... mais o dinheiro do Uber... Porra, ótimo."

Catherine ainda estava chorando quando Emira e Zara chegaram à casa dos Chamberlain. Ao subir os degraus da entrada, Emira viu um buraco pequeno e irregular no vidro da janela da frente, de onde pingava um líquido transparente e viscoso. No patamar, a Sra. Chamberlain arrumava o cabelo loiro e brilhante de Briar, penteando-o para trás em um rabo de cavalo. Ela agradeceu a Emira, cumprimentou Zara do mesmo jeito de sempre ("Oi, Zara, que prazer revê-la") e depois disse a Briar:

– Você vai poder sair com as meninas mais velhas.

Briar pegou a mão de Emira.

– Tava na hora de dormir – falou ela –, agora não tá mais.

Elas desceram os degraus e, enquanto caminhavam por três quarteirões até o Market Depot, Briar não parou de elogiar os sapatos de Zara – uma óbvia, porém infrutífera, tentativa de experimentá-los.

O Market Depot vendia caldo de carne artesanal, manteigas trufadas, smoothies em um balcão que naquele momento estava fechado e vários tipos de castanhas a granel. O lugar era bem iluminado e estava vazio, e o único caixa aberto era para compras de até dez itens. Ao lado da seção de frutas secas, Zara, se equilibrando nos saltos e puxando o vestido para baixo, curvou o corpo para pegar uma caixa de uvas-passas com cobertura de iogurte.

– Quê? *Oito dólares*? – Ela imediatamente colocou a caixa de volta na prateleira e se aprumou. – Cacete. Esse mercado é de gente rica.

– Bem – disse Emira quase sem emitir som, segurando a criança no colo –, esse aqui é um bebê de gente rica.

– Quero isso. – Briar estendeu as mãos para as argolas cor de cobre que pendiam das orelhas de Zara.

Emira se aproximou.

– E como se fala?

– Por favor, Mira, eu quero, por favor.

Zara ficou boquiaberta.

– Como ela consegue falar sempre desse jeito rouco e fofo?

– Coloca as tranças pra lá – pediu Emira. – Não quero que ela acabe dando um puxão no seu cabelo.

Zara jogou suas longas tranças por cima de um dos ombros – várias delas eram loiras platinadas – e estendeu um dos brincos para Briar.

– Fim de semana que vem vou colocar *twists* com aquela conhecida do meu primo. Oi, Srta. Briar, pode pegar no meu cabelo.

O celular de Zara tocou. Ela o tirou da bolsa e começou a digitar, se balançando um pouco por conta dos pequenos puxões de Briar.

– Tá todo mundo lá ainda? – perguntou Emira.

– A-hã! – Zara inclinou a cabeça para trás. – A Shaunie acabou de vomitar numa planta e a Josefa tá puta da vida. Quanto tempo você vai ter que ficar aqui?

– Não sei. – Emira colocou Briar de volta no chão. – Mas a minha amiguinha aqui é capaz de passar horas olhando as castanhas, então não faço a menor ideia.

– Mira vai ficar rica, Mira vai ficar rica…

Zara saiu dançando até o corredor de comida congelada.

Emira e Briar foram atrás de Zara, enquanto ela colocava as mãos nos joelhos e se remexia num ritmo próprio, olhando seu reflexo nas portas do freezer, os rótulos dos potes de sorvete suavemente espelhados em suas coxas. O celular dela tocou de novo.

– Ai, meu Deus, eu dei meu número praquele cara na festa da Shaunie? – indagou, olhando para a tela. – Ele tá muito a fim de mim, fala sério.

– Você tá dançando. – Briar apontou para Zara. A menina colocou dois dedos na boca e continuou: – Você… você tá dançando e não tem música.

– Você quer música? – Zara começou a deslizar o polegar pela tela. – Vou colocar uma, mas você tem que dançar também.

– Nada com conteúdo explícito, por favor – pediu Emira. – Eu vou ser demitida se ela repetir isso em casa depois.

– Deixa comigo, deixa comigo – falou Zara, fazendo um sinal de que estava tudo certo.

Segundos depois, a música começou num rompante. Zara ficou sem graça, disse "Opa" e baixou o volume. O som do sintetizador preencheu o corredor e, assim que surgiu a voz de Whitney Houston, Zara começou a remexer os quadris. Briar saltitou dando chutinhos para a frente, um pé de cada vez, agarrando os próprios cotovelos brancos e macios, e Emira se recostou na porta do freezer, as caixas de linguiças congeladas para café da manhã e de waffles brilhando atrás dela.

Briar Chamberlain não era uma criança boba. Balões nunca chamavam a atenção da menina, e ela ficava mais preocupada do que animada quando palhaços se jogavam no chão ou botavam fogo na ponta dos próprios dedos. Briar era bastante tímida, e, em festas de aniversário e nas aulas de balé, quando a música tocava ou os mágicos pediam aos gritos que as crianças participassem, ela geralmente se virava nervosa para Emira, seus olhos azuis questionando: "Eu tenho mesmo que fazer isso? Isso é realmente necessário?" Portanto, quando Briar se juntou a Zara sem qualquer resistência, se balançando ao som daquele hit dos anos 1980, Emira ficou ali parada, como costumava fazer, servindo de porto seguro para Briar. Sempre que a menina chegava ao seu limite, Emira queria que ela soubesse que podia parar, mesmo o momento sendo fofo demais. Por um instante, uma Emira de 25 anos estava recebendo 32 dólares por hora para dançar em um mercado junto com sua melhor amiga e sua pessoinha favorita.

Zara parecia tão surpresa quanto Emira.

– Opa! – disse ela quando Briar começou a dançar com ainda mais vontade. – Isso aí, lindinha, muito bem.

Briar olhou para Emira e falou:

– Agora você também, Mira.

Emira se juntou a elas enquanto Zara cantava o refrão: "*I wanna feel the heat with somebody.*" Ela girou Briar e a abraçou por trás quando uma pessoa entrou no corredor. Emira ficou aliviada ao ver uma mulher de meia-idade, com cabelos grisalhos curtos, usando legging e uma camiseta de corrida. Ela tinha cara de quem com certeza já havia dançado com uma criança em algum momento da vida, então Emira continuou. A mulher colocou um pote de sorvete em sua cesta e sorriu para o trio dançando.

– Você dança igual à mamãe! – gritou Briar.

Quando começou a tocar o último trecho da música, um carrinho entrou no corredor, empurrado por alguém bem alto. Ele estava com uma camiseta da Universidade da Pensilvânia, e seus olhos eram sonolentos e fofos, mas Emira estava muito envolvida na coreografia para conseguir parar de dançar e agir naturalmente, como se não tivesse sido completamente afetada por sua presença. Ela continuou se remexendo, fazendo o passinho *dougie*, e pegou as bananas do carrinho dele no momento em que o rapaz passou ao seu lado. Quando ele apanhou um mix de vegetais no freezer, ela fez um gesto, como se limpasse com a ponta dos dedos uma poeira imaginária dos ombros, para demonstrar que não se importava com a opinião de ninguém. Quando Zara disse a Briar que fizesse uma reverência para receber os aplausos, o rapaz bateu quatro palmas discretas na direção delas antes de deixar o corredor. Emira ajeitou a saia.

– Caramba, tô suando. – Zara se curvou para a frente. – Toca aqui! Isso aí, garota. Bom, pra mim já deu.

– Você já vai? – perguntou Emira.

Zara estava de volta ao celular, digitando freneticamente.

– Acho que alguém vai se dar bem hoje.

Emira jogou os longos cabelos negros por cima de um dos ombros.

– Amiga, faz o que você achar melhor, mas esse cara é *muito* branco.

Zara deu um empurrão nela.

– Emira, estamos em 2015! *Yes, we can!*

– A-hã.

– De qualquer forma, obrigada pelo passeio de Uber. Tchau, mana.

Zara fez um carinho na cabeça de Briar antes de dar meia-volta e sair. Conforme seguia para a frente da loja, com seus saltos fazendo *toc-toc*, o Market Depot de repente pareceu muito branco e silencioso.

Briar não percebeu que Zara estava indo embora até que ela já tinha saído de seu campo de visão.

– Sua amiga – disse ela, e apontou para um espaço vazio.

Os dois dentes da frente da menina pressionavam o lábio inferior.

– Ela precisa dormir – explicou Emira. – Quer ir lá ver as castanhas?

– Tá na minha hora de dormir. – Briar segurou a mão de Emira e deu um pulinho para a frente no chão de ladrilho reluzente. – A gente vai dormir no mercado?

– Não, não. Vamos ficar aqui só mais um pouquinho.

– Eu quero... Eu quero cheirar o chá.

Briar vivia preocupada com a ordem dos acontecimentos, com o que ainda estava por vir, então com calma Emira começou a explicar para ela que as duas podiam primeiro ver as castanhas e depois cheirar o chá. Mas, assim que ela começou a falar, uma voz a interrompeu:

– Com licença, senhora.

Em seguida, Emira ouviu passos e, quando se virou, um distintivo dourado reluziu diante dela. Na parte de cima, lia-se *Segurança Pública*. Na de baixo, *Filadélfia*.

Briar apontou para o rosto do homem.

– Esse moço – começou a menina – *não é* o carteiro.

Emira engoliu em seco e falou:

– Ah, oi.

O homem parou na frente dela e apoiou os polegares nos ilhós do cinto, mas não disse oi de volta.

Emira mexeu no cabelo e prosseguiu:

– Vocês estão fechando ou algo assim?

Emira sabia que o mercado ficaria aberto por mais 45 minutos. Aos finais de semana, sempre ficava aberto, limpo e abastecido até meia-noite. Mas ela queria que o homem visse como era capaz de responder. Por trás das costeletas escuras do guarda, na outra ponta do corredor, Emira viu um rosto. A mulher de cabelos grisalhos e aparência atlética, que parecia ter se sensibilizado com a dancinha de Briar, estava de braços cruzados. Sua cesta de compras, ao lado dos pés.

– Senhora – falou o guarda.

Emira olhou para sua boca grande e seus olhos pequenos. Ele parecia o tipo de pessoa que tem uma família enorme, daquelas que passa o feriado inteirinho junta, do início ao fim, e não o tipo de pessoa que usa a palavra "senhora" naturalmente.

– Está muito tarde pra alguém tão pequeno estar acordado – continuou ele. – É sua filha?

– Não. – Emira riu. – Sou a babá dela.

– Entendi. Bem, com todo o respeito, a senhora não está me parecendo uma babá no momento.

Emira contraiu os lábios, como se estivesse com dificuldade para engolir. Ela olhou para o seu reflexo ligeiramente distorcido na porta de um dos freezers e se observou por inteiro. Seu rosto – os lábios carnudos, o nariz pequeno e a testa alta coberta por uma franja preta – mal aparecia no reflexo. A saia preta, a blusa sensual com decote em V e o delineador se recusavam a tomar forma nos painéis de vidro grosso. Tudo o que ela conseguia ver era uma imagem muito escura e magra, e a parte superior de uma pequena mecha de cabelo loiro, que pertencia a Briar Chamberlain.

– Tá. – Emira respirou fundo. – Eu sou a babá da menina, e a mãe dela me ligou porque...

– Oi, com licença, eu só... Oi. – Do final do corredor, a mulher veio na direção dela e as solas muito gastas dos tênis chiaram contra o piso de ladrilhos. Ela colocou a mão no peito. – Eu sou mãe. E eu ouvi a menina dizer que não está com a mãe *dela* e, como já está muito tarde, fiquei um pouco nervosa.

Emira encarou a mulher e meio que riu. Embora lhe parecesse uma reação infantil, tudo o que ela conseguia pensar era: "É sério que você me caguetou?"

– O que... – Briar apontou para um dos lados do corredor. – O que tem atrás dessa porta?

– Então, mamãe. Vamos lá... – continuou Emira. – Eu sou a babá dela e a mãe dela me chamou porque eles tiveram uma emergência. Ela queria que eu tirasse a menina de casa. Eles moram a três quarteirões daqui. – Emira sentiu um nó se formar em sua garganta. – A gente só veio aqui olhar as castanhas. Bem, a gente não encostou nelas nem em mais nada. A gente só... só tá interessada nas castanhas agora, então... é isso.

Por um momento, as narinas do guarda alargaram. Ele balançou a cabeça, como se alguém tivesse lhe feito uma pergunta, e disse:

– Por acaso a senhora bebeu esta noite?

Emira fechou a boca e deu um passo para trás. A mulher ao lado dele estremeceu e então disse:

– Ai, meu Deus.

Emira avistou a seção de aves e carnes. Lá, o cliente que ela tinha visto pouco antes, com a camiseta da Universidade da Pensilvânia, estava de pé parado e atento à conversa dela com o guarda. De repente, além das insinuações maldosas, toda aquela interação parecia absolutamente humilhante, quando como alguém diz em voz alta que seu nome não está na lista de convidados.

– Olha, quer saber... tudo bem – disse ela. – A gente vai embora, então.

– Não, espera aí. – O guarda levantou a mão. – Eu não posso deixar você sair, temos uma criança envolvida.

– Mas no momento essa criança está sob os *meus* cuidados. – Emira riu de novo. – Eu sou a babá dela. Eu cuido dela todos os dias...

Essa parte era mentira, mas Emira quis dar a entender que a família havia cumprido toda a burocracia necessária para sua contratação e que aquilo provava seu vínculo com a criança em questão.

– Oi, princesa. – A mulher se curvou e pousou as mãos nos joelhos. – Você sabe onde está a sua mamãe?

– A mãe dela está em *casa*. – Emira bateu duas vezes na clavícula ao dizer: – Você pode falar *comigo*.

– Então você está dizendo – interveio o guarda – que uma mulher aleatória, a três quarteirões daqui, pediu que você tomasse conta da filha dela a essa hora da noite?

– Pelo amor de Deus, é óbvio que não. Não foi isso que eu disse. Eu sou a *babá* dela.

– Tinha outra garota aqui uns minutos atrás – contou a mulher ao guarda. – Acho que ela acabou de sair.

Emira não conseguiu disfarçar a expressão de choque. Aparentemente, toda a sua existência havia sido anulada. Emira sentiu vontade de levantar o braço, como se estivesse tentando achar uma amiga no meio de uma multidão, com o celular no ouvido e dizendo: "Tá me vendo? Tô sacudindo a mão!" A mulher balançou a cabeça.

– Elas estavam fazendo uma dança... Eu nem sei... Um pouco rebolativa demais, sabe? E eu pensei, bem, tem alguma coisa estranha ali.

– Aaah. – Emira subiu o tom de voz ao dizer: – Você tá falando sério?

Briar espirrou na perna dela.

O rapaz com a camiseta da Universidade da Pensilvânia surgiu no campo de visão de Emira. Ele posicionou o celular na altura do peito e começou a filmar.

– Meu Deus. – Emira protegeu o rosto com a mão, exibindo as unhas cobertas por um esmalte preto descascado, como se fosse aparecer acidentalmente em uma foto de grupo. – Você pode sair daqui?

– Eu acho que você vai querer um vídeo disso – disse ele. – Quer que eu chame a polícia?

Emira abaixou o braço e respondeu:

– Pra quê?

– Ei, mocinha. – O guarda se apoiou em um dos joelhos; sua voz denotava gentileza e experiência. – Quem é essa aqui?

– Bonequinha? – disse a mulher suavemente. – Ela é sua amiga?

Emira queria se abaixar e pegar Briar no colo, pois achava que, talvez, se Briar estivesse vendo seu rosto bem na sua frente, seria capaz de dizer seu nome, mas ela sabia que sua saia era absurdamente curta e agora havia um celular envolvido. De repente, parecia que seu destino estava nas mãos de uma criança que acreditava que brócolis eram árvores-bebês e que se esconder embaixo de um cobertor era uma maneira eficaz de não ser encontrada. Emira prendeu a respiração quando Briar enfiou os dedos na boca. Briar disse "Mira", e Emira pensou "graças a Deus".

Mas o guarda disse:

– O seu não, querida. O da sua amiga aqui. Qual o nome dela?

Briar gritou:

– Mira!

– Ela está dizendo o meu nome – falou Emira. – É Emira.

– Você pode soletrar pra mim? – pediu o guarda.

– Ei, ei, ei. – O rapaz atrás do celular tentou chamar a atenção de Emira. – Mesmo que eles peçam, você não tem que mostrar sua identidade. É o que diz a legislação da Pensilvânia.

– Eu conheço os meus direitos, cara – falou Emira.

– Senhor? – O guarda se empertigou e se virou para o rapaz. – O senhor não tem o direito de interferir em um crime.

– Peraí, peraí, um *crime*?! – Emira sentiu como se estivesse em queda livre. Todo o sangue em seu corpo parecia estar zumbindo, pulsando com força na altura dos ouvidos e dos olhos. Ela se abaixou para pegar Briar no colo, afastou os pés para se equilibrar e jogou os cabelos para trás. – Que crime está sendo cometido aqui? Eu estou *trabalhando*. Nesse momento, estou ganhando dinheiro e aposto que estou ganhando mais do que você. A gente só veio aqui pra ver as castanhas, então pode me dizer logo se vamos ser presas ou se podemos ir agora?

Enquanto falava, Emira tapava os ouvidos da criança. Briar enfiou a mão no decote da blusa dela.

A linguaruda levou a mão à boca novamente. Desta vez, dizendo:
– Ai, meu deus, minha nossa senhora.

– Está bem. – O guarda estufou o peito para que sua postura se equiparasse à dela. – A senhora vai ser detida e interrogada porque a segurança de uma criança está em risco. Por favor, coloque a criança no chão...

– Olha só, quer saber? – O tornozelo esquerdo de Emira vacilou quando ela pegou o celular dentro da bolsa minúscula. – Eu vou ligar pro pai dela e ele vai vir até aqui. Ele é um cara velho e branco, então tenho certeza que todo mundo vai se sentir bem melhor.

– Senhora, eu preciso que a senhora se acalme. – Com a palma das mãos voltadas para Emira, o guarda voltou a olhar para Briar. – Ok, querida, quantos anos você tem?

Emira digitou as primeiras quatro letras de "Peter Chamberlain" e clicou no número de telefone dele, iluminado na tela por uma luz azul. Segurando a mão de Briar, ela sentiu a pulsação de seu coração se acelerar sob a pele.

– Quantos anos você tem, querida? – perguntou a mulher. – Dois? Três? – Ela se virou para o guarda e disse: – Ela parece ter uns 2 anos.

– Deus do céu, ela tem quase 3 – murmurou Emira.

– Senhora? – O guarda apontou o dedo para o rosto dela. – *Eu estou falando com a criança.*

– Ah, sim. Porque é pra ela que você tem que perguntar. Bebê, olha pra mim. – Emira forçou um sorriso nos lábios e deu duas balançadinhas na criança. – Quantos aninhos você tem?

– Um dois três quatro cinco!

– Quantos anos eu tenho?

– Feliz aniversário!

Emira olhou de volta para o guarda e disse:

– Tá satisfeito? – No celular, os toques cessaram. – Sr. Chamberlain? – Ela ouviu um clique ao telefone, mas nenhuma voz. – É a Emira. Alô? Tá me ouvindo?

– Eu gostaria de falar com o pai dela.

O guarda estendeu a mão para pegar o celular.

– Que porra é essa? Tira a mão de mim!

Emira virou o corpo. Briar arfou com esse movimento. Ela segurava o cabelo preto e sintético de Emira junto ao peito, como se os fios fossem contas de um rosário.

– É melhor você não encostar nela, cara – alertou o rapaz com a camiseta da Universidade da Pensilvânia. – Ela não está resistindo. Está ligando pro pai da criança.

– Senhora, estou pedindo gentilmente que me entregue o telefone.

– Cara, se liga, você não pode pegar o celular dela.

O guarda se virou para o homem com a mão estendida e gritou:

– Se afaste, senhor!

Com o celular pressionando o rosto e as mãos de Briar mergulhadas em seu cabelo, Emira gritou:

– Você nem é polícia de verdade, então se afasta você, meu filho!

Foi quando ela viu a expressão no rosto dele mudar. Seus olhos disseram "Agora eu entendi. Sei muito bem que tipo de gente você é", e Emira mal conseguiu respirar no momento em que ele começou a pedir reforços.

Emira ouviu a voz do Sr. Chamberlain vindo de seu celular.

– Emira? Alô?

– Sr. Chamberlain? O senhor pode vir ao Market Depot? – No mesmo estado de pânico contido em que sua noite havia começado, ela falou: – Porque eles estão achando que eu roubei a Briar. O senhor pode vir logo, por favor?

Ele balbuciou algo entre "O quê" ou "Meu Deus" e então disse:

– Estou indo agora mesmo.

Emira nunca imaginaria que as acaloradas acusações fossem dar lugar ao silêncio que se seguiu. Os cinco ficaram parados, parecendo mais irritados do que convencidos de que estavam certos, enquanto esperavam para ver quem sairia vencedor. Emira mantinha os olhos cravados no chão, então Briar começou a brincar com os fios de cabelo que caíam sobre os ombros de Emira.

– Parece o cabelo do meu cavalo – disse Briar.

Emira balançou a menina, ainda em seu colo, e falou:

– A-hã. Foi muito caro, então por favor toma cuidado.

Finalmente, ela ouviu o som de uma porta automática deslizando. A passos rápidos, o Sr. Chamberlain surgiu do corredor de cereais. Briar apontou com um dedo e falou:

– É o papai.

As pequenas gotas de suor no nariz do Sr. Chamberlain indicavam que ele havia corrido até lá.

– O que está acontecendo aqui? – perguntou ele, colocando a mão no ombro de Emira.

Emira respondeu entregando a criança para ele. A mulher deu um passo para trás e disse:

– Ok, ótimo. Vou deixar vocês resolverem isso.

O guarda começou a se explicar e se retratar. Prestou reverência aos reforços quando eles chegaram.

Emira não esperou até que o Sr. Chamberlain terminasse seu discurso para os guardas sobre há quanto tempo frequentava aquela loja, sobre como eles não podiam deter pessoas sem um motivo razoável e sobre quanto era inapropriado questionar suas decisões como pai. Em vez disso, apenas cochichou para ele:

– Nos vemos amanhã.

– Emira – chamou ele. – Espera. Deixa eu te pagar.

Ela fez que não com as duas mãos.

– Eu recebo às sextas. Te vejo na sua festa de aniversário, Bri.

Mas Briar já estava cochilando no ombro do Sr. Chamberlain.

Do lado de fora, Emira virou a esquina correndo, na direção oposta à da casa dos Chamberlain. Ela parou diante de uma confeitaria fechada, com cupcakes na vitrine protegida por um portão de segurança. Emira ainda estava com as mãos tremendo enquanto fingia enviar uma mensagem para alguém pelo celular. Inspirando pelo nariz e expirando pela boca, passou os olhos por centenas de músicas. Ela remexeu o corpo e puxou a saia para baixo.

– Ei, ei, ei. – O rapaz com a camiseta da Universidade da Pensilvânia apareceu na esquina. Ele foi até ela e disse: – Você tá bem?

Desolada, Emira deu de ombros como se respondesse "Não faço ideia". Então mordeu a parte interna da bochecha enquanto segurava o celular junto à barriga.

– Cara, isso foi muito escroto – continuou ele. – Eu filmei tudo. Se eu fosse você, mandava isso pra algum canal de televisão e aí você pode…

– *Tsc*. Beeem… não – falou Emira. Ela afastou os cabelos do rosto. – De jeito nenhum, mas… obrigada mesmo assim.

Ele fez uma pausa e passou a língua pelos dentes da frente.

– Olha só, esse cara foi um babaca contigo. Você não quer que ele seja demitido?

Emira riu e disse:

– Pra quê? – Ela se ajeitou, equilibrando o peso do corpo nos saltos, e colocou o celular de volta na bolsa. – Pra ele conseguir outro emprego de merda desse em outro mercado e receber 9 dólares por hora? Fala sério. Não quero ninguém pesquisando meu nome no Google e me vendo bêbada, com uma criança que não é minha, numa merda de um mercado na Washington Square.

O rapaz respirou fundo e levantou uma das mãos em sinal de rendição. Debaixo do outro braço havia uma sacola de papel do Market Depot.

– Eu acho que… – Ele colocou a mão livre na cintura. – Na pior das hipóteses, você poderia conseguir um ano de produtos grátis.

– Ah, sim. Pra eu fazer um estoque de kombucha e essas merdas? Ele riu.

– Exatamente – respondeu o homem.

– Deixa eu ver esse vídeo. – Emira sacudiu o dedo médio enquanto estendia a palma da mão na direção dele. – Você precisa apagar isso.

– Tem certeza que quer fazer isso? – perguntou ele, com cuidado. – Estou falando sério. Sem dúvida alguém ia topar publicar seu relato num jornal ou algo assim.

– Eu não sou escritora – respondeu Emira. – E nem curto causar na internet, então deixa pra lá.

– Espera, me escuta. – Ele pegou o celular. – Isso é problema seu e eu vou apagar o vídeo com o maior prazer. Mas deixa eu te mandar por e-mail primeiro, caso você mude de ideia.

– Mas eu não vou...

– Caso você mude... Aqui, digita o seu e-mail.

Como parecia mais fácil dar a ele o e-mail do que convencê-lo do contrário, Emira segurou a alça da bolsa com uma das mãos e começou a digitar com a outra. Quando viu o endereço KelleyTCopeland@gmail.com no campo do remetente, ela parou e disse:

– Peraí, quem é Kelley?

Ele piscou.

– Sou eu.

– Ah.

Quando terminou de digitar, Emira o fitou e disse:

– Sério?

– Tá bem, tá bem. – Ele pegou o celular de volta. – Eu sobrevivi ao ensino médio, então você não vai conseguir ferir meus sentimentos.

Emira deu um sorriso.

– Não é à toa que você frequenta esse mercado.

– Ei, eu não costumo fazer compras aqui. – Ele riu. – Mas para de fazer eu me sentir pior. Tem dois tipos de kombucha dentro da minha sacola nesse exato momento.

– A-hã – disse ela. – Apagou?

– Sim, já foi.

Ele mostrou a tela do celular e rolou para baixo. A foto mais recente era de um homem que Emira não conhecia com um post-it grudado no rosto. Ela não conseguiu ler o que estava escrito.

– Tá bem. – Emira ajeitou uma mecha de cabelo que estava grudada no gloss em seus lábios. Abriu um sorriso triste para ele, como se dissesse "Sei lá", e falou: – Tá. Então tchau.

– Sim, sim. Boa noite, se cuida.

Ficou evidente que aquele não era o desfecho que ele tinha previsto, mas Emira não se importava. Ela foi andando em direção ao metrô enquanto enviava uma mensagem para Zara: Vem pra minha casa quando acabar aí.

Emira poderia chamar um Uber ou um táxi, já que a Sra. Chamberlain certamente a reembolsaria, mas não chamou porque nunca fazia isso. Ficaria com a futura nota de 20 dólares, por isso voltou de metrô para casa, um apartamento em Kensington. Pouco depois de uma da manhã, Zara tocou o interfone lá embaixo.

– Eu não tenho a menor condição de discutir isso – disse Zara, sentada no vaso sanitário do banheiro da amiga. Emira tirava a maquiagem enquanto olhava para ela pelo espelho. – Porque, tipo assim... – Zara levantou as duas mãos na altura do rosto. – Desde quando o passo do *running man* é rebolativo?

– Sei lá. – Emira removia o batom com um lenço umedecido enquanto falava. – Além do mais, a gente já teve essa conversa, né? – continuou ela, fazendo careta. – E todo mundo concordou que eu danço melhor que você.

Zara revirou os olhos.

– Não é uma competição nem nada do tipo – tentou Emira. – Eu sou a melhor, só isso.

– Amiga – disse Zara –, isso podia ter dado uma *merda*.

Emira riu e falou:

– Z, tá tudo bem.

Mas foi então que ela levou as costas da mão à boca e, em silêncio, começou a chorar.

Dois

Entre 2001 e 2004, Alix Chamberlain enviou mais de cem cartas e ganhou mais de 900 dólares em mercadorias. Entre os produtos havia café em grãos, barras de cereais, amostras de maquiagem, velas perfumadas, massa adesiva para pendurar pôsteres nas paredes do dormitório, assinatura de revistas, protetores solares e máscaras faciais – todos compartilhados por Alix com suas colegas de quarto e com as outras garotas que moravam no mesmo andar que ela. Como era aluna de marketing e gestão financeira, durante o segundo e o terceiro anos de faculdade na Universidade de Nova York Alix escrevia resenhas de produtos para um jornal estudantil. No último ano, ela abandonou a função para se tornar estagiária da editoria de beleza em um pequeno jornal, mas não parou de enviar as correspondências. Em papel de carta grosso e texturizado, com uma letra cursiva desenhada, Alix demonstrava grande habilidade ao pedir as coisas que queria, e era raro não recebê-las.

Durante os quatro anos seguintes, Alix escreveu cartas para a Ray-Ban, para o apresentador Conan O'Brien, a editora Scholastic, a empresa de bebidas de café Keurig, a marca esportiva Lululemon, a rede W Hotels, a água mineral Smartwater e centenas de outras empresas. Na maioria das vezes, ela mandava um pedido acompanhado de elogios e comentários positivos, mas geralmente fazia críticas sutis e dava sugestões de aprimoramento. Alix tinha talento para tirar fotos de qualidade dos brindes que costumava receber, então as publicava em seu blog junto com as cartas que enviara para ganhar os itens. Foi um projeto que ela começou sem pretensões, mas que fez com que ganhasse um pequeno número de seguidores na internet. Foi nessa época que ela conheceu Peter Chamberlain.

Alix conheceu Peter em um bar quando tinha 25 anos e, se fosse sincera, admitiria que antes de ele se levantar, ao final da conversa, ela pensara que Peter era muito mais alto. Mas, além de terem alturas parecidas, os dois tinham também personalidades compatíveis. Peter fazia todas aquelas coisas encantadoras que eram finas, mas não pedantes, como colocar hortelã na água e discretamente dar uma gorjeta um pouco maior que o esperado. O que Alix imediatamente mais gostou em Peter foi que ele tratou seu projeto paralelo como se fosse um trabalho de verdade. Alix falava de suas cartas com um tom de menosprezo: "Bem, eu… Escrevo cartas e resenhas, e tenho um blog… mas é besteira, não é nada de mais."

Peter pediu que ela repetisse o que dissera, mas que, daquela vez, fingisse que se tratava de algo importante. Peter era um jornalista que tinha virado apresentador, e havia sido criado na região norte do estado de Nova York. Era oito anos mais velho que Alix, não achava estranho ter que usar maquiagem na frente das câmeras e acreditava piamente na importância de construir uma marca pessoal. Quando Alix se casou com Peter, aos 28 anos, os sapatos que ela usou, as lembrancinhas e o vinho branco servido na festa de casamento foram todos itens que ela recebeu gratuitamente, escrevendo lindas cartas e resenhas promissoras. Durante a lua de mel em Santorini, Peter a ajudou a escrever cada um dos entusiásticos elogios.

Alix trabalhava no recrutamento de estudantes na Faculdade Hunter quando uma amiga, professora de inglês do ensino médio na Columbia Grammar & Preparatory, pediu que ela desse um workshop de redação de cartas de apresentação para uma de suas turmas. Uma das participantes foi Lucie, de 17 anos, uma aluna do último ano com dentes surrealmente brancos, cabelo rosa em tom pastel e 36 mil seguidores no Instagram. Três meses após o workshop, Lucie publicou uma foto em sua conta com a carta de apresentação e o ensaio que ela havia rascunhado com a ajuda de Alix, além das cartas de admissão da Universidade da Califórnia de Irvine e de Santa Barbara, da Universidade Fordham e da Faculdade Emerson. *Devo todas as aprovações à Alix*, dizia a jovem na legenda. *Sinceramente, eu nunca teria me inscrito em metade dessas faculdades se ela não tivesse me ajudado a deixar minha carta de apresentação tão incrível. #vocêsóprecisapedir #escrevaumacarta #DeixaEla.* O post de Lucie recebeu mais de 1.700 curtidas e, aparentemente da noite para o dia, Alix Chamberlain se tornou uma marca. Sua propensão a receber mercadorias de graça rapidamente se transformou em uma filosofia sobre as mulheres falarem e trazerem a comunicação de volta ao básico. No meio da noite, Alix incluiu em sua biografia do Instagram a hashtag #DeixaElaFalar. Peter sugeriu que ela refizesse a marca do site que já tinha e que não se esquecesse dele, agora que havia se tornado famosa.

No ano em que completou 29 anos, Alix largou o emprego na Faculdade Hunter. Ela realizou workshops sobre cartas de apresentação e sobre como se preparar para entrevistas, em centros de recuperação, retiros sobre liderança, irmandades e eventos sobre carreiras. Os alunos se inscreviam para suas palestras em feiras de recrutamento nas faculdades e sua caixa de entrada ficava cheia de mensagens de "Obrigado!" e "Passei!". Alix também foi contatada por uma empresa de ponta para ajudar a projetar uma nova linha de artigos de papelaria para escritório voltada para mulheres. O papel era marfim, as canetas, azul-escuro, e Alix fez sua segunda estreia em uma publicação impressa desde a Universidade de Nova York, dessa vez na revista *Teen Vogue*. Ajudou muito o fato de os imensos olhos azuis e as pernas surpreendentemente longas de Alix serem bastante fotogênicos. Na foto utilizada em seu novo site, que ficava logo abaixo do título *Sobre Alix*, ela aparecia rindo, sentada na cabeceira de uma mesa de escritório, duas pilhas de cartas em caixas de correspondência transbordando a seus pés, e seus cabelos grossos cor de areia presos no alto da cabeça em um coque bagunçado e charmoso.

Peter acreditava nela; ele sempre acreditou. Lendo os depoimentos positivos que seus novos estagiários organizavam em textos e imagens para seu blog, era possível notar como o impacto de seu trabalho era evidente, mas mesmo assim Alix ficava chocada com a generosa confiança que as empresas depositavam em suas habilidades. Ela foi convidada para falar em painéis dedicados a donos de pequenas empresas, e os assuntos eram "Hospitalidade no local de trabalho" e "Como formar líderes capazes de promover mudanças criativas". Alix participou de podcasts feministas que discutiam culturas organizacionais sustentáveis para mulheres nos setores de tecnologia e engenharia. E, uma vez, apresentou um workshop intitulado "Dando o primeiro passo", enquanto duzentas mulheres solteiras bebiam champanhe em taças de plástico transparente em uma sala de aula. Alix adorava escrever cartas e se achava boa nisso, mas foi a confiança e o entusiasmo das pessoas ao seu redor que de fato fizeram a ideologia do Deixa Ela Falar florescer.

Foi durante um brunch, enquanto falava para um pequeno grupo de educadores sobre a importância de ensinar escrita cursiva nas escolas, que Alix sentiu seu estômago revirar de tal maneira que pensou: "Espero que eu não esteja grávida." Ela estava, e, duas semanas depois, Peter caiu no choro na esquina da University Place com a rua 13, quando ela confirmou a notícia. Ele imediatamente perguntou: "Será que a gente deveria se mudar?" Voltar para a Filadélfia, cidade natal de Alix, era um plano distante desde que eles haviam se conhecido, quatro anos antes. Em algum momento ela quis ter um quintal e filhos para ocuparem o espaço. Alix havia sonhado em um dia passear de bicicleta com a família por ruas tranquilas, ou em qualquer lugar onde não houvesse ninguém vendendo bolsas falsificadas nem baixando uma grade pesada para trancar um bar. Mas, no auge de sua nova carreira, uma que ela nunca imaginou ser possível, Alix pensava diferente de Peter. "Não, não", disse ela, "ainda não, ainda não".

Briar Louise nasceu. O mundo de Alix se tornou um lugar delimitado por cercadinhos infantis, máquinas de ruído branco, aréolas irritadas e uvas cortadas ao meio. Seus dias de repente passaram a ser atravessados por referências a si mesma na terceira pessoa ("Esse é o brinco da mamãe", "A mamãe está no telefone"), pela contagem das idades em meses e não em anos, pelo uso do termo *mocinha* para caracterizar qualquer coisa no intuito de provocar o mínimo de estímulo (dormir feito uma mocinha, colher de mocinha, roupa de mocinha) e por beijos molhados de uma pessoinha babona que apenas recentemente tinha passado a existir fora de seu corpo.

Naquela época, Alix tinha uma equipe composta por uma assistente editorial, duas estagiárias e um "escritório" que se espalhava pela cozinha de seu apartamento no Upper West Side. Peter queria se mudar. Seu objetivo de se tornar âncora de um jornal na cidade de Nova York havia sido atropelado pela realidade: ele aparecia na televisão cinco noites por semana para um público de no máximo oito mil pessoas em Riverdale, cobrindo festas beneficentes de casamento de cães, *recall* de brinquedos e turistas na Times Square disputando corrida de obstáculos para tentar ganhar vales-presente da loja de eletrônicos Best Buy. Vários jornalistas experientes na Filadélfia se aposentariam em breve e eles ganhavam o mesmo que Peter em Riverdale. Além disso, havia boatos de que o prédio onde eles moravam logo seria vendido e precisaria ser desocupado. A Filadélfia sempre fora um plano para ele, mas Alix Chamberlain ainda estava se acostumando à ideia.

A nova versão do blog de Alix, com informações sobre outras mulheres bem-sucedidas na arte de conseguir-tudo-o-que-se-quer-escrevendo-cartas, tinha seis mil acessos por dia. Ela estava fechando uma parceria com um hospital para fazer uma campanha beneficente de uma semana de duração, cujo tema seria cartas de amor. E, vestida com a longa beca e o capelo pretos, Alix discursou em duas cerimônias de formatura de ensino médio de escolas só para meninas, que encheram as fileiras com seus rostos ávidos e cheios de entusiasmo. Além da carreira, pela primeira vez desde a faculdade Alix tinha um grupo de amigas. Rachel, Jodi e Tamra eram mulheres brilhantes e de humor ácido, bem-sucedidas e com filhos pequenos, e ter um bebê não parecia tão assustador quando mulheres próximas estavam passando pela mesma coisa.

Mas foi aí que, do nada, Briar começou a falar.

Canalizada por dois enormes dentes da frente, a voz de Briar consumia tudo que havia pela frente. Era alta e rouca, e nunca parava. Quando Briar dormia, era como se um alarme de incêndio finalmente tivesse sido desligado, e a cabeça de Alix vibrava com o que lhe restava de paz e sossego. As amigas de Alix lhe garantiram que havia acontecido o mesmo com seus filhos, que ela só estava muito ansiosa para conseguir se comunicar. Mesmo assim, aquilo parecia demais para ela. Briar estava sempre perguntando, cantando, divagando, cantarolando, dizendo que gostava de cachorro-quente, que uma vez viu uma tartaruga, que não estava cansada, com a mão erguida pedindo que Alix a cumprimentasse. Quando Alix buscava Briar no apartamento da mãe de Peter, em Midtown, a mulher abria a porta numa velocidade desesperada que Alix conhecia muito bem. Ela sempre conseguia ouvir a voz da filha do elevador, mesmo antes de chegar ao andar certo. Alix estava administrando seu negócio, aproveitando os curtos períodos de silêncio e apresentando propostas de livros a agentes literários quando um dia, no momento em que pegou a cadeira de balanço de Briar, percebeu que estava grávida de novo. A reação de Peter, na cozinha da casa deles, foi muito mais de confusão do que de alegria.

– Eu achava… – Ele balançou a cabeça. – Eu achava que não tivesse como isso acontecer enquanto você estivesse amamentando.

Alix contraiu os lábios numa expressão que dizia: "Eu também."

– É raro, mas não é impossível.

– Alix… A gente não tem condição de fazer isso.

Peter falou isso olhando para a mesa da cozinha, tomada por um projeto do Deixa Ela Falar em andamento que envolvia fotos Polaroid e papel kraft grosso. Copos plásticos infantis, daqueles com canudinho embutido, secavam sobre toalhas de papel alinhadas no parapeito da janela, e as panelas estavam cheias de lixo reciclável. Naquela manhã, Peter havia descido as escadas e dado de cara com uma estagiária praticamente de cabeça para baixo só para fazer um rabo de cavalo no cabelo. Ele então fez café enquanto ela e outra estagiária vestiam camisas polo brancas com DEIXA ELA FALAR bordado nos bolsos.

– A gente não tem panelas suficientes para ter um segundo filho – disse ele.

E, dois dias mais tarde, após receber uma carta da empresa que compraria o prédio deles, Peter anunciou:

– Vou ligar para um corretor na Filadélfia.

O que ela podia fazer, dizer não? Os valores do mercado imobiliário em Nova York eram tão absurdos que seria loucura sugerir que eles comprassem um apartamento ou alugassem um maior. Sim, naquele momento Alix estava ganhando mais dinheiro do que nunca, mas não, não era o suficiente para acomodar confortavelmente duas crianças no West Side. E, obviamente, ela poderia procurar no Queens ou em Nova Jersey, mas aí daria no mesmo se mudar para a Filadélfia. Alix trabalhava *de casa*. A Filadélfia não ficava tão longe. E, mais importante, essa era a pessoa que Alix afirmara ser quando conheceu Peter naquele bar. "Acho que só vou durar mais uns três anos nessa cidade", dissera ela. "Toda vez que eu me sento no banco do metrô e ele está molhado com o suor da bunda de outra pessoa esse prazo diminui umas duas semanas." Essa era uma das coisas de que Peter mais gostava em Alix: ela não precisava estar em todos os eventos, gostava de sair da cidade, era uma excelente motorista e queria que, no Halloween, seus filhos fossem de casa em casa atrás de doces, em vez de consegui-los em apartamentos e lojas de conveniência.

Logo, ela teria que se mudar. Alix e a família deixariam Nova York. Mas o momento não poderia ter sido pior. Alix estivera ocupada escrevendo uma carta muito importante para o comitê de campanha da secretária de Estado Hillary Clinton, que acabara de anunciar sua candidatura à presidência. Aquela era uma causa importante para Alix. A plataforma feminista de Hillary tinha absolutamente tudo a ver com sua marca, e um vínculo com a presidenciável poderia fazer com que Alix continuasse sendo relevante mesmo quando não morasse na cidade mais notável do país. Felizmente, Tamra, grande amiga de Alix, conhecia uma mulher que conhecia uma das conselheiras de campanha de Hillary. Depois de quatro rascunhos e trocas constantes de "Atenciosamente, Alix" para "Com os melhores cumprimentos, Alix", ela finalmente enviou por e-mail uma proposta de trabalho voluntário, na esperança de que se tornasse algo remunerado. Semanas se passaram e ela não obteve retorno algum, nem da conselheira, nem dos agentes com quem havia feito contato.

De uma hora para a outra, estava tudo encaixotado, mas Alix não havia permitido que o ritmo de sua rotina diminuísse. Ela adorava aquilo tudo: participar de painéis e ouvir mulheres brilhantes usando tubinhos grandes demais e batons exagerados, adolescentes enviando e-mails com histórias de sucesso sobre como conseguiram o primeiro emprego. Mas ainda não havia nenhuma notícia da campanha de Hillary, nem dos seis agentes para quem havia enviado a proposta do livro. Em meio a eventos de arrecadação de fundos e brunches, enquanto cumprimentava estudantes de ensino médio, Alix pensava: "Então é isso? Isso é o mais longe que eu vou conseguir chegar?"

Mas na manhã do dia de sua última palestra em Nova York – ela participaria de um painel em um evento chamado Pequenas Empresárias –, Alix decidiu, num rompante, não usar a bomba de tirar leite. Ela chamou uma de suas estagiárias, a que tinha maior experiência como babá, e disse: "O que você acha de ficar com a Briar no colo durante o painel?"

No palco de um teatro no SoHo, Alix se posicionou entre dois homens que também se apresentariam no painel – um apresentador de podcast e um pai de quíntuplas protagonista de um reality show. Diante de uma plateia de trezentas pessoas, eles debatiam sobre saúde reprodutiva e livros empoderadores para meninas enquanto os seios de Alix – principalmente o esquerdo – doíam de tão inchados. Por fim, depois que a plateia riu de uma piada feita pela mediadora, Briar se agitou e abriu os olhos.

Ela choramingou e perguntou por que a mamãe estava lá em cima, se a estagiária tinha um pouco de cereal e se ela poderia descer. Alix levou um dedo aos lábios pedindo silêncio à filha, que estava logo na primeira fileira. A estagiária apontou para a porta e murmurou: "Você quer que eu leve ela lá pra fora?" Alix fez que não com a cabeça. Então aguardou até que lhe fizessem outra pergunta.

– Eu acho que na maior parte do tempo as mulheres estão só reivindicando uma oportunidade – disse Alix. O microfone preso à gola da blusa projetou sua voz até o fundo da sala. – Mas o que as pessoas escutam é "Eu quero tratamento *especial*", quando não é o caso. E o fato é que... Olha, na verdade...

O coração de Alix disparou quando ela prosseguiu.

– Sinto muito por interromper a minha fala e a conversa. – Ela realmente ia fazer aquilo? "Sim", falou para si mesma. "Eu vou, sim." – Tenho várias outras coisas a dizer sobre esse assunto, mas aquela ali na primeira fileira é a minha filha, e ela está bastante agitada depois de ter tirado uma soneca um pouco longa, e, se ninguém se opõe, eu gostaria de... bem, na verdade eu não estou pedindo autorização. – Ela se levantou e concluiu sua fala com gestos, enquanto caminhava para a frente do palco. – Vou amamentar minha filha enquanto falo, porque sem dúvida consigo fazer as duas coisas ao mesmo tempo.

Gritos e aplausos emergiram da multidão. Alix se agachou para alcançar Briar, que foi imediatamente recebida com um "Ooooooun" da plateia enquanto se agarrava ao pescoço da mãe.

– Você pode jogar essa camisa pra mim? – Alix sinalizou para sua estagiária uma camiseta rosa em tom pastel, que vinha na sacola de brindes que ela recebera no evento. Ela jogou a camiseta por cima do ombro e foi caminhando em direção aos bastidores para se ajeitar.

    A mediadora, uma inebriada estudante de graduação, disse no microfone, alvoroçada: "Isso aí, garota!" Ela deu uma olhada na coxia e sussurrou: "Posso prosseguir?" Alix voltou bem nessa hora, com Briar firmemente presa ao seio esquerdo. A camiseta rosa estava atada ao seu ombro de modo que não era possível ver a cabeça de Briar. Os sapatos da menina pendiam adoravelmente do braço direito de Alix quando ela retornou ao seu assento.

    – Pronto, agora podemos continuar. Nem demorou muito, né? – Alix se voltou para a mediadora e disse: – Posso continuar exatamente de onde parei. – Alix de fato continuou de onde havia parado e, quando terminou, a mediadora, praticamente desfalecida, lhe agradeceu duplamente por sua resposta e sua sinceridade. Como Alix havia previsto, a mediadora perguntou o nome e a idade de sua filha. E Alix se certificou de ser bastante objetiva. – A minha cliente aqui se chama Briar Louise. Ela tem 2 anos e é *muito* boa nisso. – O sorriso de Alix convidava o público a ficar impressionado com a idade da menina sugando seu peito.

    Os fotógrafos do evento se amontoaram na frente do palco. Eles se posicionaram no corredor para conseguir uma foto perfeita de Alix, tornozelos cruzados, amamentando a filha apoiada em sua barriga de grávida e falando no meio de dois homens de terno. A certa altura, um fotógrafo sussurrou: "Você pode ajeitar a camiseta para mostrar o logotipo?" Alix riu e fez que sim. Ela esticou um pouco o tecido ao lado da cabeça de Briar e puxou a parte de baixo. Na frente do rosto da filha, as palavras PEQUENAS EMPRESÁRIAS apareciam estampadas em letras pretas.

    Naquele dia, Alix ganhou mil seguidores. O Pequenas Empresárias postou uma foto daquele momento em sua conta no Instagram com a legenda: *Encontre uma mulher que consiga fazer as duas coisas ao mesmo tempo.* Duas revistas de bebês queriam entrevistá-la sobre amamentação infantil e os estigmas e benefícios que a acompanham. Alix pagou as estagiárias em dobro para que elas ficassem uma hora a mais dando conta de atender telefones, responder e-mails e pedidos de entrevista. Um integrante do comitê de Hillary ligou para ela. Eles lamentavam o fato de terem deixado passar o e-mail de Alix, mas queriam muito que ela participasse de alguns eventos ainda naquele ano. Dois dos agentes que ela consultara também retornaram seus e-mails. Dez dias depois, Alix vendeu seu livro para uma editora chamada Maura, da HarperCollins, que também tinha filhos e respondia e-mails com uma rapidez assustadora.

O frenesi por ela ter amamentado no meio do palco cruzou a fronteira do estado da Pensilvânia e permaneceu até em sua nova casa, ao longo do terceiro trimestre de gravidez. Antes de deixar a cidade, Alix tirou várias fotos com sua assistente e suas estagiárias na pequena festa de despedida no escritório cheio de caixas, mas nunca as postou. Ela jamais mencionou em seu blog, em seus perfis nas redes sociais ou para a equipe do comitê de Hillary que havia deixado Nova York. Em vez disso, pegaria o trem quando precisassem dela. Fingiria que estivera lá o tempo todo enquanto escrevia seu livro. Passaria a ir com mais frequência quando as meninas crescessem.

E então, na Filadélfia, depois de cinco breves horas de trabalho de parto, Catherine May nasceu e seu rosto imediatamente assumiu as feições de Alix. Ela olhou para o rosto miúdo, molengo e confuso e pensou: "Quer saber? Vai ficar tudo bem."

E ficou. Todas as coisas que não existiam em Nova York foram entrando na rotina dela em pequenos e preciosos momentos. Ela tinha um carro para colocar as compras do mercado. Um ingresso para um filme não custava 14 dólares, e sim 10. E morava em uma casa de três andares (a sete minutos a pé do parque Rittenhouse Square), em uma rua arborizada e fresca. Havia um gigantesco hall de entrada com piso de mármore e uma cozinha encantadora no segundo andar. A bancada da cozinha era imensa, e havia uma mesa para seis pessoas abaixo de um lustre, de onde era possível ver a rua através das inúmeras janelas que formavam uma parede curva. De manhã, com panquecas e ovos no fogão, Alix e suas filhas podiam se sentar à beira da janela e ver as pessoas passeando com seus cães ou observar os profissionais de limpeza de um lado para outro. Ao olhar para essas coisas e perceber seu valor, Alix imediatamente sentiu uma leve pontada de felicidade, seguida de uma vontade enorme de ter com quem compartilhá-las. Suas amigas. Suas estagiárias da Deixa Ela Falar. Um estranho parado em uma plataforma imunda do metrô de Nova York.

Antes de ir morar na Filadélfia, Alix nunca havia contratado uma babá.

A mãe de Peter estava sempre disponível e, com três amigas que também tinham filhos pequenos, havia uma cumplicidade tácita quando se tratava de tomar conta de um bebê a mais, enquanto a respectiva mãe corria para o dentista ou ia até o correio. Várias meninas foram recomendadas pelos novos colegas de trabalho de Peter, o que levou Alix a entrevistar diversas Carlys e Caitlyns, supervisoras de acampamentos e monitoras escolares, nas banquetas da bancada da cozinha. Elas diziam a Alix que eram fãs do Deixa Ela Falar, falavam sobre como sonhavam em tê-la por perto quando se candidatassem a uma vaga na faculdade e que não faziam ideia de que ela havia se mudado para a Filadélfia. Alix sabia que nunca daria certo contratar meninas como aquelas.

Alix tinha um talento especial para ganhar mercadorias em Nova York, e o utilizou para procurar uma babá na Filadélfia. Suas amigas jamais fariam isso, mas ela criou um perfil no Cuidadores.com e começou a rolar a tela olhando as fotos. Tudo parecia muito forçado e impessoal, mas Alix havia conseguido dois de seus três apartamentos em Manhattan a partir de anúncios duvidosos no Craigslist e, tal como as espeluncas nas quais ela havia morado ao longo de seus 20 anos, o perfil de Emira Tucker não tinha foto. A descrição do perfil dizia que ela era formada pela Universidade Temple, que tinha conhecimento básico de linguagem de sinais e que podia digitar 125 palavras por minuto. Alix fez "Hmm" e clicou em "Solicitar entrevista". Elas se falaram uma vez ao telefone antes de Emira ir até a casa dela. E, quando Alix abriu a porta e viu Emira pela primeira vez, se pegou mais uma vez pensando "Hmm".

As outras garotas haviam perguntado a Alix como o livro estava indo, se ela ia ter outro filho e se já havia sido apresentada a Hillary Clinton, mas Emira, de modo geral, não falou muito. Briar logo viu isso como um desafio e bombardeou verbalmente a mulher de 25 anos com histórias sobre seu novo quintal e todas as minhocas nas quais ela não podia mexer e explicações de que só podia usar boias na piscina. Quando Briar parou de falar, Emira se abaixou e disse: "Entendi, senhorita, e o que mais?"

E o principal: Emira Tucker nunca tinha ouvido falar no Deixa Ela Falar.

– Então seria segunda, quarta e sexta. – Era a sexta vez que Alix informava o horário a uma candidata a babá. – De meio-dia às sete da noite. Às vezes eu levo a Catherine comigo, ela é uma bebê supertranquila, e em alguns momentos vou estar em alguma cafeteria aqui perto escrevendo.

– Tudo bem. – Emira entregou a Briar um pedaço de massa de modelar. – Escrevendo a trabalho ou por diversão?

– Eu tenho o meu... – Alix se inclinou sobre a bancada que as separava. – Estou escrevendo um livro no momento.

– Ah, uau! – reagiu Emira.

Alix se sentiu vazia e impaciente enquanto esperava Emira perguntar sobre o que era o livro, ou quem era sua editora, ou quando o livro seria oficialmente lançado.

– É mais uma compilação de cartas antigas... – contou ela quebrando o silêncio.

– Ah, entendi. – Emira assentiu. – É tipo um livro de história?

Alix dedilhava as contas de seu colar.

– Sim, exato. – Ela apoiou os cotovelos na bancada e perguntou: – Emira, quando você pode começar?

Três vezes por semana, Alix ficava sentada pegando sol durante horas – Catherine quase sempre dormia ao lado dela à sombra – enquanto lia todas as coisas que nunca leria se estivesse em Manhattan. As revistas *Us Weekly* e *People*. Fofocas sobre uma das últimas participantes do reality show de namoro *The Bachelorette*, que tinha dormido com quatro de seus pretendentes. Em determinada sexta-feira, Alix deixou de lado o laptop, o cronograma do dia e o livro que precisava escrever apenas para assistir a três episódios de *House Hunters International* num canto da área descoberta de um restaurante. Catherine só ficava agitada quando estava com fome, e Alix a ergueu para dizer "Oi, meu amor", antes de cobri-la com um cueiro – mais um presente recebido – e amamentá-la. A ideia de usar os dotes de datilógrafa de Emira logo se tornou absurda, já que Alix precisaria ter o que escrever a fim de que isso se concretizasse. Certa noite, na cama, Peter disse: "Você parece muito mais feliz aqui."

Alix não sabia dizer se estava mais feliz ou apenas se importando menos com as coisas. Ela definitivamente havia engordado mais do que apenas os quilos da gravidez. Escrevia muito menos do que em Nova York e dormia muito mais do que quando Briar tinha nascido. Mas às 22h45 de um sábado do mês de setembro, o som de ovos batendo na janela da frente de sua casa a tiraram de um sono profundo. Alix não compreendeu de imediato o que havia sido, mas quando ouviu "Racista de merda!" foi como se tivesse saído de um transe. Ela estendeu a mão e tocou o marido. Alix e Peter correram para o alto da escada e viram as gemas escorrendo pela janela da frente. No momento em que Peter falou "Eu te avisei", dois ovos grandes quebraram o vidro. Cacos, cascas de ovos e um longo fio de gema e clara voaram para dentro da casa dos Chamberlain. O barulho e o susto fizeram Alix sentir um aperto no peito. Ela só conseguiu voltar a respirar normalmente depois de ouvir risadas que pareciam ser de um garoto, o som das solas dos tênis se afastando e alguém dizendo: "Merda! Vambora, vambora!"

– Mamãe? – chamou Briar.

Catherine estava aos berros.

– Vou chamar a polícia – avisou Peter. – Porra. Eu te *falei* que isso ia acontecer.

Naquela manhã, Laney Thacker, a âncora que dividia a bancada com Peter, havia apresentado uma matéria sobre maneiras criativas utilizadas por jovens para convidar pares para uma festa: uma graciosa tradição de boas-vindas no Colégio Beacon Smith. Peter reforçou seu entusiasmo com: "Misty está no campus nesse momento para mostrar um pouco de romance pra gente." Foram exibidas imagens dos alunos com a voz de Misty fazendo a narração. Os professores foram entrevistados, os alunos foram filmados ao lado de enormes balões decorativos e o barulho da aglomeração se transformou em gritos quando uma garota sardenta foi levada ao centro da quadra. Um garoto de aproximadamente 14 anos usando uma camisa de futebol apareceu com um imenso saco cheio de chicletes em uma mão. Na outra, uma placa que dizia: "Sei que isso parece meio grudento, mas topa ir à festa comigo?"

A matéria foi encerrada com um aluno de pouco mais de um metro e meio de altura, corte de cabelo quadrado e máscara branca marchando em direção a um grupo de garotas. Ele colocou no chão uma caixa de som e apertou play. Seus amigos mascarados ajudaram a abrir espaço para a dança, e a garota em questão cobria a boca com as mãos enquanto as amigas pegavam seus celulares. Depois de giros com a cabeça no chão e de complicados movimentos com as mãos, o grupo encerrou a coreografia, revelando uma bandeira branca com a frase FESTA DE BOAS-VINDAS? escrita a canetinha. O adolescente negro à frente do grupo tirou a máscara e estendeu uma rosa.

Em meio à comemoração diante do "sim" da garota, Misty encerrou a cobertura e chamou de volta os jornalistas no estúdio.

– Uau! – reagiu Peter.

– Isso foi *muito* impressionante – concordou Laney. – Definitivamente, ninguém nunca me fez um convite como esse.

– Bem... – Peter balançou a cabeça. Seus dentes apareceram

quando ele se retraiu diante da câmera e falou: – Vamos torcer para que esse último tenha pedido a permissão do pai dela primeiro. Obrigado por permanecer conosco na WNFT, nos vemos amanhã de manhã no Filadélfia Action News.

A reação negativa foi imediata.

Na parte de comentários abaixo do vídeo – que agora estava disponível on-line –, críticas e perguntas surgiram em meio aos elogios.

Hmm, por que o garoto negro precisa pedir permissão ao pai dela, mas os brancos não?

Isso foi meio machista. Estamos no século XVIII?

Que porra é essa? De onde ele tirou isso?

Alix estava trabalhando no livro em uma cafeteria, onde tinha tomado um smoothie e uma mimosa, e conversando com o grupo de amigas de Manhattan pelo celular. Ela disse a Peter que era só uma escola de ensino médio, que não tinha sido tão terrível assim e que ninguém se lembraria daquilo. (Em meio à leve embriaguez causada pelo champanhe da mimosa, Alix se pegou pensando: "Não tendo sido em Nova York, sério, quem se importa?") Mas Peter estava completamente envergonhado. "Escapou", disse ele. "Eu nem sei por que eu... só escapou." Alix lhe assegurou que não tinha sido tão grave assim.

E, de repente, tinha sido. Logo depois que quebraram o vidro, Alix tirou Catherine do berço tão rápido que a bebê quase voou de seus braços. No entanto, para Alix o mundo parecia estar se movendo em câmera lenta. "E se Peter for demitido?" Peter tinha ido imediatamente aos produtores do programa pedir desculpas pela gafe, e eles classificaram aquilo como algo entre "essas coisas acontecem" e "você ainda é novo no canal". Mas e se os estudantes ficassem tão irritados que os fizessem mudar de ideia? Mais uma vez, Alix espiou do topo da escada e viu cacos de vidro espalhados pelo piso de ladrilho e grudados numa gosma. "Será que o comitê da Hillary vai ficar sabendo disso? Será que eles vão achar que meu marido é machista? Ou, pior, racista? Vão se perguntar: 'Como ela veio parar aqui? Como ela pode estar tão gorda assim? Quem é que mora nessa casa, afinal de contas?'"

Peter carregava Briar, que estava cobrindo os ouvidos com as mãos.

– Eu não gosto daquele barulho – falou ela. – Eu não... Não gosto de alto, mamãe.

– Shhh, shhh, shhh... – pediu Alix, talvez pela centésima vez naquela semana. Ela se virou para Peter e avisou: – Vou tentar falar com a Emira.

Peter assentiu, o celular no ouvido.

Quando Emira chegou, quinze minutos depois, com uma minúscula saia de couro sintético e sandálias de tiras e salto alto com as quais ela sabia andar muito bem, Alix estendeu o pequeno pulso de Briar para ela, pensando: "Gente, quem é essa daí? Meu deus... Será que ela sabe o que Peter falou hoje?" De repente, passou a ser de certa forma muito pior imaginar que Emira, e não a possível primeira presidente mulher dos Estados Unidos, soubesse o que Peter dissera.

Enquanto Peter falava com dois policiais, Alix reunia os cacos de vidro em uma toalha de rosto sob a luz ofuscante do lustre. A cada longo e triste movimento das mãos, ela dizia a si mesma para acordar para a porra da vida. Para escrever aquele livro. Morar na Filadélfia. Conhecer melhor Emira Tucker.

Três

Há uma cidade em Maryland chamada Sewell Bridge, onde 6,5 por cento da população (5.850 pessoas) têm problemas auditivos. Essa é a cidade onde Emira Tucker nasceu. A menina tinha uma audição perfeita, exatamente como os pais e os irmãos mais novos, mas a família Tucker tinha uma inclinação tão forte para trabalhos manuais que quase parecia uma religião, e Sewell Bridge serviu bem a esse propósito. A família Tucker trabalhava com as mãos.

O Sr. Tucker era dono de uma loja de abelhas que tinha um extenso telhado, onde as colmeias agitadas costumavam ficar. Embora tenha contratado inúmeros funcionários surdos ao longo dos anos, ele não perdia tempo treinando os dedos para fazer nada que não estivesse relacionado às abelhas. A Sra. Tucker se dedicava a encadernações em um anexo à casa da família. Ela fazia álbuns de bebê, álbuns de casamento e restaurações da Bíblia Sagrada, e sua mesa de trabalho estava constantemente coberta de amostras de couro, agulhas, espátulas de osso e fechos.

Alfie Tucker, de 21 anos, conquistou o segundo lugar no Campeonato Mundial de Baristas em 2013. Ele foi convidado para trabalhar como aprendiz em uma cafeteria em Austin, Texas, onde treinou outros baristas, usando um avental feito pela mãe. E Justyne Tucker, de 19 anos, costurava. Ela tinha uma loja virtual bastante ativa na Etsy, pela qual recebia pedidos de fantasias de Halloween e de vestidos de damas de honra. Quando estava concluindo o ensino médio, Justyne foi contratada por uma faculdade comunitária para criar os figurinos para a montagem dos premiados espetáculos *Our Town* e *Once on This Island*.

Visto que os membros de sua família tinham descoberto as próprias aptidões com tanta naturalidade e que a universidade parecia um lugar razoável para aguardar até que suas mãos as descobrissem também, Emira se tornou a primeira pessoa da casa a entrar para uma faculdade que não fosse comunitária. Ela foi para a Universidade Temple, onde conheceu Zara (na fila para tirar a foto da carteirinha de estudante), ficou bêbada pela primeira vez (e vomitou no bolso lateral da própria bolsa) e conseguiu dinheiro para fazer alongamento nos cabelos pela primeira vez (comprido, preto, ondulado e volumoso), graças ao trabalho na biblioteca entre uma aula e outra.

Emira tentou fazer com que suas mãos aprendessem a linguagem formal de sinais na Temple, mas foi surpreendentemente difícil desgarrar do hábito de gesticular ao falar, tão típico de Sewell Bridge. Emira também tentou transcrição, algo que tinha mais potencial de transformar em uma carreira, em algo que fizesse sentido. Em seu último ano, Emira digitava as anotações das aulas para dois alunos surdos pelo valor de 13 dólares por aula. Foi mais ou menos por esse motivo que conseguiu um diploma em língua inglesa após cinco anos na Temple. Emira não se importava de ler ou escrever artigos, mas esse era também o seu maior problema. Não havia nada que Emira amasse fazer, mas também não havia nada que ela se incomodasse em fazer.

Depois que se formou, Emira foi passar o verão em Sewell Bridge, mas sentiu muita falta da Filadélfia. Voltou para lá levando consigo uma sugestão assertiva do pai: descobrir algo de que gostasse e insistir nisso. Então Emira se matriculou num curso de transcrição, mas o detestava com todas as suas forças. Ela não podia cruzar as pernas. Memorizar todos aqueles termos médicos era insuportável.

E quando uma tecla de seu estenógrafo quebrou, em vez de consertá-la (o que custaria centenas de dólares), Emira desistiu de vez e se candidatou a uma vaga de emprego de meio período que encontrou no site da Craigslist. Em um pequeno escritório no sexto andar de um prédio alto, em uma imensa sala dividida em pequenas baias e uma placa onde se lia PARTIDO VERDE – FILADÉLFIA, uma mulher branca de camiseta e calça jeans chamada Beverly perguntou a Emira se ela realmente conseguia digitar 125 palavras por minuto. "Consigo", respondeu Emira, "desde que você não se importe de eu cruzar as pernas". Sentada em um cantinho, usando fones de ouvido acolchoados, às terças e quintas-feiras, das 12 às 17 horas, Emira transcrevia palestras e reuniões. Quando o volume de trabalho diminuiu, Beverly pediu que ela transcrevesse também as chamadas telefônicas.

A Universidade Temple havia feito a gentileza de manter Emira como transcritora de plantão durante os dois anos após o término da graduação, mas passaram a querer deixar aquelas vagas reservadas para os alunos formados há menos tempo, e a avisaram de que ela seria dispensada quando chegasse o verão. Emira não havia contado aos pais que tinha abandonado o curso de transcrição. Ela queria poder fazer alguma outra coisa, em vez de continuar investindo em algo que não lhe trazia alegria. Desesperada, porém comedida, Emira entrou no Cuidadores.com e alterou sua disponibilidade para segundas, quartas e sextas-feiras e, dois dias depois, conheceu Alix Chamberlain.

Briar foi uma pausa bem-vinda na preocupação constante de Emira sobre o que fazer com as mãos e com o resto de sua vida. Briar fazia perguntas como "Por que não sinto o cheiro disso?", "Onde está a mamãe daquele esquilo?" ou "Por que a gente não conhece aquela moça?". Certo dia, depois que Briar experimentou abobrinha pela primeira vez, Emira parou em frente à cadeirinha dela e perguntou à menina se tinha gostado. Briar mastigava com a boca aberta e olhava ao redor do cômodo enquanto articulava sua resposta. "Mira? Como que, como que... por que... como que você sabe quando gosta? Quem diz quando você gosta?" Emira tinha certeza de que a resposta correta a ser dada por uma babá seria algo como "Você vai descobrir" ou "Você vai entender melhor quando crescer", mas em vez disso ela limpou o queixo da criança e disse: "Essa é uma ótima pergunta. A gente devia perguntar pra sua mãe." Emira estava sendo sincera. Desejou que alguém lhe dissesse o que ela mais gostava de fazer. A quantidade de coisas que ela poderia perguntar à própria mãe começava a diminuir em um ritmo alarmante.

Emira não dissera aos pais que estava fazendo transcrições e trabalhando como babá para ganhar a vida, o que significava que não podia contar a eles sobre o incidente no Market Depot. Não que eles fossem lhe dizer algo que ela nunca tivesse ouvido antes, mas teria sido bom compartilhar suas frustrações de maneira segura. No quarto ano, um colega de classe branco foi até a mesa do refeitório da escola onde Emira estava almoçando e perguntou se ela era uma crioula (ao ouvir isso, sua mãe prontamente pegou o telefone e perguntou a Emira: "Qual é o nome dele?"). Emira já foi seguida por vendedores de uma loja de roupas enquanto procurava um presente de Dia dos Pais (sua mãe dissera: "Eles não tinham nada melhor pra fazer, não?"). E, uma vez, depois de fazer uma depilação a cera na virilha, Emira foi informada de que, por conta da "textura étnica", o serviço custaria 40 dólares, em vez dos 35 anunciados (nessa situação, a mãe de Emira lhe perguntara: "Peraí, você depilou *o quê*?"). Teria sido bom conversar com os pais sobre aquela noite no Market Depot porque, na verdade, aquela foi a coisa mais significativa que havia acontecido com ela em um bom tempo, e envolvia sua pessoinha favorita. Emira sabia que deveria ter ficado mais incomodada com o preconceito flagrante daquela discussão. Porém, mais do que expô-la ao racismo, a noite no Market Depot trouxera uma enxurrada de mal-estar e uma frase retumbante que sibilava: "Você não tem um emprego de verdade."

"Isso não teria acontecido se você tivesse a merda de um emprego de verdade", Emira disse a si mesma no metrô voltando para casa, as pernas e os braços cruzados um por cima do outro. "Você não teria ido embora da festa pra ficar de babá. Teria seguro-saúde. Não receberia em espécie. Você seria alguém, porra." Cuidar de Briar era o trabalho do qual Emira mais havia gostado até aquele momento, mas Briar iria para a escola algum dia, a Sra. Chamberlain parecia não querer ficar longe de Catherine, e, mesmo que quisesse, uma babá em meio período nunca teria direito a seguro-saúde. Quando 2015 acabasse, Emira não estaria mais coberta pelo seguro-saúde de seus pais. Ela tinha quase 26 anos.

Às vezes, principalmente quando estava sem dinheiro, Emira se convencia de que, se tivesse um emprego de verdade, um trabalho de oito horas com benefícios e remuneração decente, todo o resto começaria a se parecer com a vida de uma pessoa adulta. Ela faria coisas como arrumar a cama de manhã e aprender a gostar de café. Não ficaria sentada no chão do quarto descobrindo músicas novas e criando playlists até as três da manhã, só para depois ir dormir pensando: "Por que você faz isso com você mesma?" Ela testaria um novo aplicativo de relacionamentos e teria assuntos mais interessantes sobre os quais escrever, algo além de sair com Zara, assistir a videoclipes antigos, pintar as unhas e comer a mesma coisa no jantar pelo menos quatro noites por semana (uma mistura de frango desfiado, molho e queijo cozidos numa panela elétrica). Se Emira tivesse um emprego de verdade, olharia para seu armário cheio de roupas de lojas meio adolescentes, como a Forever 21 e a Strawberry, e chegaria à conclusão de que já tinha passado da hora de fazer um upgrade nele.

Emira vivia tentando se convencer de que poderia arrumar outra criança, uma garotinha com pais bacanas que precisassem dela em tempo integral. Eles cumpririam toda a burocracia e ela poderia dizer que pagava os próprios impostos. Eles a levariam junto quando viajassem de férias e diriam que ela era parte da família. Mas, quando Emira via outras crianças, qualquer uma que não fosse Briar Chamberlain, sentia o estômago revirar. Elas não tinham nada de interessante para dizer, a expressão era apática, o olhar assustador, e eram recatadas de um jeito estranho, como se estivessem recitando um texto (Emira costumava ver Briar se aproximar de outras crianças em balanços e escorregadores, e elas se afastavam dela, dizendo: "Não, eu sou tímido."). Outras crianças eram plateias fáceis de entreter, adoravam ganhar adesivos e ter as mãos carimbadas, ao passo que Briar estava sempre à beira de uma pequena crise existencial.

Por trás do falatório constante, Briar era confusa, assustada e pensativa, sempre lutando contra os monstros das boas maneiras. Ela gostava de coisas com cheiro de hortelã. Não gostava de ruídos altos. E abraços só eram considerados uma legítima demonstração de afeto se ela pudesse encostar a orelha em um ombro aconchegante. Na maioria das vezes, as noites terminavam com Emira folheando uma revista enquanto Briar brincava na banheira. Briar se sentava segurando os dedões dos pés, o rosto em meio a uma batalha de emoções, cantando e tentando assobiar ao mesmo tempo. Ela conversava consigo mesma, e Emira costumava ouvi-la explicar para as vozes dentro de sua cabeça: "Não, a Mira é *minha* amiga. Ela é *minha* amiga, só minha."

Emira sabia que precisava encontrar um novo emprego.

Quatro

Na manhã seguinte, em vez de colocar Briar sentada na frente da TV para assistir a um programa infantil sobre peixes coloridos e animais no fundo do mar, Alix colocou as filhas num daqueles carrinhos de bebê duplos para corrida. Na Filadélfia, havia muito mais espaço para correr. Ela não precisava ficar correndo no mesmo lugar esperando o sinal de trânsito abrir para manter o ritmo cardíaco acelerado, nem precisava chegar a uma rodovia para conseguir enxergar mais de cem metros à frente. Logo depois de atingir os cinco quilômetros de corrida, que mais pareciam 25, as duas meninas haviam sido embaladas de volta ao sono. Alix parou em uma cafeteria, pediu um café com leite e o levou para um banco do lado de fora.

Preciso fazer uma chamada de vídeo com vocês o mais rápido possível, escreveu ela na mensagem. Nada grave, mas é bastante urgente.

Alix estava tão acostumada a falar com Rachel, Jodi e Tamra que teria que contar a elas o que havia acontecido daquele jeito mesmo. Ela não tinha mandado nenhuma mensagem de texto no grupo dessas amigas desde a mudança – a maioria das conversas recentes dizia respeito a outras mulheres que elas conheciam, dicas sobre produtos, artigos e livros que estavam lendo, e queixas em relação aos maridos –, então, poucos segundos depois, chegaram dois Você tá bem? e um Tamra, tem como você iniciar a chamada?.

Jodi era diretora de elenco infantil e tinha duas crianças ruivas – uma de 4 anos e outra de 1 – que costumavam aparecer como figurantes choronas em filmes e programas de TV. Rachel, orgulhosa de suas raízes nipo-judaicas, administrava uma agência que fazia capas de livros enquanto tentava dar um jeito de o filho não ser tão bom no futebol, porque só Deus sabia como aquilo era intenso. Ele tinha só 5 anos. E Tamra era diretora de uma escola particular em Manhattan. Duas vezes por ano, as quatro mulheres se empanturravam de vinho, queijo e homus enviados por pais que tentavam alavancar os pedidos de admissão dos filhos ou manter uma criança problemática matriculada na escola. Tamra tinha duas filhas com um black power de quatro dedos de altura, uma de 2 anos e meio, e outra de 4 anos cem por cento alfabetizada e que arranhava o francês. As filhas de Tamra a chamavam de "mamis".

Sentada no banco de pernas abertas e com um suor gelado escorrendo pelas têmporas, Alix contou tudo para as amigas.

Rachel engoliu em seco e disse:

– O quê?!

– Eles não queriam deixar que ela *saísse* de lá? – perguntou Tamra numa pronúncia excessivamente articulada.

– Tudo isso aconteceu no mesmo dia? – quis saber Jodi.

– Meu Deus, isso nunca ia acontecer em Nova York – opinou Rachel. – Hudson, tira isso da boca! Desculpa, estamos no futebol.

O coração de Alix disparou até deixá-la enjoada, exatamente como na noite anterior, quando Peter tinha voltado sem Emira e avisado "Ok, está todo mundo bem", antes de explicar o que havia acontecido. Alix não conseguiu evitar fazer perguntas que se mostraram genéricas e sem sentido assim que saíram de seus lábios. "Ela estava chorando? Ela estava irritada? Ela parecia muito chateada?" Se alguém tivesse questionado Alix a respeito de Emira e seu estado mental em todas as segundas, quartas e sextas dos últimos três meses, ela não saberia o que responder. Na maior parte dos dias, Alix praticamente atirava Briar nos braços de Emira já a caminho da porta, dizendo que Briar não tinha almoçado ou não tinha feito cocô, sem sequer olhar para trás. As terças e quintas-feiras sem Emira incluíam aulas de natação na ACM, durante as quais Briar nadava de modo tão pesado e desesperado que depois acabava tirando um cochilo de três horas. Esses cochilos eram seguidos de um filme na Netflix e, no momento em que subiam os créditos, papai estava chegando pela porta da frente. Esse padrão funcionava tão bem para Alix que ela não fazia ideia se sua babá era o tipo de pessoa que choraria, abriria um processo ou não faria nada.

Tamra fez um muxoxo.

– Você precisa ligar agora pra essa moça.

– Estou catando o vídeo do Peter no Google – disse Jodi. – Tá, quinhentas visualizações… não é tão ruim assim.

– Alguém filmou o que aconteceu? – perguntou Tamra.

– Vocês provavelmente teriam como ajudar se ela quiser processar a loja – comentou Rachel.

– Não sei. Estou enlouquecendo. – Alix apoiou os cotovelos nos joelhos. – Eu tenho sido uma péssima pessoa com ela. Ela é tão boa e tão pontual… Briar adora ela e sinto que vou acabar perdendo a menina por causa de uma merda de um segurança idiota de supermercado. – Alix soltou o cinto que passava por cima da boca da adormecida Briar e olhou ao redor para garantir que ninguém a tivesse ouvido dizer a palavra "merda" na frente das filhas. – Eu tenho sido tão desleixada com tudo ultimamente que isso parece um grande castigo. Estou atrasada com o meu livro, estou engordando e uns dez colegas do Peter vão hoje lá em casa pro aniversário da Briar, no que, em tese, a Emira me ajudaria. Mas a ideia de perdê-la pra sempre está me deixando fisicamente mal. Eu nunca vou conseguir terminar esse livro sem ela.

– Ei – interrompeu Rachel. – Você vai terminar esse livro de qualquer jeito. Você é incrível e leva tudo até o fim, mas nesse momento a Emira é prioridade.

– Cem por cento – afirmou Tamra.

– Prudence! – Jodi afastou a boca do celular. – Você tem que dividir com o seu irmão, estamos entendidas? – Depois, mais perto do aparelho, ela disse: – Concordo com tudo o que vocês disseram.

– É. Eu entendo. E eu sei que preciso ligar pra ela – falou Alix. – Mas o que... Como eu vou conduzir essa conversa?

– Não vai falar pra ela escrever uma carta – murmurou Rachel.

– Rachel, isso é sério – disse Jodi, no mesmo tom maternal que usava com a filha.

– Na verdade, pode ser que ela nem te atenda – afirmou Tamra. – E você precisa estar preparada pra isso.

Ao lado de Alix, o sino preso à porta da cafeteria soou quando um casal saiu. A mulher disse "Aposto que a gente consegue alugar na Amazon" e o homem respondeu "Mas o mais importante era ver em 3-D". Alix baixou a cabeça e o suor escorreu pelo seu nariz.

– Eu acho que vou passar mal de verdade.

– Olha, se ela atender – continuou Tamra –, só diz que você lamenta *muito* que isso tenha acontecido, e que você vai dar apoio em qualquer coisa que ela precisar, seja para contratar um advogado ou para não fazer absolutamente nada.

– Sim, só não começa a chorar ou coisa assim – alertou Rachel. – Não que você seja de fazer isso, mas evidencia que o foco da situação é ela. Hudson, tá tudo bem, querido! – Era possível ouvir Rachel batendo a mão na coxa. – Você quer ir pra casa? Não? Tá, tudo bem.

Alix sabia que aquilo não seria tão assustador se aquela não fosse ser a conversa mais longa que já tivera com Emira na vida. Ela respirou fundo e disse:

– A culpa é minha por ter mandado ela pra lá?

– Oh, querida, não – respondeu Jodi.

– Eu também teria ligado pra ela! – reforçou Tamra.

– A culpa é sua por ter se mudado pra Filadélfia – pontuou Rachel. – Desculpa, mas, de novo, isso nunca teria acontecido em Nova York. Quando eu busco o Hudson em qualquer lugar, ninguém nunca acredita que ele é meu filho. Mas quando a Arnetta vai eles ficam tipo, "Ele tá aqui! Ele é alérgico a nozes, tchau!".

– Pru? – chamou Jodi. – Eu vou contar até três, mocinha. Um, *dois*... Obrigada, senhorita.

Alix se recostou e a camiseta suada grudou nas costas. Na frente dela, enquanto dormia, os pés de Catherine calçados com botas corriam em algum lugar dos seus sonhos.

– Vai ligar pra ela – disse Tamra.

– Eu sei – respondeu Alix.

– Alix? – chamou Jodi. – Eu amo você. E você está linda, sempre está. Mas estou sendo uma boa amiga nesse momento e vou perguntar quantos quilos você engordou.

Alix olhou para baixo na direção do short laranja fluorescente. Um pneu molenga que ela ganhou na gravidez, a matrícula na academia que ela nunca havia feito e smoothies cheios de açúcar que ela tomava enquanto pegava sol pulavam da sua cintura e por baixo da blusa úmida. Alix deu um suspiro.

– Estou com medo de me pesar.

– Ah, *meu Deus* – falou Tamra. – Por que você não falou nada antes?

– Tá... querida? – chamou mais uma vez Jodi. – Você precisa organizar a p-o-r-r-a da sua vida porque você *não* é essa pessoa. Você é ótima em conflitos, amamenta na frente de plateias, vai escrever um livro de muito sucesso. Você precisa desligar com a gente, pedir pra sua babá ficar, dizer pro Peter tomar cuidado com o que fala por aí e dar um jeito de arrumar um desses relógios para monitorar atividade física ou alguma coisa assim, ok?

– Sim, ela tá certa, Alix – acrescentou Rachel. – Porque, quando seu livro sair, sua foto vai estar por todos os lados, e capa de livro engorda mais de sete quilos, eu *não* estou brincando.

– Considere isso uma intervenção – concordou Tamra –, mas uma muito gentil e muito solidária.

– Eles têm suco aí? – perguntou Rachel. – Quer que eu te mande um detox?

– Eu acho que eles têm suco, Rach. – Jodi riu. – Ela não está em Montana.

Emira não atendeu o telefone, então Alix foi tomar banho e depois tentou ligar novamente. Desta vez ela atendeu, e Alix fez todas as coisas que suas amigas haviam sugerido, ticando mentalmente cada ponto. Mas quando Alix disse "A decisão é totalmente sua", Emira respondeu:

– Peraí… eu tô atrasada?

Alix ouviu a voz de Zara ao fundo:

– Quem tá ligando pra você a essa hora?

Alix olhou para o relógio. Eram 9h14. Emira, Alix percebeu, ainda estava acordando.

– Não, você não tá atrasada! – assegurou Alix. – A festa vai começar só ao meio-dia, ou 11h45, se você puder vir mais cedo… você não precisa vir, mas eu adoraria se pudesse. *Nós* adoraríamos se pudesse. Mas você quem sabe.

– Não, eu vou, sim – falou Emira. – Eu vou, não se preocupe.

– Não, Emira, eu não estou preocupada. Quer dizer… Estou preocupada *com você*. – Alix estava se esforçando. – E queria saber como você tá. Mas tudo bem. Vejo você ao meio-dia? Ou às 11h45?

– U-hum.

Zara, agora mais acordada, perguntou:

– Tô pensando em pedir um bagel, você também vai querer?

– Até mais tarde! – disse Alix.

Emira desligou o telefone.

Liguei. Alix mandou uma mensagem para Tamra. Tive a impressão de que ela não queria falar sobre o assunto.

Tamra respondeu: É uma opção dela. Ela vai à festa?

Sim.

Tá bem, fica tranquila, respondeu Tamra. Bebe muita água. Nada de massa. Mas você pode comer bolo porque é a festa de 3 anos da sua filha.

Alix olhou para Briar, que estava brincando com dois pentes no chão do quarto.

– Bri – chamou ela. – Feliz aniversário, meu amor.

– É feliz aniversário de mentira? – respondeu Briar em um tom sério.

Se a escolha tivesse sido de Briar, o tema da festa teria sido "óculos", porque o que aquela criança mais queria eram óculos, e tocar nos óculos de todo mundo, e ver como ela ficava usando os óculos de todo mundo. Mas Briar também amava aviões, adorava apontar para eles e os sons que eles faziam, e Alix achava que esse, entre todos os outros interesses de Briar (cheirar saquinhos de chá, o umbigo das pessoas, tocar a pele macia do lóbulo da orelha da mamãe), deveria ser amplamente estimulado.

Alix afastou os móveis da sala em direção às paredes e depois espalhou uniformemente balões brancos, cobrindo o teto alto. Pendurado na ponta inferior de cada fita de seis metros havia um avião de papel azul com rodas e bordas abauladas. Depois, ela montou uma mesa com aperitivos, na frente de uma parede coberta de nuvens de papel. Próximo à porta, ela pendurou óculos de aviador daqueles antigos, feitos de plástico para as crianças pegarem e usarem. Havia minicupcakes da cor do céu e lembrancinhas em sacos azuis brilhantes com pequenas hélices brancas que giravam de verdade. Alix tirou fotos em close das hélices e dos cupcakes para postar em seu Instagram (tão de perto que poderiam ter sido tiradas em qualquer lugar, principalmente em Manhattan). Peter levou alguns balões para o lado de fora e os amarrou ao redor do buraco pontiagudo no vidro da janela. Quando Alix deu uma espiada para fora, ele perguntou:

– Acha que é uma ideia idiota?

Ela balançou a cabeça e se sentiu ao mesmo tempo enternecida e triste por ele. Ela sabia que Peter não tivera a intenção de dizer aquilo durante o noticiário.

– Não – disse ela. – Não é uma ideia idiota, não.

No andar de cima, Alix vestiu um macacão jeans largo e ajeitou os cabelos. Peter estava cantando "Baby Beluga" para Briar e Catherine, que estavam deitadas na cama enquanto ele afivelava o cinto e abotoava a camisa. Entre um verso e outro, ele enfiou a cabeça pela porta do banheiro.

– Ela ainda vem hoje pra ajudar, né?

Alix olhou para ele pelo reflexo no espelho enquanto passava rímel nos cílios inferiores.

– Ela disse que sim.

Emira chegou às 11h45.

Ela tinha a própria chave e, quando ouviram a porta se fechar no andar de baixo, Peter e Alix se entreolharam. Briar estava finalmente vestida com a roupa da festa, um macacão verde-escuro que a deixava parecendo uma figurante de *Top Gun*, e Catherine estava aconchegada em sua fantasia de nuvem. Alix entregou a Peter um broche de asas de ouro.

– Me dá um minuto – falou ela antes de descer correndo os dois lances de escada.

Emira estava pendurando sua mochila na parede, de calça jeans escura, uma trança frouxa descendo pelas costas e um delineador preto e grosso nos olhos.

Em sua primeira semana trabalhando como babá para os Chamberlain, Emira levou Briar para uma aula de pintura. Ela usava um casaco de lã largo, do tipo que se manchasse a tinta nunca sairia, e Alix lhe ofereceu uma de suas muitas polos brancas da Deixa Ela Falar. "Na verdade, tenho toneladas delas e você é do mesmo tamanho das minhas ex-estagiárias", disse Alix. "Bem, talvez elas fiquem um pouco grandes em você, mas pode pegar uma sempre que precisar." Aquele se tornou o uniforme de Emira. Três vezes por semana, Alix descia as escadas e encontrava Emira enfiando uma polo branca pela cabeça. Ela a pendurava no cabideiro pouco antes de ir embora. E, de repente, enquanto Alix andava em meio às fitas azuis que pendiam dos balões acima dela, aquele costume tão cheio de afeto provocou um nó em sua garganta. Ela chegou ao último degrau no momento em que Emira falou "Olá" e puxou a trança pela parte de trás da gola.

– Olá. Oi. – Alix ficou na frente de Emira e cruzou os braços, segurando os cotovelos. – Eu posso... Eu posso te dar um abraço?

Aquilo prontamente pareceu algo estúpido de se dizer. Alix não queria que aquele fosse o primeiro abraço entre elas, mas tinha feito a oferta, então teria que levá-la até o fim. Em seus braços, Emira cheirava a hidratante, cabelo queimado, esmalte e perfume barato.

– Antes de qualquer coisa – disse Alix, recuando –, você não precisa estar aqui hoje.

– Ah, não. Tô aqui. Tá tudo bem.

Emira se virou para a mochila e tirou um protetor labial do bolso da frente.

Alix estava de tornozelos e braços cruzados.

– Eu não vou fingir que sei o que você está sentindo agora ou como você se sentiu ontem à noite, porque eu nunca vou saber de fato, mas eu quero poder te apoiar da maneira que você precisar. Seja com um advogado ou... um processo... ou...

Emira deu um sorriso.

– Um o quê?

– Emira... – continuou Alix. Ela percebeu que seus ombros já estavam quase tocando as orelhas de tão tensos, então tentou relaxar as costas. – Você pode processar aquela loja. Ir atrás de uma indenização por danos morais, você está totalmente no seu direito.

– Ah, não. – Emira cerrou os lábios e tampou o protetor labial. – Eu não vou entrar nessa.

Alix assentiu.

– E eu respeito totalmente a sua decisão. Só queremos que você saiba que lamentamos muito e...

Outra voz vinda do lado de fora disse:

– Alix?

Atrás de Emira, a porta se abriu uns cinco centímetros. Emira alcançou a maçaneta e revelou dois meninos e sua mãe: uma família da aula de natação de Briar.

– Oh, meu Deus, oi – cumprimentou a mulher. – Eu sei, eu sei.

Chegamos muito cedo. Oi! Você nem deve ter terminado de arrumar as coisas. Mas a gente pode ajudar vocês e não vamos atrapalhar. Você está tão fofa!

Alix os conduziu para dentro com alguns "Oi" e "Como vocês estão?". Os meninos correram para a mesa de aperitivos e um deles tirou os sapatos. Quando a mulher começou a tirar os casacos das crianças, Alix sussurrou para Emira:

– Vamos falar sobre isso mais tarde.

– Tudo bem – respondeu Emira. – Mas de verdade, tá tudo bem.

Enquanto dizia isso, Emira enfiou a mão em uma sacola de papel que havia colocado embaixo da mochila. Ela puxou um pequeno aquário com um laço de fita laranja amarrado ao redor da borda, com um peixe dourado brilhante dentro.

– Espera, Emira. – Alix colocou a mão no peito, na altura do coração. – Você que trouxe isso?

– Foi.

Emira colocou o aquário na cornija da lareira, ao lado de um pequeno avião de papel que dizia PISTA DE POUSO DOS PRESENTES! Quando ela girou o aquário de modo que o laço ficasse voltado para a frente, Alix se lembrou. Sim. Emira havia perguntado se poderia dar um peixe de presente de aniversário para Briar. Ela perguntara a Alix e Peter dias antes. Alix não tinha entendido que seria um peixe de verdade, porque no fundo ela não havia prestado muita atenção, mas lá estava ele, dourado e serpenteante. Emira tinha encaracolado a fita ao redor do minúsculo aquário, mas ela havia sido amassada e achatada no trajeto até lá e agora estava amargamente solta em volta da borda.

Dois minutos antes, o menino de 3 anos que foi um dos primeiros convidados a chegar vomitou no espaço ao lado do vaso sanitário e começou a chorar num lamento envergonhado. No momento em que já estava tudo limpo e as desculpas haviam cessado, chegou um grupo de colegas de trabalho de Peter da WNFT. Alix ligou a música, foi até a porta e disse:

– Oi, acho que já fomos apresentados, sou a Alix.

Quando era apresentada às pessoas pela primeira vez, Alix exagerava na pronúncia de seu nome, enfatizando bem a segunda sílaba, Ééé-*lix*.

Peter nunca aparentou ter oito anos a mais que Alix – ele não tinha barriga e seu corte de cabelo era um pouco jovial demais –, mas quando ela se viu junto com os colegas dele em um mesmo ambiente, de repente sentiu como se estivesse participando de uma reunião dos amigos de seus pais, contando os minutos até poder ir para o quarto e assistir a videoclipes. As colegas de trabalho de Peter chegaram em vestidos florais marcados na cintura, sandálias com salto plataforma e sapatos de salto. Até a única mulher negra entre elas chegou com o cabelo curto, liso e com luzes. Aquelas mulheres usavam maxicolares feitos com pedras preciosas artificiais e contas de vidro. Os homens pareciam bonecos Ken gigantes usando calças cáqui e camisas polo.

O assunto mais abordado durante o evento foi o rombo pontiagudo na janela do hall de entrada. Antes de ficar sabendo do incidente no Market Depot, enquanto aguardava a polícia finalizar o registro da ocorrência, Alix havia se preocupado com a possibilidade de os colegas de trabalho de Peter pensarem o mesmo que os adolescentes do colégio Beacon Smith. A carreira de Peter na Filadélfia possivelmente terminara antes de começar, e talvez ele tivesse que voltar para Riverdale... o que seria incrível, caso isso significasse a volta dela a Nova York. Mas a reação da WNFT ao buraco no vidro da janela foi um estranho orgulho, típico de um time que joga em casa, misturado com a satisfação de um tapinha nas costas. Era como se Peter, o cara novo na cidade, tivesse passado por uma espécie de trote, uma iniciação, mas na medida certa. Eles queriam ouvir a história. Eles riam e diziam: "Não se preocupe." Brindaram com suas garrafas de cerveja e disseram: "Bom, bem-vindo à Filadélfia!"

Ninguém na festa de aniversário de Briar tinha ouvido falar de Alix ou do Deixa Ela Falar. Enquanto bebericava uma água com gás ao som de uma playlist que ia de Kidz Bop a Michael Jackson, Alix decidiu transformar seu anonimato em um desafio: elaborar uma apresentação curta e direta que pudesse servir como texto de capa de seu livro, uma das muitas tarefas que ela ainda não tinha começado. Mas nenhuma de suas descrições parecia funcionar.

– Aaaah, então você não está exatamente *escrevendo* o livro – disse uma das mulheres. – É tipo um... aquele que as pessoas mandam segredinhos pelo correio... qual é o nome? PostSecret? Lembra disso? E era meio que... superobsceno?

– A gente viu um filme bem louco chamado *Dela*, não, *Ela*, era *Ela* o nome? – Outra das esposas olhou para o marido à espera de que ele confirmasse o nome, mas, como ele não o fez, ela continuou. – Talvez fosse *Elas*. Enfim... o trabalho do cara era escrever cartas de amor pras pessoas. Gente que ele nem conhece. Era tão esquisito, é isso que você faz?

Alix fingiu ter ouvido Catherine chorando, educadamente pediu licença e se retirou.

Laney Thacker, a âncora que apresentava o noticiário com Peter, chegou com sua filha de 4 anos, Bella. Trazia também rosas amarelas, uma garrafa de vinho, um pote de vidro alto cheio de ingredientes para biscoitos e uma receita, e caixas de presentes para Briar e Alix. Ela cumprimentou Alix com um aperto de mão e um olhar que dizia "Finalmente".

– Caramba, é como se eu já te conhecesse – disse ela. – Me dá um abraço. Você faz parte da família Philly Action agora. – Por duas vezes, Alix achou que o abraço já havia atingido seu limite, mas Laney não parava de murmurar nem de apertá-la. Balançava Alix de um lado para outro. Bella foi até Briar e a balançou de um lado para outro também.

Quando morava em Manhattan, Alix ia a festas de aniversário pelo menos duas vezes por mês com Rachel, Jodi e Tamra. Sentavam-se a um canto, bebiam vinho em copos descartáveis e se revezavam para dançar com as crianças. Cochichavam sobre extravagâncias abomináveis, como fontes de chocolate ou mandar as crianças para um dia de beleza no salão, e reviravam os olhos para as lembrancinhas em saquinhos com a inicial do nome do aniversariante e para as sósias de princesas da Disney contratadas, que sempre eram de Nova Jersey. Mas os convidados presentes na despretensiosa festa de aniversário de Briar pareciam duas vezes piores do que aquilo. As mulheres se vestiam como se quisessem morar no nobre Upper East Side, e não como se realmente vivessem lá ou se ao menos já tivessem estado lá em algum momento da vida. Era absolutamente impossível que elas estivessem se sentindo confortáveis naqueles saltos, e por que ninguém estava vestindo jeans? Alix se sentia deslocada e desconfortavelmente imensa.

Mas Peter participava dos almoços, festas e convenções de Alix com um sorriso no rosto. Tinha ficado acordado até tarde, ao lado da esposa, selando quinhentas cartas que as estudantes de ensino médio haviam escrito para seus futuros eus. Havia colocado as crianças na cama quando as oficinas iam até tarde, depois de convencer Briar de que a mãe iria até seu quarto lhe dar um beijo de boa-noite no segundo em que chegasse em casa. Alix se forçou a manter isso em mente e tentou encontrar alguém com quem pudesse conversar, alguém cujo filho ela não se importasse de colocar na frente da TV junto com Briar, alguém com quem ela pudesse praticar ioga. Mas essas mulheres eram tão agradáveis e queridas quanto ultrapassadas e, de um jeito um tanto incômodo, inadequadas. Laney, a âncora colega de Peter, alisou a parte da frente do macacão de Alix de forma afetuosa.

– Eu sempre quis usar um desses – disse ela –, mas *nunca* consegui.

Ela inclinou o corpo para a frente para rir e perguntar como Alix conseguia fazer xixi usando aquela coisa.

Por fim, parecia que havia chegado a hora dos presentes. As crianças em Manhattan nunca abriam presentes durante a festa. Os presentes eram colocados em grandes caixas ou em imensos sacos plásticos transparentes para serem levados para casa com o que restasse do bolo. Se tivesse chance, você podia esconder alguns em um armário e guardá-los para servir de distração durante alguma viagem de avião ou para quando seu filho fizesse xixi no lugar certo. Mas em determinado momento, quando Alix e Peter conversavam com uma das colegas dele da WNFT, o filho dela de 5 anos surgiu e se agarrou a seus joelhos.

– Quando vamos abrir os presentes e comer bolo? – choramingou ele.

Peter olhou para Alix.

– Quer que eu pegue uma cadeira?

Briar se sentou no colo de Alix enquanto Emira lhes entregava os presentes. Logo após o segundo presente Briar já estava cansada, agitou os braços e disse: "Não gosto, não gosto." Emira e Peter ficaram acalmando a menina enquanto Alix desembrulhava cada presente.

Entre uma fôrma de gelatina em formato de princesa e uma tiara que fedia a plástico e toxinas, Alix pegou o celular no bolso para mandar uma mensagem no grupo com Rachel, Jodi e Tamra. Quero morrer, digitou ela. Odeio todo mundo aqui. Todos os presentes dados a Briar eram completamente absurdos, sexistas ou assustadoramente clichês. Uma criança de 3 anos ganhou um macacão para neve prateado da Fendi, que era caríssimo, um conjunto de chá branco e rosa, um arranjo de flores feitas de frutas (eles tinham comprado aquilo pela internet?) e uma vela em formato de "bolo de aniversário" aromatizada, com um cartão de parabéns de ursinho. Aos pés de Alix, Emira colocava os papéis de presente dentro de uma enorme sacola reciclável. Briar ergueu um presente um pouco confusa, um avental azul com babados e uma touca de chef combinando. Emira disse para a menina:

– Isso é pra você, aniversariante.

Alix queria agarrar os ombros de Emira, os dois, e dizer olhando bem nos olhos dela: "Esta festa não tem nada a ver comigo."

A casa de Alix estava lotada do tipo de mães que ela via com frequência nos aeroportos e tinha passado a desprezar absolutamente. Mulheres com o rosto entupido de maquiagem, uma quantidade absurda de bagagem (malas de mão e capinhas para passaporte caros, como as das marcas Vera Bradley e Lilly Pulitzer), sandálias com solado de cortiça e sacolas plásticas cheias de lembrancinhas que ocupavam todo o espaço dos compartimentos dentro do avião. Eram barulhentas ao ligar para os maridos avisando que o avião tinha pousado ou que tinham desembarcado em outro portão. Elas travavam a fila para sair do avião ("Pegaram tudo? Porque *não tem como* voltar pra buscar"). Nas cabines dos banheiros, descreviam com detalhes suas técnicas de como criar uma imensa escultura de papel machê sobre a tábua do vaso sanitário, em vez de fazer o que Alix sempre fazia: usar banheiros públicos para se exercitar, agachando-se sobre a louça.

Alix sequer teve um carrinho de bebê até ficar grávida pela segunda vez. Ela era incrivelmente habilidosa em fazer malas, muitas vezes levava apenas uma mochila em viagens de fim de semana e vivia mandando mensagens para Peter, avisando que havia se enfiado em um voo que a levaria de volta para casa mais cedo. Assim, ao olhar ao redor da sala de estar, Alix se perguntou se algum dia seria possível se sentir em casa na Filadélfia. Como ela poderia manter sua destreza enquanto mãe e dona de uma pequena empresa se estava cercada pelo tipo de mulher que atrapalhava o fluxo da fila do raio X do aeroporto porque tinha se esquecido de tirar o casaco?

Alix ficou parada junto à porta, enquanto os pais se esforçavam para enfiar os pés dos filhos de volta nos sapatos e as crianças fuxicavam as sacolas com as lembrancinhas. Ela disse "Precisamos reunir as crianças de novo" umas quatro vezes enquanto trocava beijinhos e apertos de mão.

Laney foi novamente até Alix para mais um momento de profunda conexão.

– Estou tão feliz por terem vindo morar aqui! – exclamou ela. – Algum dia desses a gente tem que marcar um drinque para depois que as crianças dormirem.

Era óbvio que Laney estava sendo muito amigável, mas também

assegurando a Alix que, quando ela se sentava ao lado de Peter todos os dias, não havia nada acontecendo entre eles, pois ela era do tipo que respeitava as outras mulheres. Aquilo nunca havia passado pela cabeça de Alix, e ela se sentiu culpada por isso. Laney tinha uma risada constrangedora, gengiva e dentes um tanto desproporcionais, e costumava dizer coisas como "Carambolas". A mulher era a definição de fofa, e, quando Alix a abraçou, tinha apenas um pensamento: "Eu quero gostar de você. Por que é tão difícil?"

Por cima do ombro de Laney, Alix observou Emira se abaixar para ajudar um garotinho com seu casaco.

– Não brincamos da minha brincadeira preferida – disse ele.

– Ah, não? – Emira puxou as mãos dele para fora das mangas. – E qual é a sua brincadeira preferida?

Ele se virou para ela e respondeu:

– Ela se chama "Sou um assassino"!

– Que legaaaaaaal. – Emira se levantou e caminhou até o cômodo ao lado, chamando: – Briar! Vem cá ficar comigo rapidinho.

Depois que Laney e sua família finalmente foram embora, Alix pegou o celular de novo. Correção, escreveu no grupo das amigas. Odeio todo mundo, exceto a minha babá.

É melhor você dar um aumento pra essa garota, disse Tamra.

Ou um desses arranjos de frutas!, respondeu Rachel.

Naquela noite, Briar foi se deitar tendo seu novo peixe na mesa de cabeceira, um dos poucos presentes que Alix não colocou em uma sacola para doação. Briar, de 3 anos, batizou prontamente o peixe de Conchinha e o observou nadar em círculos até pegar no sono.

Cinco

Justamente quando Emira decidiu se afastar da menina, agora com 3 anos, checar os sites de emprego todos os dias e se candidatar apenas a oportunidades que contratassem adultos e oferecessem benefícios mais adultos ainda, a Sra. Chamberlain veio com tudo. O incidente no Market Depot havia mexido com ela, e a mulher ficou tentando consertar os erros cometidos naquela noite com uma naturalidade forçada, que deixou Emira com um pé atrás. Desde o ocorrido, a Sra. Chamberlain começou a chegar em casa às 18h45, sentando-se na frente de Emira e fazendo menção a conversas que elas nunca haviam tido. "Emira, no que foi mesmo que você se formou?", "Onde é mesmo que você mora?", "Você não me disse uma vez que tinha alergia?". O timing não poderia ter sido pior. Aquelas eram perguntas que você fazia no começo, e não quando Emira estava se esforçando para que se tornasse o fim. Mas, para um bico de meio período, o valor era honesto, e por isso era difícil para ela se empolgar com possíveis empregos que ofereciam menos dinheiro e nenhuma Briar. Às sextas-feiras, a cada duas semanas, Alix entregava a Emira um envelope com 672 dólares.

Duas semanas após a noite no Market Depot, o envelope pareceu particularmente gordo. Na varanda da frente, sob um pôr do sol avermelhado, Emira deu uma espiada dentro do envelope e encontrou 1.200 dólares em espécie. Um pequeno bilhete em papel-cartão grosso estava preso com um clipe às notas de 100 dólares, escrito com a letra linda de Alix:

Emira,
Isso é pelas duas últimas semanas, pelo aniversário de Briar e pela terrível noite em que você salvou a nossa vida. Obrigada por tudo. Adoramos ter você por perto e estamos aqui para o que precisar.

Beijos,
P, A, B & C

Emira olhou para a rua. Ela riu, murmurou um "Porra" e imediatamente foi comprar sua primeira jaqueta de couro.

O metrô estava lotado. Emira seguia tranquilamente, mesmo atrasada, para encontrar Zara, Shaunie e Josefa para jantar, depois tomar uns drinques e então fazer todas as coisas que se pode esperar de alguém de 20 e poucos anos quando sai à noite. Tudo o que ela vestia parecia reluzente junto de sua jaqueta nova. Era preta, com zíper assimétrico, e batia logo acima do quadril. O cinto pendia sem dificuldade nas laterais, e ela tinha deixado os fechos prateados abertos nos antebraços. A jaqueta de Emira custou 234 dólares, se tornando a compra de maior valor que ela já havia feito, sem contar o boxe da cama e o laptop. Com uma mão segurando a barra de metal do metrô e a outra escrevendo uma mensagem para Zara, avisando que estava a caminho, Emira achou engraçado e triste que ela pudesse se sentir tão barata na coisa mais cara que possuía. Aumentou o som nos fones de ouvido e se equilibrou nas curvas.

Atrás de Emira havia uma família de seis pessoas, que sem sombra de dúvida não era da Filadélfia, e a mãe gritava: "A próxima estação é a nossa! Todo mundo escutou?" Mesmo abafada pela música que tocava no celular, ela ouviu a conversa à esquerda, na qual um homem de terno dizia que precisava de uma desculpa para não participar de uma reunião de família. A mulher que estava com ele disse: "Eu não me importo se você me usar como desculpa." Os ossos do quadril de Emira se destacavam sob a legging preta, e quando ela teve um vislumbre do colar de várias correntes douradas em seu pescoço, o apertou contra o peito, sua imagem refletida na janela pela qual se via o concreto e a escuridão passando velozes ao fundo. Ela ajeitou a franja e as madeixas sobre os ombros, e no intervalo entre o final de uma música e o início de outra, ouviu alguém chamar seu nome.

Emira se virou e viu KelleyTCopeland@gmail.com. Com um boné de beisebol, o rabo de cavalo sobre o ombro largo, ele repetiu o nome dela, mas dessa vez completo: "Emira Tucker." Emira se segurou com mais força na barra do metrô e percebeu que estava extremamente nervosa.

Desta vez, ele parecia ainda mais gato, em parte porque Emira não estava tomando conta de uma criança nem sendo acusada de um crime, mas também por mérito próprio. Ele tinha cabelos e olhos escuros, um rosto comprido e pálido, um queixo grande e másculo que, por algum motivo, dava a impressão de que ele havia praticado esportes durante toda a faculdade. Emira sorriu de lado e Kelley falou "Com licença" enquanto avançava em direção a ela.

– Você se lembra de mim? Tenho certeza que lembra, oi. – Kelley riu ao responder a própria pergunta. – Eu provavelmente não deveria dizer isso, mas escrevi uns seis e-mails pra você e nunca mandei. – Ele fez uma pausa. – Queria saber se você pediu demissão ou não.

Emira ainda estava perplexa com sua presença tão alta e simpática. Ela cruzou os tornozelos e falou:

– Desculpa, o quê?

– Desculpa – disse ele. – Fiquei curioso pra saber se você largou o emprego de babá.

Kelley Copeland era tão alto que conseguia espalmar as mãos no teto do vagão do metrô, o que ele de fato fez diante de Emira. Ela achou aquilo uma demonstração absurdamente óbvia de masculinidade e também totalmente atraente.

– Ah, desculpa – repetiu Emira. – Bem... Não é exatamente um emprego.

– Hmm – fez ele. – Então você largou? Que bom.

– Ah, não, eu ainda estou trabalhando. – Emira passou a alça da bolsa do ombro direito para o esquerdo. – Mas então, não é exatamente um emprego. Eu não trabalho todos os dias.

– E que diferença isso faz? Não quero parecer esquisito, eu só não sei mesmo.

O vagão parou e Emira saiu do caminho de um homem com quatro sacolas de compras para que ele pudesse descer. Kelley apontou o lugar vazio para Emira e ela se sentou.

– Não sou babá em período integral – explicou ela. – Se fosse assim, eu teria um salário, receberia bônus e teria direito a férias. E babás diaristas trabalham tipo... quando os pais vão sair ou em situações de emergência.

– Ah, sim, entendi. Desculpa, eu pensei ter ouvido você dizer que cuidava da menina todo dia.

– Não, sim, eu disse isso pro cara me deixar em paz – explicou Emira. – O que funcionou muito bem, como pudemos observar.

– Pois é. – Kelley revirou os olhos, num misto de incômodo e irritação, o tipo de olhar que os passageiros trocam quando há uma pessoa bêbada falando alto dentro do vagão ou quando o condutor fica o tempo todo avisando que haverá atrasos. – Bem, se você continuou trabalhando para eles, com certeza teve um motivo pra isso. Mas espero que pelo menos tenham oferecido um aumento.

Emira soltou uma mecha de cabelo que grudara nos cílios e o zíper na manga tilintou de forma agradável. Ela sorriu e disse:

– Eles me deram todo o suporte.

Kelley apoiou as mãos na barra acima da cabeça de Emira.

– Pra onde você tá indo? – perguntou ele.

Emira ergueu uma sobrancelha. Ela o encarou e não pôde deixar de pensar "Sério?". Foi a determinação espontânea de Kelley, misturada com a imagem das doze notas de 100 dólares, que lhe deu ânimo para pensar: "Quer saber? É isso aí. Foda-se." Ela pressionou os lábios e disse:

– Jantar com umas amigas. Depois vou pro Luca's. Por quê?

– Luca's. – Ele franziu os lábios, impressionado, e disse: – Que chique.

Emira deu de ombros em um charmoso "É? Não sei".

– E se eu te convidar pra gente tomar alguma coisa bem rápido? – sugeriu ele. – Depois cada um segue seu caminho. Também vou encontrar uns amigos hoje.

O metrô parou e uma mulher passou por Kelley para pegar o lugar ao lado de Emira.

Emira fingiu hesitação. Estava gostando daquilo tanto quanto ele. Já estava imaginando até que horas ficariam juntos aquela noite, e pelo que ela podia prever seria algo em torno das duas da manhã.

– Eu já estou atrasada – disse ela. – A gente podia tomar alguma coisa no Luca's.

Kelley riu.

– A-hã, eu nunca vou entrar lá.

Emira olhou para os sapatos dele. Pareciam botas de trilha, eram marrons e tinham cadarços, e acima deles uma calça jeans escura e um moletom com capuz cinza que parecia caro.

– Sua roupa está ok – assegurou ela. – Você vai sobreviver.

– Eu não estava falando das minhas roupas, mas obrigado, agora estou me sentindo superconfiante – rebateu ele com um sorriso. – É só que eu fiquei sabendo que eles não deixam você entrar lá se não estiver acompanhado.

Emira ia descer na estação seguinte e, quando o vagão começou a desacelerar, ela ficou de pé ao lado dele.

– Bom, você tem o meu e-mail. Me escreve que eu vou te buscar na porta.

Kelley pegou o celular.

– Não seria mais fácil se eu te mandasse uma mensagem?

Emira deu uma risada silenciosa.

– Então, me manda um e-mail, querido.

– Sim, sim. – Ele guardou o celular fazendo cara de idiota. – Eu ia falar isso. Mando um e-mail. Beleza.

– U-hum – fez Emira, que já estava junto à porta.

Kelley se sentou no lugar antes ocupado por Emira, que parecia pequeno demais para ele e sua estrutura física. Ele pousou as mãos entre os joelhos e abriu um sorriso forçado para Emira. Ela ergueu as sobrancelhas de novo e baixou os olhos em direção ao celular.

– Aquela ali é a minha namorada – falou Kelley em voz alta para a mulher sentada ao lado dele.

A mulher tirou os olhos do livro que tinha nas mãos e disse:

– Oi?

– Aquela ali, ó, é a minha namorada.

Kelley ficou apontando para Emira. A mulher fez uma cara de curiosa. Olhou para Emira, que balançou a cabeça e o contradisse:

– É... isso não é verdade.

– Ela faz isso – continuou Kelley, mantendo os olhos na mulher à sua direita. – É fofo, ela faz esse joguinho quando a gente tá no metrô, finge que não me conhece.

– Meu Deus do céu – falou Emira, colocando três dedos na testa.

– Quando a gente chega em casa, ela diz "Não foi engraçado, meu bem?", e aí a gente fica rindo. É hilário.

A mulher riu e comentou:

– É muito romântico mesmo.

O metrô parou e Emira disse:

– *Tchau.*

– Nos vemos em casa, amor! – gritou Kelley antes de as portas se fecharem.

No Luca's, Shaunie pediu uma mesa na área VIP do segundo andar. Zara reagiu com um "Que isso, hein, gata?" e Shaunie respondeu com "A-hã!!! É por minha conta". As quatro foram para uma espécie de camarote superluxuoso, com sofás de couro branco, tomando seus drinques e dançando. Shaunie pediu uma segunda rodada e, quando chegou, Josefa ergueu o celular para anunciar ao Snapchat:

– Essa noite vai ser foda!

Os pais de Shaunie eram tão ricos quanto Shaunie era generosa. O dinheiro de sua família vinha de uma cadeia de lavanderias drive-thru no sul do país, e o imenso coração de Shaunie era resultado de uma profunda crença em carma, bem como de frases motivacionais que ela lia na internet. Desde que elas se conheceram (Zara foi até Emira depois da aula e disse: "Aquela menina preta de pele clara se ofereceu pra levar a gente num show, e pode ser que ela tente matar a gente, mas pode ser bem foda também"), Shaunie estava sempre oferecendo roupas emprestadas, uma primeira rodada de bebidas e a outra metade de sua cama queen size. Quando Emira passava a noite no sofá de Shaunie, acordava suando debaixo de um cobertor que a amiga havia colocado em cima dela em algum momento da noite.

Josefa, que morava com Shaunie, era tão imprevisível quanto Shaunie era confiável. Ela ou ficava em casa, grudada no celular e em novos memes e vídeos, conversando com a irmã e a mãe em espanhol pelo FaceTime, ou queria juntar todo mundo e beber até o dia seguinte. Josefa tinha estudado na Universidade de Boston e se tornado assistente de pesquisa e pesquisadora da Universidade Drexel. Seus pais lhe disseram que a sustentariam enquanto ela estivesse na faculdade. Naquele momento, ela estava em meio ao processo de concluir seu segundo mestrado, em saúde pública.

– Convidei um cara pra vir aqui, mas acho que ele não vem – contou Emira para Zara, enquanto elas dançavam na frente do camarote, atrás do parapeito que dava para o primeiro andar. – Esbarrei com ele no metrô, mas não sei qual vai ser.

– Ele tem amigos?

– Pelo que ele disse, sim.

Zara assentiu, e então apoiou a perna em cima da mesa para poder dançar o *twerk*.

Shaunie aproximou a orelha, como se quisesse escutar melhor, e perguntou:

– Tem homem vindo pra cá hoje?

– Não, não. – Emira balançou a cabeça. – Provavelmente, não.

Enquanto dançava, Zara apertou o ombro de Shaunie e disse:

– Não faz diferença, porque *você tem namorado*.

Shaunie levantou as mãos como se estivesse se defendendo.

– Eu só tava perguntando!

– Quero uma foto – anunciou Josefa.

No reflexo da tela do celular, as meninas estavam posicionadas da pele mais clara para a mais escura. Josefa, com seus cabelos castanhos de fios grossos e lábios pintados com gloss cor-de-rosa, Shaunie com seus cachos e o rosto redondo cor-de-mel, Zara com seus twists recém-colocados e sorriso gigante, e Emira com as ondas caindo sobre os ombros. Elas se apoiaram no parapeito e olharam para o flash.

Emira não parava de checar sua caixa de entrada. Enquanto esperava as mensagens carregarem, ela pensava: "Por que você tentou ser engraçadinha com essa idiotice de e-mail?" Mas quando ela viu que não tinha chegado nada, pensou: "É, foi bom ele não ter vindo. Provavelmente ele ia gostar da Shaunie. Ia ser estranho."

Mas quando ela o viu chegando ao segundo andar do Luca's, Emira entendeu por que Kelley não havia enviado um e-mail para que ela o buscasse na porta e por que ele não tinha precisado da ajuda dela para entrar. Por volta das onze da noite, Kelley chegou com quatro amigos, e esses amigos, para absoluta surpresa de Emira, eram todos negros. Kelley parecia um ator num videoclipe de gosto bastante duvidoso. Um dos rapazes usava óculos escuros. Dois deles usavam botas Timberland.

Quando Emira foi apresentá-lo às amigas, viu que Josefa havia guardado o celular. Shaunie tinha jogado os cachos por cima de um dos ombros e Zara apenas olhou de esguelha para a amiga. Um dos amigos de Kelley anunciou que eles iam buscar alguma coisa para beber e perguntou o que elas queriam. Juntos, os rapazes desceram até o bar e, quando a última cabeça desapareceu na escada, Zara falou:

– Gataaaa, é isso mesmo?

– Ah, fala sério. Não enche meu saco com isso. Eu tô de bom humor.

Emira corou e se sentou no sofá ao lado de Shaunie. Josefa deslizou no assento pelo lado direito e os saltos das meninas bateram um no outro.

– Não vem com essa de "não enche meu saco com isso", não – disse Zara com o dedo em riste por cima de Shaunie. – Porque, deixa eu ver se entendi direito… quando é com você tá tudo bem? É isso?

– Aaah! – Josefa começou a rir e apontou para Zara. – Você tá falando isso só porque foi pra casa com aquele ruivo da festa da Shaunie?

Shaunie se lembrou daquilo e disse:

– Ele era bem gato!

Zara colocou a mão no peito.

– Aparentemente eu não posso pegar homens brancos, mas você pode? Você compra uma jaqueta de couro e de repente é melhor que todo mundo?

– Tá bem, tá bem. – Emira riu. – Já entendi. *Desculpa*. Mas você entendeu o que eu quis dizer. Aquele cara com quem você trepou tinha uma tatuagem de bússola.

– Aquele cara me chupou uma meia hora sem parar. – Zara enrolou um de seus twists entre os dedos. – Eu não vi nem quero ver tatuagem nenhuma.

Shaunie se ajeitou no sofá para poder olhar por cima do parapeito em direção ao bar.

– Tá bem, mas sério agora. Emira, esse cara é *excelente*.

Emira seguiu o olhar de Shaunie até o primeiro andar, onde Kelley colocou as mãos no balcão do bar e se inclinou sobre ele para conversar com uma atendente loira. Àquela altura, Emira já estava morrendo de ciúmes.

– Não é nada de mais – disse ela. – A gente se conheceu naquela noite no mercado e eu esbarrei com ele no metrô hoje vindo pra cá. Eu *nunca achei* que ele fosse brotar aqui desse jeito.

Zara se inclinou para mais perto.

– Esse é o cara que te filmou naquele dia?!

– Ele mesmo.

– Como você consegue ser tão dissimulada?

– Eu não achei que ele ia vir!

Ainda olhando por cima do parapeito, Shaunie perguntou:

– Ele tá usando um casaco da Everlane?

Emira revirou os olhos.

– Por que você fala como se eu soubesse o que é isso?

Zara parou ao lado de Shaunie enquanto espiava Kelley e seus amigos. A música mudou e Kelley começou a balançar a cabeça e a cantar a letra.

– Ele é tipo aquele cara branco que tem em todo casamento preto, o que fica *super*empolgado pra fazer passinhos com todo mundo.

– Ai! – disse Shaunie. – Eu amo muito fazer passinho.

– Mas isso é meio estranho, não é não? – Com um copo de bebida na mão, Josefa prosseguiu: – Quer dizer... ele é gato e tal, mas alguém pode me dizer por que todos os amigos dele são pretos?

Emira, Zara e Shaunie viraram a cabeça na direção da amiga.

– Mmm... – Emira apoiou o queixo no punho fechado. – Não sei, Sefa. Por que as suas são?

– Em primeiro lugar, desnecessário isso. – Josefa colocou a mão no rosto de Emira. – Em segundo lugar, acabei de receber meus resultados daquela empresa de análise genética e sou onze por cento africana, *com licença, tá*?

Zara franziu o rosto e perguntou:

– Jura que você vai vir com essa agora?

– E *terceiro* – continuou Josefa –, tô falando sério. Eu espero que ele não tenha nenhum fetiche ou algo do tipo. Quando eu usava esses aplicativos de pegação, ficava um monte de velho branco correndo atrás de mim. Me pedindo pra chamar eles de *papai*, essas porras.

– Eu espero que esse aí corra atrás também. Arrasou, mana, bate aqui – disse Zara, espalmando a mão com Emira. – Eu vou apoiar você nessa, porque, ao contrário de *algumas* pessoas, *eu* sou uma boa amiga. E também vou dar uma sensualizada com o amigo dele do cabelo *fade*.

Josefa e Zara começaram a debater sobre quem iria fingir que era a aniversariante do dia. Zara ganhou a melhor de três no pedra, papel e tesoura. Assim, quando Kelley e seus amigos voltaram, elas cantaram parabéns enquanto ela dançava e soprava o isqueiro de Josefa. Shaunie aceitou generosamente a atenção de dois dos quatro rapazes (um deles estava de fato comemorando o aniversário) e Josefa conseguiu outro para brincar de queda de braço com ela na mesa. Pouco tempo depois, Kelley cutucou o ombro de Emira e falou:

– Muito bem, senhorita. Te devo um drinque.

Kelley seguiu Emira escada abaixo e permaneceu de pé enquanto ela se sentava em frente ao bar. Emira percebeu que seus cílios e dentes estavam refletindo a luz rosada das lâmpadas que margeavam a borda do balcão. Kelley comprou o que seria o quarto drinque de Emira naquela noite e depois brindou com ela.

– Um brinde a você – falou ele –, por ter um estoque de paciência que eu nunca vi antes. – Depois que ela agradeceu e tomou um gole, Kelley continuou: – Agora me diz que você não tá na faculdade.

Emira cruzou as pernas.

– Não, eu não tô na faculdade.

– Você deve ser dançarina, então, né? – Kelley colocou o copo no balcão. – Tem que treinar muito pra conseguir fazer movimentos tipo... – Ele repetiu o gesto de Emira no mercado, limpando os ombros com as pontas dos dedos, fazendo um bico.

– Ah, a-hã, assim mesmo. – Emira riu. – Foi uma ocasião muito atípica. A menina de quem eu tomo conta, alguém tacou ovo na casa dela. A mãe quis que eu tirasse ela de casa por um tempo enquanto eles lidavam com os policiais... pra que eu fosse até o mercado e esbarrasse com outro policial. Sacou?

– Saquei. Aquele cara nem era polícia de verdade, mas tudo bem. Então, o que você faz quando não tá trabalhando de babá?

Emira apoiou o cotovelo no balcão e sorriu.

– Depois você vai me perguntar o que eu faço pra me divertir?

– Talvez.

– Isso é *muito* caído.

– Tá, mas é muito melhor do que perguntar quantos irmãos você tem.

– Tá, bem... Eu trabalho fazendo transcrições e algumas coisas administrativas no escritório do Partido Verde na Filadélfia, no centro.

– Sério? Você não parece ser do Partido Verde.

– Eu só digito as coisas.

– Você deve ser muito rápida, né?

– Faço cento e vinte e cinco.

– Palavras por minuto?!

– U-hum.

– Você tá falando sério?

– Seríssimo.

Emira sorriu.

– Caramba. Eu posso muito te arrumar uns contatos se você estiver atrás de mais trabalho – comentou Kelley. – Meu escritório paga uma grana boa por serviços de transcrição.

– Talvez eu já ganhe uma grana boa. – "Ai, garota, você tá bêbada", Emira disse a si mesma.

A jaqueta e as notas de 100 dólares na bolsa a estavam deixando incontrolável.

Kelley levantou as mãos e falou:

– Então tá.

– O que você faz lá, trabalha com RH ou alguma coisa assim? – perguntou ela. – Na noite em que te conheci, você ficou tipo "Você devia mandar isso pro jornal". Tipo, a-hã, como não.

Kelley se apoiou no balcão e olhou para cima, na direção das garrafas.

– Eu disse isso, né? Hmm. – Ele olhou de esguelha para Emira e lhe perguntou com bastante franqueza: – Você me achou um babaca?

– Você? Ah, com certeza – confirmou Emira. – Quer dizer... Não sei por experiência própria, mas tipo, estatisticamente falando? Cem por cento. Mas tá tranquilo.

– Tá tranquilo?

Ele abriu um sorriso.

– Meio que sim.

– Acho que a gente devia sair daqui – falou Kelley no ouvido dela.

Aquilo tinha escapado tão de repente que acabou parecendo muito engraçado para Emira em meio à embriaguez. Foi como se ele tivesse dito "Acho que você vai precisar levar pontos" ou "Infelizmente, seu cartão foi recusado".

Emira riu e pegou o copo. Com o canudo na boca, ela disse:

– Você tá bêbado.

Kelley cruzou os braços e respondeu:

– Você também, senhorita.

No elevador até o apartamento de Kelley, Emira checou o celular. TCHAU, NÉ, SAFADA, dizia a mensagem de Zara. Rainha rainha rainha rainha agarra o pau dessa bota marrom danada. Kelley, encostado na parede, a observava no outro canto do elevador. Então ele se ajeitou e disse:

– Posso ir até aí ou não?

Já no apartamento, em um sofá que tinha estofado firme e parecia caro, Emira se sentou no colo dele, de frente para Kelley enquanto ele segurava a parte de trás de suas coxas. O lugar tinha um cheiro de homem jovem e também de roupa lavada com sabão sem perfume. Acima de Kelley, pendurada firmemente na parede da sala, havia uma planta emoldurada da cidade de Allentown, na Pensilvânia. Emira o beijou sob a luz que entrava por uma janela aberta até que ele se afastou e sussurrou:

– Ei, ei, ei.

– Hmm? – disse Emira.

Kelley apoiou a cabeça no encosto do sofá.

– Você não tem, sei lá, uns 20 anos não, né?

– Não. Tenho 25.

– Ah, beleza. – Ele colocou as mãos atrás da cabeça. – Eu tenho 32.

Emira se levantou para tirar a legging.

– Tá.

– São sete anos a mais que você.

– U-hum. – Emira deu uma risada enquanto avançava para desafivelar o cinto dele. – Você é realmente... muito esperto mesmo.

– Tá bem, senhorita. – Kelley riu. – Só estou me certificando.

Em meio a carícias e beijos, Kelley foi pegar uma camisinha e a colocou sobre a almofada do sofá à sua esquerda. Ficou ali como uma espécie de trégua ou botão de pânico; um símbolo plástico de consentimento. A certa altura, ele levantou os quadris dela e pediu:

– Vem pra cima de mim.

Depois, explorou a pelve dela com a boca.

– Ah, não precisa... – disse Emira, reconhecendo depois que estava falando feito uma garota branca. No fundo, o que ela quis dizer foi "Eu preferiria não ter que retribuir o favor quando você terminar".

Aparentemente, Kelley entendeu.

– Eu sei – falou ele rindo, antes de tomá-la em sua boca novamente. Ele parou mais uma vez para dizer: – A menos que você não esteja de acordo.

– Não, não, tá ótimo – respondeu Emira prontamente.

Ela apoiou as mãos no encosto do sofá. Pela segunda vez naquela noite, Emira pensou "Quer saber? Foda-se", e agarrou com força a nuca dele.

Então ela se esticou para alcançar a camisinha. Parecia estar subentendido que Emira atenderia ao pedido dele.

Mais tarde, ela ainda estava bastante bêbada quando pegou o celular e mandou uma mensagem para Zara: Onde você tá? Kelley vestiu um short e uma camiseta e levou um copo de água gelada para ela no sofá. Ele voltou para a cozinha para pegar água também, enquanto olhava para ela por cima da bancada. O relógio no micro-ondas marcava 1h10.

Emira pegou os sapatos.

– Pede um Uber pra mim e me arruma algo pra comer, por favor?

Kelley pegou o celular.

– Vou chamar o Uber. Mas comida só quando você me der seu telefone.

Emira riu. À sua direita, ao lado da vitrola, havia um caixote plástico cheio de discos.

– Por que você tem a trilha sonora do *Falando de amor*? – perguntou ela.

Ela conseguiu ver outros nomes, como Chaka Khan e Otis Redding. Kelley suspirou, com os olhos na tela do celular.

– Porque eu tenho o gosto musical de uma mulher negra de meia-idade – respondeu ele.

Emira revirou os olhos, mas Kelley não percebeu. Talvez Josefa estivesse certa e ele de fato tivesse um fetiche. Emira quase perguntou quantas vezes ele já tinha falado aquilo para alguém, mas disse:

– Você tem coisas legais. – Ela estava relaxada, cansada e nas nuvens. Olhou ao redor da sala e viu a vitrola, uma cadeira que não parecia ter sido muito barata, uma cafeteira preta na bancada da cozinha que parecia ser o tipo de coisa que se pede em listas de casamento e uma bicicleta, junto com a bomba para encher os pneus, encostada na parede. Ela virou o rosto para a esquerda. – Você tem coisas legais, de gente grande.

– Você não parece uma ladra, mas, se for, não vai se sair muito bem. O Hassan vai chegar pra te buscar em três minutos.

Emira olhou, de cabeça para baixo, para o nome da cidade acima de sua cabeça e piscou para tentar focar as letras.

– Allentown. Quem eu conheço que é de lá?

– Eu sou de Allentown e você me conhece. – Kelley foi até ela, colocou um saco de pipoca em seu colo e falou: – Vamos começar com o seu código de área.

Emira deu o número de telefone enquanto comia pipoca, o braço direito displicentemente apoiado sobre a cabeça. Na planta emoldurada atrás dela, duas ruas acima de onde seu dedinho estava apoiado na parede, ficava o lugar onde Kelley Copeland havia arruinado completamente o último ano de Alex Murphy na escola. Lá atrás, durante a primavera de 2000, antes de ela se tornar Alix Chamberlain.

PARTE DOIS

Seis

No vestíbulo da casa dos Chamberlain, próximo à porta principal, havia uma pequena mesa em teca. Em cima dela ficavam uma xícara de porcelana, onde eles juntavam moedas, uma jardineira de madeira com três brotos de suculentas e um carregador de celular ligado na tomada na parede logo atrás. Ao longo das últimas semanas, Alix havia criado o hábito, que ela sabia ser terrível e invasivo, de voltar para casa, fechar a porta sem fazer barulho, se curvar sobre a mesa e olhar o celular de Emira. A pequena entrada era protegida por outra porta que dava no hall principal, o que fazia com que Alix sentisse que não estava exatamente dentro de casa e como se, portanto, não estivesse de fato *espiando* o aparelho. Ela não sabia a senha e jamais a usaria se soubesse, mas a tela de bloqueio do celular de Emira vivia cheia de informações joviais, reveladoras e absolutamente viciantes.

Ela nunca tirava o telefone de Emira do carregador e raramente apertava algum botão (as mensagens e notificações piscavam por conta própria), mas três vezes por semana ela rolava a tela do aparelho com o dedo do meio enquanto ouvia Emira preparando o jantar no andar de cima, dizendo para Briar soprar a comida caso estivesse quente. Já havia se passado um mês desde a noite no Market Depot, e, durante esse período, Alix tinha começado a sentir por Emira algo não muito diferente de uma paixonite. Ficava empolgada ao ouvi-la enfiar a chave na fechadura, se sentia frustrada quando chegava a hora de ela ir embora e, quando Emira ria ou puxava assunto espontaneamente, Alix tinha a sensação de ter feito algo certo. Esses momentos eram raros e fortuitos, e era por isso que Alix continuava espiando o celular da babá. Ela teria fuxicado todas as redes sociais de Emira, mas, pelo que conseguiu descobrir, a moça não estava em nenhuma.

Emira tinha um grupo chamado Irmãos, no qual seu irmão e sua irmã enviavam músicas, memes e trailers de filmes que seriam lançados em breve. Emira sempre mandava mensagens para Zara – registrada nos contatos como Rainha Zara –, que costumava responder com mensagens curtas, enviadas uma atrás da outra (Não. Para. Não se atreva. Não posso.). Zara e Emira saíam quase todo fim de semana, e muitas das mensagens eram sobre como seria a logística da noitada. Uma tarde, Emira devia ter acabado de colocar o celular no carregador, pois quando Alix chegou ainda estava desbloqueado. Ela nem precisou rolar a tela.

Emira tinha mandado a mensagem Com que roupa você vai?, Zara respondeu Bem piranha e Emira enviou outra com Ótimo, também. Quando Alix subiu as escadas, Emira estava brincando no chão com Briar e dizendo: "Tá bem, agora você tem que me dizer seu *segundo* legume favorito."

Às vezes, não havia mensagens para Alix ler, mas sempre tinha alguma música pausada. Alguns dos nomes Alix reconhecia, como Drake, Janet Jackson, OutKast e Usher, mas a maioria deles eram estranhos para ela, como J. Cole, Tyga, Big Sean e Travis Scott. Alix passou a pesquisar coisas como "Childish Gambino é uma pessoa ou uma banda? Como se pronuncia o nome SZA?" Certa noite, Alix memorizou o nome de uma música e depois a procurou no Google, em seu quarto. Nos fones de ouvido, Alix ouviu o primeiro verso, que começava com *Let a nigga try me, try me / I'm a get his whole mothafuckin' family* (Deixa um preto me desafiar que eu vou atrás da porra da família dele). Alix ergueu as sobrancelhas. Olhou para Catherine ao seu lado e sussurrou: "Opa."

Mas, de todas as informações que ela havia reunido durante as últimas semanas, a que parecia mais promissora para que ela pudesse puxar algum assunto mais adiante era o fato de que Emira estava, sem dúvida, saindo com alguém novo. Alguém que ela havia registrado nos contatos como Kenan&Kel. Uma tarde – Alix viu isso ao sair –, ele mandou Da próxima vez me avisa que não toma café, sua estranha. Numa quarta-feira à noite, ele escreveu Por acaso você gosta de basquete?. E, outra vez, Emira enviou para Zara uma captura de tela de sua conversa com ele, e a amiga respondeu Esse cara não brinca em serviço. As mensagens entre Emira e essa nova pessoa eram do tipo "de boa, mas cheias de dedos", daquelas típicas do começo de alguma coisa, quando você tenta exalar espontaneidade e um humor leve, e demora a responder para parecer ocupada e manter o fluxo da conversa. Alix estava morrendo de vontade de perguntar a Emira sobre ele, para saber se o nome dele era Kenan, Kel ou nenhum dos dois. Ela queria chegar ao ponto em que Emira lhe contasse as coisas por livre e espontânea vontade e, mais importante, em que ela confiasse que Alix guardaria segredo. E, naquela noite, depois de ver a mais recente mensagem (Animado pra ver vc hoje de noite, senhorita Tucker) naquele celular de capinha emborrachada rosa e encardida, ela decidiu que daria um jeito de fazer isso acontecer.

Alix subiu as escadas até a cozinha. Briar ergueu os olhos do desenho e disse:

– Mamãe? Mamãe, não precisa ter medo desse fantasma, tá?

Alix colocou a bolsa em cima da bancada e percebeu que o cômodo estava muito agradável e aconchegante. Naquela manhã, ela tinha colocado abóboras de vários tipos no meio da mesa e pendurado folhas amareladas (coletadas no quintal) acima das janelas que davam para a rua. Briar havia colorido o desenho de um fantasma muito simpático que estava ao lado de um prato com pepinos, grão-de-bico e macarrão sem molho. Em cima da geladeira, havia novos projetos artísticos: uma bruxa de olhos arregalados feita de feltro e um papel roxo que dizia buu!. As letras tinham sido tão bem pintadas que era evidente que Emira havia "ajudado" Briar no processo. Alix vestiu um suéter drapeado, beijou a bochecha de Briar e pegou Catherine com Emira, que já entregava a bebê para ela.

– O dia de vocês foi bom, meninas?

– Sim. – Emira limpou uns restos de comida já ressecados do joelho de sua calça jeans. – Acho que a gente fez bastante coisa, hein, Bri?

Briar levantou um giz de cera e disse:

– Você desenha.

Emira se sentou ao lado dela.

– Desenho o quê?

– Pede "por favor", né, Bri – falou Alix. – Emira, você bebe vinho?

– É... bebo – respondeu Emira, distraída, enquanto pegava o giz de cera da mão de Briar.

Alix pegou duas taças em um armário e pensou "Você bebe, sim". Ela se sentou e, com a garrafa de vinho entre as pernas, deu um jeito de abri-la sem tirar Catherine do colo. Quando Catherine olhou para Alix, ela disse:

– Oi. Estava com saudade de mim, é?

Alix disse a Emira que ela podia levar a taça de vinho para o banheiro com Briar, que ela mesma fazia aquilo o tempo todo. Ela não tinha comido nada desde o almoço (havia perdido 2,5 quilos desde a solidária e gentil intervenção das amigas) e, enquanto bebericava o vinho em sua taça, recolhia os brinquedos da mesa da cozinha e ouvia Emira dar um banho rápido em Briar, Alix experimentava aquela sensação maravilhosa e libertadora de relaxamento. Acendeu duas velas na bancada da cozinha, colocou uma playlist com Fleetwood Mac e Tracy Chapman e, ao apagar as luzes mais fortes da cozinha e deixar apenas a luz suave do lustre iluminar a mesa, Alix se deu conta de que estava flertando fortemente com sua babá. Mas a noite a fazia se lembrar das sextas-feiras com Rachel, Jodi e Tamra. Fazia meses que ela não servia uma taça de vinho para outra mulher.

Emira apareceu de volta com alguns livros ilustrados debaixo do braço, a taça pela metade e Briar em seu encalço, vestindo um pijama e enrolada num cobertor branco esfarrapado. Emira parou na bancada da cozinha e deu outro gole.

– Esse vinho é muito bom – disse ela.

– Eu gosto muito dele. – Da mesa, Alix levantou a taça e analisou a tonalidade do líquido. No outro braço, Catherine sugava uma mamadeira, que Alix administrava com uma mão. – Você é chegada a vinho ou não?

– Bem, eu gosto – respondeu Emira. Ela colocou a taça na outra ponta da mesa, depois tirou os livros de debaixo do braço e os colocou ali também. – Mas estou acostumada a beber, tipo... vinho de caixa, então não sou nenhuma *connoisseur*.

Era em momentos como aquele que Alix tentava agir com naturalidade, mas algo ficava empacado no trajeto entre seu coração e seus ouvidos. Ela sabia que Emira tinha feito faculdade. Sabia que ela era formada em inglês. Mas às vezes, depois de ver músicas com títulos como "Dope Bitch" (Puta drogada) e "Y'all Already Know" ("Cês" já sabem) pausadas na tela de seu celular, e em seguida ouvi-la usar palavras como *connoisseur*, Alix era tomada por sentimentos que iam de confusão a profunda admiração, passando por tristeza e culpa em relação à sua primeira reação. Não havia motivos para Emira não estar familiarizada com essa palavra. E não havia motivos para Alix ficar admirada. Alix tinha pleno conhecimento de tudo isso, mas só quando lembrava a si mesma de que devia parar de pensar esse tipo de coisa.

– Bem, eu costumava ser fã de vinho de caixa – contou Alix –, mas você sabe que eu não comprei esse aqui, né?

Emira se sentou e colocou Briar no colo.

– Como assim?

– A-hã, eu nunca mais comprei vinho. Nem várias outras coisas. – Alix tomou outro gole. – E isso vem de anos. Eu só escrevo pra algum fabricante e digo que estou organizando um evento e experimentando vinhos. Então eles me mandam umas garrafas de graça. Esse aqui é de… – ela virou o rótulo da garrafa em sua direção – Michigan, acho.

– Então isso significa que vem um evento por aí?

– Quando meu livro for lançado, sim.

Alix deu uma piscadela.

Emira riu e falou:

– Então tá, né.

– Vou ler esse agora! – anunciou Briar, levantando um livro daqueles com páginas grossas de papelão prensado. – Vou ler esse.

– Tá bem, vai fundo – disse Emira.

Briar aceitava que lessem para ela durante o dia, mas a filha de Alix era a única criança do mundo que não gostava de ouvir histórias antes de dormir. Em vez disso, Briar gostava de ser abraçada enquanto "lia" para si mesma, antes de ficar com os olhos pesados de sono diante das páginas. Ela sempre fazia "Shiiiiu" para a pessoa que a abraçava, mesmo quando ninguém tinha dito uma palavra sequer. Alix tentou manter a voz em um volume suave para que Briar ficasse feliz e sua babá continuasse conversando.

– Vai fazer algo de bom hoje à noite?

Emira assentiu.

– Sair pra jantar, só.

– Já sabe onde?

Emira cruzou os braços sobre o colo de Briar.

– Um mexicano chamado Gloria's.

– Gloria's? É aquele em que cada um leva a própria bebida? E que é muito barulhento?

– A-hã.

– Eu já fui lá. É divertido. Ah, acho que você deveria levar isso aqui com você. – Alix indicou a garrafa de vinho. – Não posso tomar mais que uma taça porque ainda estou tirando leite pra Catherine.

Quando Emira disse "Sério?", Briar olhou para ela e a repreendeu com um "Shiiiiu, não, Mira, não, não".

Emira colocou o indicador na frente da boca, e Briar virou a página. A babá agradeceu sem emitir som e Alix respondeu com um "Imagina".

"Isso é ótimo", pensou Alix. "Ainda não chegamos lá, mas estamos quase." Alix sabia que talvez não conseguisse ter a proximidade que queria com Emira por conta do que ela sabia da relação entre suas amigas e as babás. Rachel e a babá, Arnetta, frequentemente falavam sobre seus divórcios, as crianças de quem menos gostavam na turma de Hudson e os pais mais atraentes. Tamra certa vez tirou um dia de folga no trabalho e permitiu que as filhas faltassem a aula para assistir à adorada babá, Shelby, fazendo uma ponta em uma novela que passava durante o dia. E Jodi estava sempre comprando cachecóis e hidratantes porque sua babá, Carmen, usava coisas desse tipo ou poderia querer experimentá-las. Alix não sabia do que Emira gostava, do que não gostava, como ela conseguia ser tão magra ou se ela acreditava em Deus. Não seria possível descobrir tudo de uma só vez, mas ela precisava continuar tentando, mesmo que isso significasse ser a primeira a falar a cada momento de silêncio. Com Emira, eles eram muitos.

– Vai com as amigas?

Emira sorriu e fez que não com a cabeça.

Alix forçou um olhar caricatural e curioso.

– Aaaaah – disse Alix, e Emira riu. Alix franziu os lábios em um ar malicioso. – Bem, vamos lá. Ele é gato?

Emira assentiu depois de refletir por um segundo. Ela levou uma das mãos à boca ao sussurrar:

– Ele é muito alto.

– Aí, sim! – exclamou Alix.

Emira riu de novo. Alix sentiu que a risada de Emira ainda estava um pouco forçada, mas não se importou. Aquela conversa estava sendo melhor do que qualquer uma que ela havia tido com os colegas de trabalho de Peter. Ela começou a ninar Catherine e disse:

– De onde você o conhece?

– Hmmm... – Briar fechou o primeiro livro e passou para o segundo. Emira ajeitou a franja. – A gente se conheceu no metrô.

– Jura? Que fofo. – Em seus braços, Catherine começou a pegar no sono, mas continuava sugando freneticamente a mamadeira já vazia. Alix colocou a mamadeira em cima da mesa e enfiou o mindinho na boca da filha. – É a primeira vez que vocês vão sair?

– Esse é pros cavalinhos – falou Briar para o livro. – A gente precisa de um mapa.

– Acho que é tipo... a quarta?

– Mira, shiiiiiiiu! – reclamou Briar.

– Tá bem, shiu – sussurrou Emira de volta.

Alix balançou a cabeça e revirou os olhos.

– Desculpa.

– Tudo bem – murmurou Emira.

Havia uma janela de tempo minúscula em que Catherine dormiria profundamente no berço, e Alix sabia que esse momento havia chegado, mas não queria interromper a conversa, não ainda. Ela não podia perguntar o nome dele. Isso faria com que ela soasse velha demais. E não podia perguntar o que realmente queria saber: se Emira já havia dormido com ele, se Emira costumava dormir com alguém antes de estar de fato namorando ou se dormir com alguém significava alguma coisa para ela. Eram exatamente 19h06, o mais tarde que Emira já havia ficado lá. Alix sabia que daria para fazer mais uma pergunta antes de deixá-la ir embora.

– Você acha que é sério?

– Não sei – respondeu Emira rindo, com os ombros curvados. – Ele é fofo. Mas eu não tô a fim de, sei lá... me prender a alguém tão cedo.

Aquela resposta fez Alix dar um gritinho por dentro.

Alix queria perguntar a Emira quando a mãe dela tinha se casado e lhe contar que a própria mãe tinha feito isso aos 25 anos. Queria saber se Emira já havia tido algum relacionamento sério antes e o que esse cara novo fazia da vida. Mas os sussurros de Briar se transformaram em solavancos com a cabeça, e Emira colocou a mão na testa da criança para que ela não batesse na mesa. Começou a tocar Phil Collins. As duas taças tinham ficado vazias, transparentes.

Alix assentiu duas vezes com a cabeça de forma vigorosa e disse:

– Certíssima você. – Ela pegou a garrafa de vinho, se levantou com o bebê nos braços e prosseguiu: – Vou colocar isso na sua bolsa.

Sete

Havia uma Starbucks de dois andares perto da casa dos Chamberlain, onde freelancers e universitários ficavam por horas. Depois do trabalho, Emira normalmente subia para o segundo andar – como se estivesse indo encontrar colegas de turma e amigos – e trocava de roupa no banheiro. Naquela noite, ela manteve a calça jeans, colocou uma camiseta branca, botas vermelho-escuras e o casaco do time universitário de Shaunie, marrom com uma letra S texturizada do lado esquerdo na parte da frente. Emira passou batom diante do espelho, fez um rabo de cavalo e enviou uma mensagem para Kelley: Tô atrasada, desculpa, tô correndo.

O Gloria's estava sempre lotado. Havia luzes de Natal penduradas nas paredes ao lado de caveiras mexicanas, rosas e tecidos grossos estampados. Emira abriu caminho por entre casais, grupos que aguardavam do lado de fora e uma hostess que gritava "Reuben, mesa pra seis!". Quando seus olhos se acostumaram à pouca luz lá de dentro, ela viu Kelley sentado a um canto.

– Me desculpa.

– Tá tudo bem, tá tudo bem. – Kelley tocou o cotovelo dela e beijou seu rosto. Quando se afastou, ele sorriu e disse: – É estranho se eu disser que você tá com cheiro de banho?

Kelley Copeland nasceu em Allentown, Pensilvânia. Ele tem uma irmã mais velha, que tem um filho, e dois irmãos mais novos que trabalham na mesma agência dos correios em que o pai trabalha há vinte e oito anos. Kelley fazia um esforço imenso para evitar telas depois das dez da noite. Ele lia apenas livros impressos e, antes de dormir, usava Blue Blockers, óculos constrangedoramente grandes e com lentes alaranjadas. Passava metade do dia olhando para um computador, criando códigos e interfaces para academias, retiros de ioga, clínicas de fisioterapia e aulas de spinning que exigiam que seus participantes se inscrevessem usando aplicativos cheios de propagandas aleatórias e notificações push. Emira sabia que Kelley havia quebrado a clavícula duas vezes, que ele ficava "irritado de um jeito irracional" quando as pessoas não ouviam seu nome ser chamado em cafeterias e que ele ficava enojado apenas com a ideia de beber leite integral, mas o que ela não sabia era como seria dormir com ele uma segunda vez.

Quatro dias depois da noite no Luca's, Kelley perguntou a Emira se eles podiam tomar um café antes de ela ir trabalhar. Emira printou essa conversa com o convite e mandou para Zara, que respondeu, Não sei dizer se nesse momento ele quer te contratar ou te dar um pé na bunda. O café com Kelley pareceu estranhamente formal. Era como se eles estivessem fingindo que não tinham transado na última vez que se viram, que ela não havia tirado as mãos dele dos cabelos dela (ele pediu desculpas duas vezes e ela disse que não tinha problema) e que ele não tinha pegado o controle remoto debaixo do próprio corpo e o colocado em cima da mesa de cabeceira, dizendo "Desculpa. Onde estávamos?". Em um lugar descolado, com muita luz natural e um café gelado de 4 dólares, Emira continuava tendo a impressão de que Kelley estava prestes a lhe oferecer uma promoção ou perguntar sobre uma ocasião em que ela tenha precisado trabalhar em equipe. Mas ele perguntou sobre a cidade de onde ela vinha, quem era a pessoa mais constrangedora que ela seguia no Instagram – ela não tinha conta no Instagram; a "pessoa" dele era um guaxinim de estimação –, e se ela alguma vez, enquanto fazia algo totalmente corriqueiro, tinha se lembrado de repente de um sonho que tivera na noite anterior.

Se Kelley tivesse estado com a mãe de Emira, ela teria dito algo tipo: "Esse garoto gosta de falar." Definitivamente, Kelley é daqueles que perguntam determinadas coisas já com a intenção de dar as próprias respostas depois. Mas ele também era um bom ouvinte, então Emira não se importava. Kelley era bobo sem ser espalhafatoso ou desagradável. Uma vez, ele começou a brincar de adivinhar o que as pessoas estavam ouvindo em seus fones de ouvido ao passarem por eles. Em outra, depois de terem visto dois bebês chorando, ele olhou para Emira e disse: "Términos são terríveis, né?" Numa outra, quando estavam saindo de um jogo de basquete atrás de uma criança pequena cantando "Um elefante incomoda muita gente...", Kelley cochichou no ouvido de Emira: "Te dou 75 dólares se você pegar sua Coca e jogar na cabeça desse moleque. Mas tem que ser agora."

Emira se sentou em frente a ele, tirou o casaco da Shaunie e mudou de assunto.

– Eu teria chegado super na hora – explicou ela –, mas a Sra. Chamberlain ultimamente tem andado muito a fim de conversar e me perguntar coisas.

Kelley olhou de volta para o cardápio e usou a luz das velas para enxergar.

– Ela tem medo de que você processe ela por ter te mandado pro mercado mais branco da Filadélfia?

– Não faço ideia. Ah, não, peraí! – Emira enfiou a mão dentro da bolsa pendurada na cadeira. Pegou a garrafa de vinho que Alix havia colocado junto ao celular dela, ainda no carregador. – Ela me deu isso, pelo menos.

Kelley usou a lanterna do telefone para ler o rótulo.

– Sua chefe acabou de te dar isso?

– Ela perguntou se eu queria um pouco e depois ficou, tipo, "Leva pra você".

– Isso parece absurdamente caro – comentou Kelley. – Você se importa se eu pesquisar aqui o preço?

– Não, vai fundo. – Emira pegou uma tortilha e mergulhou no molho. – Ela nem comprou esse vinho. Ela escreve pros fabricantes de vinho e diz pra eles que tá organizando um evento, daí eles mandam essas porras.

– Sério? – O rosto de Kelley se iluminou com a luz da tela do celular. – O que ela faz mesmo?

– Ela é escritora – respondeu Emira. E como recentemente tinha pesquisado o nome de Alix no Google e visto fotos dela com estudantes em idade universitária, acrescentou: – E talvez professora? Não sei. Ela está escrevendo um livro que vai ser lançado ano que vem.

– Puta merda. – Kelley olhou para Emira e estreitou os olhos. – Isso é um Riesling de 58 dólares.

Emira disse "Porra", mas não estava surpresa. A Sra. Chamberlain gostava de coisas caras, mas nunca admitia isso abertamente. Em vez disso, gostava de contar a Emira sobre as promoções que aproveitava. Ela diria que o preço original de um tapete era um "roubo" ou que "se sentia bem" quando encontrava uma passagem aérea barata para a época de Natal. Emira não conseguia evitar se perguntar por que a Sra. Chamberlain não se sentia bem pagando o preço cheio das coisas, uma vez que sua situação financeira obviamente permitiria que ela se desse a esse luxo. Emira costumava pesquisar o preço das coisas que tinham na casa da Sra. Chamberlain, sobre as quais Alix falava ou que eram parte do cotidiano da família. Em cada uma de suas bolsas havia um tubo de rímel Juice Beauty que custava 22 dólares. Uma vez ela tinha se hospedado em um hotel em Boston que Emira descobriu custar 368 dólares a diária, durante a semana. E um dia, quando Emira explicou que havia comprado shorts novos para Briar porque ela tinha se sentado na lama, a Sra. Chamberlain enfiou a mão na carteira, se desculpando com veemência: "Deixa eu te dar o dinheiro dos shorts. Trinta dólares paga?" Emira havia gastado 10,99 dólares num pacote com dois shorts que achou numa loja dessas que vendem de tudo.

Quando contou esse episódio para Zara, a amiga ficou chocada com o fato de Emira não ter aceitado ficar com o troco. "Qual a *porra* do seu problema?", disse ela. "Era só ter falado 'Sim, os shorts custaram exatamente 30 dólares. De nada, beijo.'"

— Bem. — Kelley devolveu a garrafa de vinho para a mesa. — Eu trouxe umas cervejas porque achei que éramos pessoas honestas, da classe trabalhadora, mas se eu soubesse que você estava tentando me seduzir...

— A-hã. Ô.

Emira sorriu enquanto abocanhava uma tortilha.

Aquela era mais uma coisa que ela havia decidido deixar passar: o fato de Kelley se considerar da classe trabalhadora. Kelley trabalhava em um daqueles escritórios chiques nos quais todo mundo se senta numa mesma sala gigantesca usando fones de ouvido acolchoados e onde disponibilizam cereais e água com gás Perrier à vontade. Mas, em vez de lembrá-lo disso e do fato de ele morar no badalado bairro de Fishtown, ela disse:

— Não vou te enganar, não. É o melhor vinho que eu já tomei.

Eles acabaram tomando as cervejas, porque o Gloria's não permitia que os clientes bebessem nada que já chegasse lá aberto. Emira colocou a garrafa de volta na bolsa e Kelley falou:

— Vamos dar um jeito nisso mais tarde.

Eles falaram sobre como tinha sido o dia de cada um, mas, por trás daquilo tudo, Emira continuava pensando: "Se você não me comer hoje, eu vou ficar bem puta." Parecia — e aquela era apenas a opinião de Emira, ratificada pela confirmação de Zara — que Kelley ainda estava um pouco preocupado demais com a diferença de idade entre eles. Do mesmo modo que as mulheres brancas costumavam ser condescendentes demais quando ela se via em determinados espaços brancos (consultórios médicos, festas para assistir à entrega do Oscar em que ela era a única convidada negra, ou todas as terças e quintas no escritório do Partido Verde), Kelley estava exagerando ao tentar compensar as implicações da diferença de idade, levando Emira a lugares completamente broxantes e encerrando a noite dando um beijo perto da orelha dela. Emira ficou surpresa com o ritmo e a química entre eles na primeira noite juntos – o que, na opinião dela, geralmente levava tempo –, mas depois de dois encontros cheios de "Você já foi pra Europa?" e "O que você faria se ganhasse na loteria?" ela estava prontíssima para ir de novo para a casa dele. No sofá, na primeira noite, Emira não havia pensado em Briar, nem em seu iminente problema de não ter um seguro-saúde. Nem no fato de que seu aluguel ficaria 90 dólares mais caro assim que o ano virasse.

Kelley colocou as mãos atrás da cabeça e então desceu os braços rapidamente assim que um garçom chegou com os pratos.

– Bom, acho que chegou a hora de você me contar sobre os babacas que namorou antes de me conhecer – disse ele.

Emira riu.

– Chegou, é?

Ela colocou a cerveja de volta na mesa.

– U-hum. E também sobre o que eles estão fazendo da vida atualmente e como estão infelizes sem você.

– Nossa, uau, então tá. – Ela se ajeitou na cadeira. – Bem... Eu tava saindo com um cara no verão passado, a gente ficou junto por alguns meses e até que foi bom por um tempo. Mas aí ele começou a me mandar frases motivacionais o tempo todo... E eu fiquei tipo, não, não vai rolar.

– Eu preciso ver pelo menos uma delas.

– Eu provavelmente já deletei tudo. – Emira cortou suas *enchiladas* e tentou se lembrar. – Mas sim, ele me mandava mensagens com um bando de fotos e frases tipo *Michael Jordan não foi selecionado para o time de basquete do ensino médio*, e eu sempre ficava meio que, tá... e?

– Tá bem, então nada de frases motivacionais pra você. Quer mais uma?

Kelley apontou para o balde de cerveja e Emira assentiu.

– Eu saí com um músico durante um ano na época da faculdade, foi legal, mas meio aleatório, sei lá. Ele deve estar em turnê com alguma banda hoje em dia, afinando as guitarras deles.

Kelley terminou de mastigar e disse:

– Por que eu tenho a impressão de que essa banda é tipo o Red Hot Chili Peppers ou um troço assim?

– Ora, por favor, nem sei quem são esses. – Emira deu um sorriso malicioso. – Antes disso eu saí com um cara por quase um ano, do ensino médio até a faculdade. Mas não chegou nem perto de ser um namoro, então foi meio aleatório também.

– Hmm. – Kelley limpou a boca com o guardanapo e colocou as mãos sobre a mesa. – Então você não teve um relacionamento sério, longo?

Emira sorriu enquanto mastigava.

– Bem, nem a minha vida é longa e séria, então não. Isso é você tentando me dizer que já foi casado e tem filhos, algo assim?

– Não, não, não... Por que eu sinto o impulso de dizer "Não que eu saiba"?

Emira fingiu engasgar e disse:

– Por favor, não.

– Eu sei. Ignora essa parte. – Kelley balançou a cabeça e retomou: – Eu conheci a minha última namorada na faculdade, mas a gente só foi namorar anos depois. Hoje em dia ela é parteira em uma reserva indígena no Arizona... Eu tive uma namorada por dois anos no final da faculdade, e às vezes a gente troca um "Feliz aniversário" ou um "Feliz Natal". Acho que ela mora em Baltimore. Namorei uma outra garota por um tempo quando era calouro. A gente se dá bem até hoje. E... já que você fez todo o caminho de volta até o ensino médio, então vou fazer isso também. Quando eu tinha 17 anos namorei a garota mais rica da cidade.

Emira cruzou as pernas.

– Rica quanto?

Kelley levantou o indicador.

– Eu vou te dizer rica quanto. A gente fez uma viagem pra Washington com a escola e éramos uns trinta no mesmo voo. Ela estava um ano na minha frente. Ela foi a primeira a entrar no avião e eu vinha logo atrás dela. Quando achou o assento, ela colocou a mala no corredor e se sentou. Sem colocar a mala no bagageiro.

Emira moveu a cabeça para a frente e depois se ajeitou, o rabo de cavalo sacudindo.

– Ela esperava que você fosse fazer isso para ela?

– Não. – Kelley se inclinou sobre a mesa. – Ela esperava que alguém da *tripulação* fizesse isso. Eu abri o bagageiro e ela tipo "Não mexe no avião!". Ela nunca tinha entrado num avião em que os comissários não guardassem a bagagem pra você.

– Existem aviões assim?

– Na primeira classe, com certeza.

– Puta merda – reagiu Emira. – Ela tem um avião só pra ela hoje em dia?

– Provavelmente. Tenho quase certeza que ela mora em Nova York. Eu só lembro que, bem, isso pode parecer meio estranho, mas foi um daqueles momentos em que a gente perde a inocência, quando meio que vira uma chave, sabe? E eu tive *vários* momentos assim com ela. Isso é uma outra história, mas eu lembro que a maioria dos meus amigos da escola nunca tinha nem entrado num avião e provavelmente não entraria de novo por um bom tempo. E aí aparece essa garota que só viaja de primeira classe e não consegue entender por que não tem espaço pra esticar as pernas. E na minha cabeça de 17 anos aquilo me abriu os olhos no sentido de "Ah, sim, as pessoas vivem realidades muito diferentes". Entende o que eu quero dizer?

– A-hã – fez Emira. – Sim. É tipo o extremo oposto disso, mas, quando eu era pequena, eu tava na casa de uma menina pra uma festa do pijama e, quando fui ao banheiro, vi três baratas gigantescas no chão. Eu dei um grito, mas a menina ficou "Ah, você espantou elas".

– Enquanto dizia aquilo, Emira sacudia o guardanapo suavemente imitando a menina, como se estivesse pastoreando graciosamente minúsculas ovelhas. – E eu fiquei, tipo, *quê*? Quando eu me lembro dessa história, fico tá, beleza, é porque essa menina era absurdamente pobre. Acho que ela e a irmã dormiam juntas numa cama de solteiro. Mas, na época, as baratas me pareceram um pouco demais. Eu fiquei meio chocada, tipo, "Vocês vivem assim?". E agora eu fico, não, peraí, tem muita gente que vive assim.

– Siiiiim, exatamente. Esse é um bom exemplo. – Kelley limpou a boca, encolheu os ombros e balançou a cabeça. – Bem, então, eu tenho outro. Quando eu era pequeno, meu irmão mais novo adorava aquela série *Moesha*. Lembra desse programa?

– É óbvio que eu lembro.

– Pois é, faz sentido porque você tem mais ou menos a idade dele.

Emira fez uma cara feia para ele e disse:

– Tá bom, Kelley.

– Foi mal, foi mal, foi mal. Então, sim, bem... Um belo dia, minha família inteira sentada na mesa de jantar e, do nada, meu irmão, que tinha 6 anos, pergunta: "Mãe, por que *Moesha* é coisa de neguinho?"

Sob a música mariachi que de repente pareceu alta demais, Emira arregalou os olhos e sua boca se contorceu como se ela tivesse encontrado um fio de cabelo na comida. Kelley continuou:

– Minha mãe ficou tipo "O quê?". Aí meu irmão continuou "O pai do Michael falou pra eu não assistir isso porque...". Bem, eu não vou repetir, mas ele obviamente não fazia ideia do que isso significava. Mas eu era mais velho, então eu fazia. E eu via o pai desse garoto o tempo todo. E eu fiquei tipo: "Puta merda. Você é um cara escroto, hein, pai do Michael. Tô olhando pro capeta quando vejo você na escola."

Emira olhava fixamente para Kelley e seu coração começou a acelerar.

Os dois haviam falado sobre racismo apenas uma vez, e de forma muito superficial. Num jogo de basquete, um grupo de adolescentes negros viu Kelley entregar a Emira o ingresso dela, e um deles, querendo muito que eles ouvissem, exclamou: "Que desperdício!" Kelley acenou com a cabeça de um jeito fofo e meio de lado na direção deles e disse: "Tá bem... Obrigado, senhor. Obrigado pela ajuda." Quando chegaram aos seus lugares, Kelley se sentou com as pernas abertas e se aproximou do ouvido dela. "Posso te fazer uma pergunta?" Emira assentiu. "Você já tinha saído com um cara..." Ele parou de falar e Emira pensou "Meu Deus". Ela cruzou as pernas, pensando: "Deixa isso pra lá. Vamos só ver o jogo." "Você já tinha saído com um cara...", recomeçou Kelley, "que não fosse... tão alto?"

Emira riu e deu um empurrão no ombro dele.

– Para, garoto.

Kelley deu de ombros, fingindo estar consternado. "É uma pergunta legítima. Seus pais ficariam bravos se você chegasse em casa com um cara... alto?" Emira riu de novo. Ela não acusou ele de ter roubado a piada de *Um maluco no pedaço*. Talvez isso fosse parte da piada. Eles nunca mais tocaram no assunto.

Emira tinha se relacionado com um cara branco antes, e havia saído várias vezes com um outro durante o verão, logo depois da faculdade. Ambos adoravam levá-la para as festas e diziam que ela deveria dar uma chance para o seu cabelo natural. E de repente, de uma maneira que não haviam feito nas primeiras poucas interações, aqueles homens brancos vinham cheios de opinião sobre moradias financiadas pelo governo, salário mínimo e frases emblemáticas de Martin Luther King Jr. sobre os moderados, aquelas que "as pessoas não querem ouvir". Mas Kelley parecia diferente. Kelley Copeland, com seu humor paternal, suas expressões exageradas e sua mania de dizer a mesma palavra três vezes ("ei, ei, ei", "escuta, escuta, escuta", "não, não, não"), aparentemente sabia que estava saindo com uma mulher negra e que ela era capaz de apreciar uma boa história sobre a necessidade de saber o que falar à mesa mesmo quando se tem 6 anos, mas mesmo assim... Será que ele não deveria ter evitado falar "neguinho"? Talvez guardar aquele papo todo para o sétimo ou oitavo encontro? Emira não sabia dizer. Sentada em frente a ele, ela lutou contra o sentimento de choque diante do fato de que ele tinha falado aquilo, contra aquele diminutivo dolorosamente característico, mas enquanto observava as veias das mãos dele se moverem no momento em que ele dava a última mordida, ela se decidiu por "Ai, quer saber? Vou deixar você se safar dessa também".

– Como era o pai do Michael?

– Ah, sei lá, com certeza ele se parece com a maioria dos pais em Allentown. – Kelley pousou o garfo ao lado do prato. – Mas agora, quando penso no assunto, imagino ele usando um chapéu de caubói na varanda da frente com uma...

Emira esticou a mão sobre a mesa para impedi-lo antes que ele fizesse outra imitação. Ela baixou o tom de voz e perguntou:

– Tá a fim de ir pra sua casa?

Mais tarde, em seu quarto, Kelley se sentou na cama e disse:

– A gente se esqueceu de tomar o vinho.

Ele vestiu um short e foi em direção à cozinha.

Usando uma camiseta dele escrito *Nittany* – o leão mascote da Universidade da Pensilvânia –, Emira se levantou para fazer xixi. Ela tirou uma selfie no espelho do banheiro de Kelley e enviou para Zara, que respondeu: Aff não tô podendo contigo. Eram 23h46.

Kelley pegou duas taças e as colocou sobre a ilha da cozinha. Emira trouxe a garrafa embrulhada em uma sacola plástica roxa e ficou de pé do outro lado.

– Academia de Balé Luluzinha – leu Kelley. Ele tirou a garrafa da sacola e a colocou na bancada. – Isso parece um verdadeiro pesadelo.

Não é, não. Eu levo a Briar toda sexta feira e é tipo a coisa que eu mais gosto de fazer.

– Era ela que estava no mercado?

– A-hã. Ela é péssima no balé. – Emira esticou os braços acima da cabeça e sentiu a barra da camiseta levantar, deixando sua bunda de fora. – Todas as outras meninas são megatímidas e fofas, mas a

Briar está sempre gritando que quer um queijo-quente, essas coisas. Semana que vem é a nossa última aula. Vai ser festa de Halloween e estamos animadíssimas.

Kelley serviu as duas taças.

– Você vai se fantasiar?

– Sim, de gata. E a Briar vai de cachorro-quente.

– Curti. Tipo o meme do gato olhando pros cachorros-quentes. Pronta? – Kelley colocou uma das taças na frente dela. – Ah, não, você já provou. Será que *eu* tô pronto pra isso? Sim. Óbvio que sim.

Sem tirar os olhos de Emira, Kelley girou o vinho na taça, se exibindo. Tomou um gole, deixou o líquido descer pela garganta e exclamou:

– Uau! – Ele assentiu enquanto colocava a taça de volta na bancada. – Porra, aí sim. Isso aqui tem gosto de riqueza.

– Não falei? Eu fico até meio triste, porque provavelmente nunca mais vou tomar esse vinho de novo. – Emira apoiou os antebraços na bancada. – Você acha que a sua namorada da escola toma isso na primeira classe hoje em dia?

Kelley riu.

– Provavelmente sim. – Ele olhou para Emira antes de acrescentar: – Você quer saber como eu terminei com ela?

– Quero.

– Foi horrível – avisou ele. – Você não pode ir embora depois que eu contar isso. Rolou muita merda envolvendo ela e as cartas que ela me escrevia o tempo todo e tal. Quando terminei com ela eu disse "Acho que vai ser melhor se cada um seguir o seu caminho e se esses caminhos não se cruzarem nunca mais".

Emira cobriu a boca. Contra a palma da mão, ela disse:

– Nããão.

– Sim. – Kelley tomou outro gole e acrescentou: – Eu me achava muito descolado.

– Qual o seu problema?

– Eu tinha 17 anos.

– Tá, eu também já tive 17 anos, cara.

– Tá bem, tá bem, tá bem, sei lá. Ela me escrevia milhares de cartas super-românticas e rebuscadas o tempo inteiro, e acho que na minha cabeça eu tinha que terminar com ela nesse mesmo tom, mas acabou não funcionando assim. E eu ia adorar poder dizer que essa foi a coisa mais idiota que eu fiz nessa época, mas definitivamente não foi.

Emira se empertigou.

– O que mais você fez?

– Não foram exatamente as coisas que eu fiz, mas... as coisas que eu pensava, na verdade. Tipo... você sabe que o Dia dos Namorados foi inventado pelas empresas de cartões, né? Quando ouvi isso pela primeira vez eu entendi a pessoa dizer empresas de *carrões*. Então, na faculdade, eu ainda achava que, tipo, a Mercedes e a BMW tinham inventado o Dia dos Namorados. O que eu até *achava* estranho, mas mesmo assim aconteceu. Não, quer dizer. Quer ouvir uma pior que essa? Eu achava que a palavra *lésbica* tinha um *r* no final. Na verdade, eu achava que era um verbo. Tipo, *lesbicar*.

– Kelley. – Emira cobriu a boca novamente. – Você não achava isso.

– Achava totalmente isso. Eu pensava que uma mulher podia *lesbicar* outra. Até os 16 anos. Por que eu estou contando isso?

Emira riu.

– Sinceramente, não sei. Mas fala de novo a frase que você usou pra terminar o namoro.

Kelley colocou as duas mãos na bancada e pigarreou.

– "Acho que vai ser melhor se cada um seguir o seu caminho e se esses caminhos não se cruzarem nunca mais."

– Muito bonito, realmente.

– Obrigado.

Emira se curvou, encostando os ossos do quadril na bancada. Ela observou Kelley pegar a garrafa de vinho de 58 dólares e despejar o restante do líquido na taça.

– Você quer que eu chame um Uber? – perguntou ela.
Kelley colocou a garrafa vazia sobre o azulejo.
– Na verdade, não.
Emira assentiu e disse:
– Tá bem.

Oito

Certo dia, um tempo atrás em Nova York, muito antes de Catherine nascer, Tamra servia vinho em três taças.

– Todo mundo vai ter que contar qual foi o momento mais constrangedor que já viveu.

– Eu amo quando a Tamra bebe porque ela vira uma garota de 11 anos – comentou Jodi.

As quatro mulheres estavam sentadas em cadeiras de jardim trançadas ao lado de pazinhas de plástico, baldes e uma piscina infantil coberta de folhas no quintal de Rachel, uma área cercada de hera. Pequenas lâmpadas brancas pendiam acima delas. Do outro lado da porta de correr de vidro havia um quarto que Rachel reservava para os hóspedes. Numa cama queen size daquelas retráteis, que dobram em direção à parede, a pequena Briar dormia com o polegar na boca. As filhas de Tamra, Imani e Cleo, dormiam ao lado dela e da filha de Jodi, Prudence, que logo ganharia um irmão (Jodi estava tomando água com gás e rodelas de limão). O filho de Rachel, Hudson, estava em Vermont com a avó. Era a primeira vez que as quatro mulheres estavam juntas sem estarem rodeadas por seus filhos.

Rachel fechou cuidadosamente a porta, deslizando-a com o cotovelo, e seu cabelo preto escorrido balançou atrás dela.

– A minha resposta pra essa pergunta está mais pra uma fase e é definida pelo pinto do meu filho.

Ela colocou quatro pratos brancos em cima da mesa, ao lado de uma pizza grande com tomates, pimenta em flocos e manjericão.

– Não fala isso, lá lá lá lá. – Jodi levou as mãos aos ouvidos. Três dias antes ela havia descoberto que estava grávida de um menino, a quem daria o nome de Payne. Seu cabelo ruivo e pesado brilhou no momento em que ela passou ao lado de uma grande vela repelente e esticou o braço para alcançar a mesma fatia de pizza que Alix. Ela se afastou e disse: – Não, Alix, você primeiro. – Jodi foi a primeira delas que Alix conheceu, na sala de espera do pediatra quando levou Briar para um checkup aos 4 meses. Foi ela que a apresentou para Rachel e Tamra, e Alix ainda conseguia sentir a doçura de Jodi por sua preocupação e os esforços que fez para que Alix se sentisse à vontade.

Rachel se recostou, apoiando os cotovelos nos braços da cadeira de jardim.

– No mercado, na fila esperando um café… "Mamãe, um pênis é uma coisa íntima", "Mamãe, você não pode brincar de pega-pega com um pênis", "Mamãe, eu tenho um pênis e nosso cachorro tem um pênis e você perdeu o seu, então você precisa ter mais cuidado".

– Meu Deus – disse Tamra. – Haja Freud, hein?

– Bem, elas duas já sabem qual foi meu momento mais constrangedor – falou Jodi para Alix. – No verão passado a Prudence foi pra um acampamento da igreja com os primos e um dos monitores me ligou porque ela tinha explicado em detalhes que a mãe dela levava crianças pra dentro de um quarto e as colocava na frente de uma câmera.

– Ah, não! – exclamou Alix rindo.

– E sabe o que acontece com as crianças que choram? – Jodi se inclinou para a frente. Um de seus olhos verdes se arregalou e o outro se fechou. – São crianças más, então não voltam lá nunca mais.

Tamra riu fazendo um ruído com o nariz.

– Eu me lembro disso.

– Eu amo essa garota, puta merda – falou Rachel, balançando a cabeça.

– *E digo mais* – continuou Jodi com o dedo em riste –, só os bons meninos e meninas voltam, e a mamãe coloca eles de novo na frente da câmera, e, quando você está lá, precisa fazer exatamente o que a mamãe diz, mesmo se você estiver chorando.

– Imagino que ela não tenha sido convidada pra voltar ao acampamento – comentou Alix.

– Eu tive que ir lá e tudo. – Jodi puxou um pedaço da borda da sua fatia e deu uma mordida. – Mostrei meu cartão de visita, mostrei meu site. Fui aquela pessoa louca sentada numa cadeira de criança pequena demais pra minha bunda, dizendo pra eles que não sou pedófila e que trabalho montando elencos infantis para longas-metragens.

Tamra olhou para Alix.

– O que a Briar acha que você faz da vida?

Alix pegou o vinho e disse:

– A Briar tem quase certeza que eu trabalho nos correios.

– Bem, não é tão mau assim – respondeu Tamra.

– O Hudson acha que eu ganho a vida comprando livros, o que em alguns momentos faz bastante sentido – falou Rachel. – Jo, o que a Pru acha que você faz atualmente?

– Ué, eu acabei de explicar. A mamãe é uma tarada.

As mulheres riram ao redor de vinho e muçarela.

Alix olhou para Tamra.

– E o que a Imani e a Cleo acham que você faz?

Tamra pousou sua taça.

– Ah, elas sabem que eu sou diretora da escola.

– Nooooooossa, que *surpresa*. – Rachel suspirou. – As filhas perfeitas da Tamra estão perfeitamente cientes do trabalho perfeito da mãe delas.

Ao dizer isso, Rachel juntou as mãos ao lado do rosto, como se fosse uma princesa de desenho animado.

Alix percebeu que Rachel estava consideravelmente bêbada e sentiu certo carinho por ela, por aquele grupo, aquele momento. Ela adorava ouvi-las, vê-las dar enormes mordidas em suas fatias de pizza e o fato de o sol demorar tanto para se pôr no verão.

Tamra abriu um sorriso sob o conjunto de sardas escuras que se acumulavam embaixo de seus olhos. Ao balançar a cabeça, seus longos e bem-feitos dreadlocks dançaram atrás de seus cotovelos. Ela era a única comendo a pizza de garfo e faca.

– A Imani discorda de você nessa parte aí do trabalho perfeito – disse ela. – Mas meu momento mais constrangedor foi na faculdade, com certeza. Minha menstruação desceu no meu segundo dia na Brown, na sala de aula. E eu estava usando um short *branco*. – Tamra disse isso bem devagar, enfatizando as sílabas de "bran-co". – Uma garota muito legal me deu o casaco dela pra eu amarrar na cintura, mas isso foi depois que muitas pessoas já tinham visto o estrago. Eu não tranquei aquela disciplina – Tamra parabenizou a si mesma –, mas passei o semestre inteiro sentando na última fila e pedindo pra outros alunos buscarem e depois entregarem as minhas provas pra mim.

– Bom pra você – comentou Jodi. – Eu teria dado um jeito de trancar.

– Sua vez, Alix – falou Rachel. – Você tem que contar o seu, com certeza vai ser melhor do que menstruação, pênis e pedofilia.

Alix estava com um pedaço de tomate na boca. Ela começou a se abanar com as mãos.

– Não, não. – Ela engoliu em seco. – O meu, bem... não tem graça nenhuma.

– Peraí, vocês não me ouviram? – Jodi levantou a mão direita. – Pe-do-fi-li-a.

– Ela tem razão – concordou Rachel.

– Tá bem, tá bem – disse Alix. – O meu foi no ensino médio.

No verão que antecedeu o seu penúltimo ano na escola, um casal de avós de Alex Murphy morreu, com dois dias de intervalo de um para o outro. Eles foram notícia no jornal local, e no velório conjunto, realizado em uma pequena capela em uma tarde de quinta-feira, não havia lugar para sentar. Em público, o pai de Alex lamentou de forma decorosa a perda dos pais, mas, entre quatro paredes, os pais de Alex se regozijaram com uma herança inesperada no valor de aproximadamente 900 mil dólares. Vovó e vovô Murphy já tinham comprado seus jazigos. Eles ficavam lado a lado e perto de onde jaziam os pais da vovó Murphy, mas, antes do enterro, a funerária cometeu um erro descomunal. Vovó e vovô Murphy foram cremados por engano. Alex e a família foram ao velório e fingiram que havia corpos nos caixões fechados diante deles.

Rachel ofegou e Tamra disse "Meu *Deus*".

– Sim, foi uma situação bizarra – falou Alix. – Então os meus pais usaram a herança pra contratar um puta advogado, processaram a funerária e... ganharam rios de dinheiro. E aí logo depois eles piraram.

O Sr. e a Sra. Murphy, que eram assustadoramente parecidos, com seus cabelos claros, pernas finas e barrigas redondas e estufadas, levaram Alex e sua irmã mais nova, Betheny, da Filadélfia para Allentown. Eles queriam terras. "Tipo, terra *terra*", explicou Alix, e eles compraram uma casa de sete quartos no alto de uma colina verdejante, que Alix hoje admitia ser mal-ajambrada e de gosto duvidoso. Era preciso digitar um código de quatro dígitos para abrir o portão da frente e ter acesso à longa entrada de carros. Havia uma varanda no quarto principal, de onde era possível avistar o mastro que ficava na nova escola de Alex e Betheny. E havia uma escada dupla emoldurando uma lareira onde Alex e sua irmã acabaram nunca tirando uma foto antes de ir para um baile ou a formatura.

– Do dia pra noite, a minha vida mudou completamente – continuou Alix. – Minha mãe fez um delineado definitivo nos olhos, tipo tatuagem. A gente tinha uma sala de cinema em casa. Eu nunca tinha entrado num avião antes e, de repente, me vi indo de primeira classe pra Fort Lauderdale.

Os Murphy também contrataram os serviços da Sra. Claudette Laurens. Claudette era uma mulher negra de pele clara, com cabelos grisalhos cacheados, que mantinha a casa limpa, preparava jantares e assistia à televisão com as meninas quando elas estavam doentes. Foi Claudette quem ensinou Alex a fazer torta, pregar botões e dirigir um carro com câmbio manual. Claudette era a única pessoa no mundo que ainda recebia cartas dela assinadas como *Alex*, mas, em vez de se aprofundar no intenso carinho que tem por Claudette, Alix contou às amigas sobre as compras sem sentido que os pais não tinham como pagar (autorretratos feitos por artistas renomados, mocassins ornamentados com moedas de ouro maciço, guitarras e pianos que haviam pertencido a estrelas do rock).

– Alix, acho que estou começando a entender várias coisas sobre você – comentou Rachel. – Várias delas estão fazendo sentido.

Jodi concordou.

– É por isso que você odeia tanto acumular coisas?

– Bem, sim. – Alix revirou os olhos. – Quando seus pais piram, se tornam pessoas ricas e cafonas que bordam as iniciais e colocam strass em tudo, e ainda compram seis, *seis!*, lulus-da-pomerânia, você acaba querendo jogar muita coisa fora. Na época eu ficava, tipo, "Que maravilha! Eu posso comprar todos os CDs que eu quiser!", mas eles nem eram tão ricos assim. Era ridículo.

Só de falar sobre aquilo, Alix conseguia sentir o cheiro da casa dos pais, aquela que acabou sendo penhorada.

Do lado de fora havia SUVs com placas personalizadas e capinhas de onça cobrindo o estepe preso na parte de trás. Dentro, ar-condicionado central e caixas de papelão contendo as mais recentes aquisições, eternamente empilhadas ao lado da porta da frente. O lugar tinha sempre um cheiro de casa vazia, como uma casa modelo, do tipo que tem as gavetas da cozinha coladas e as pias sem conexão com o encanamento. Os lulus-da-pomerânia vagavam pela casa e deixavam cocô por toda parte, como se fossem cachos de uvas mofados.

– Bem, enfim – prosseguiu Alix. – No meu último ano do colégio, arrumei meu primeiro namorado sério.

Kelley Copeland tinha crescido quase oito centímetros nas últimas férias, e aquilo chamou a atenção de Alex Murphy. Com quase um metro e oitenta, Alex achava que havia poucos homens com quem ela "poderia" namorar, mas Kelley teria sido uma excelente opção de qualquer maneira. Ele era muito gentil e naturalmente engraçado, e fazia aquilo de segurar a porta para as pessoas de um jeito que elas necessariamente precisavam passar por baixo do braço dele. Dizia coisas como "Xácomigo" ou "Molezinha". Tanto Alex quanto Kelley eram dos times de vôlei do Colégio William Massey, e ela deu um jeito de se sentar ao lado dele em uma viagem de ônibus de três horas para um torneio em Poughkeepsie. Na época, Alex se sentia muito radical e vanguardista por namorar um cara mais novo, já que ela era uma veterana muito madura.

– Acho que a gente só namorou por uns quatro meses – observou Alix, mas ela sabia exatamente quanto tempo eles tinham ficado juntos. Foi oficialmente da noite de ano-novo em 1999 até o dia 12 de abril de 2000. – Mas mesmo assim trocamos "eu te amo" e eu fui a todos os jogos dele… Tudo aquilo que você acha que significa alguma coisa quando tem 18 anos.

Rachel arregalou os olhos e disse:

– Eu te amo, mas estou querendo saber do constrangimento.

– Desculpa, sim. – Alix suspirou e se recostou; o assento da cadeira rangeu embaixo dela. – Então eu meio que escrevia cartas pra ele toda semana…

Rachel bufou e Jodi comentou:

– Ai, Alix…

– Eu sei, eu sei. Obviamente hoje em dia eu ficaria tipo "Ei, Al, pega leve aí com essas cartas", mas me parecia uma boa ideia naquela época. Até que o Kelley decidiu mostrar uma das minhas cartas, a pior possível, pro garoto mais popular da escola.

O nome desse garoto era Robbie Cormier. O colégio inteiro o conhecia, e, mesmo ele sendo meio que o palhaço da turma, os professores gostavam de tê-lo na aula porque ele vivia inventando raps e fazendo rimas em voz alta para tentar memorizar o conteúdo. Ele era muito baixo, mas absurdamente atraente, e foi eleito rei do baile de formatura ao qual Alix jamais foi.

– Ah, não… – disse Jodi.

– Ah, não, peraí. – Tamra colocou o garfo em cima do prato e apoiou as mãos espalmadas sobre a mesa. – Eu preciso saber o que tinha nessa carta. Desembucha, garota.

– Eu mandei várias cartas pro Kelley... – Alix olhou para o guarda-sol acoplado à mesa e balançou a cabeça. Ela se lembrou da sensação de usar as unhas dos dedinhos para deslizar as cartas dobradas pelas frestas do escaninho de Kelley na escola, e do ruído leve de quando elas pousavam. – Mas essa foi definitivamente a pior de todas.

Rachel deu um suspiro, então perguntou:

– Foi tipo erótica? Tinha uns nudes junto?

Do outro lado da mesa, Jodi tocou a mão de Alix.

– As cartas que você escreve são lindas, você inclusive ganha a vida fazendo isso, então não se sinta mal.

As mulheres se inclinaram para a frente e esperaram Alix descrever a única carta que ela se arrependia de já ter enviado.

– A carta que ele mostrou pra esse garoto – continuou ela – tinha o meu endereço, o código de segurança do portão e um mapa até a minha casa. Eu tinha feito um convite pra ele, incluindo onde, quando e *com qual música* eu gostaria que ele tirasse a minha virgindade.

O mapa incluía dois conjuntos de linhas onduladas representando água; um deles dizia JACUZZI e o outro, PISCINA. Alex também desenhou a imensa entrada em forma de buraco de fechadura, a quadra de basquete, uma seta indicando a lareira e um coração no quarto dela. Havia dois quadradinhos na parte inferior para ele marcar sim ou não.

– Meu Deus – disse Tamra.

– Puuuuuuuutz! – exclamou Rachel.

– Eu queria transar! – falou Alix, gesticulando, e quando ela disse isso Jodi soltou um "Ah, querida...". – Meus pais iam estar fora no fim de semana. A gente nunca ia poder fazer nada na casa dele, porque ele tinha vários irmãos... e eu gostava muito dele e queria garantir que aquilo acontecesse.

Tamra serviu mais vinho na taça de Alix.

– Então o Kelley mostrou essa carta pro Robbie – continuou Alix

–, e o Robbie, com quem eu nunca tinha falado na vida, veio até mim e disse: "Ouvi dizer que os seus pais vão estar fora esse fim de semana. A gente quer dar uma festinha nessa sua mansão."

Na época, Alex mal conseguiu processar o fato de que Robbie estava falando com ela. Alex e Kelley não faziam parte do grupo dos excluídos, mas também não estavam exatamente no topo da cadeia alimentar, e ela sabia disso porque Robbie só havia falado com ela em duas ocasiões. Quando as pessoas descobriram que Alex e Kelley estavam namorando, ele disse "Sério?" e depois "É, faz sentido".

Então, ao se lembrar de Robbie perguntando se ele poderia ir à sua *mansão*, Alix também recordava de dizer "não" de maneira muito mais educada do que deveria. Na época, ela ficou muito mais incomodada com a possibilidade de ele ter visto o restante da carta. Alix foi atrás de Kelley, que negou veementemente ter recebido a carta.

"Por que eu mostraria uma das suas cartas pro Robbie?", repetia Kelley. Alex, de joelheiras e rabo de cavalo, o confrontou dentro do carro dele. "Eu te juro que não recebi essa carta. Mas se Robbie quiser ir... vai ser incrível."

"Kelley!", gritou Alex. "Essa carta era, tipo... a mais importante de todas!"

Além de ter que explicar o conteúdo da carta, Alex se lembrava de ficar irritada com a afeição de Kelley por Robbie Cormier e os outros cinco atletas que sempre estavam junto com ele. Eles eram famosinhos dentro e fora de campo, altos, engraçados e bonitos. Eram supersimpáticos com os zeladores e sempre os cumprimentavam quando esbarravam com eles pelos corredores. Quando qualquer membro desse grupo dava uma migalha de atenção que fosse a Kelley, seu pescoço ficava todo vermelho enquanto ele tentava agir naturalmente e parecer uma pessoa interessante. Não era difícil imaginar Kelley mostrando a carta de Alex para Robbie. Kelley achava que ele era "incrível", e seus escaninhos ficavam um em cima do outro, ao lado de um bebedouro muito usado pelos alunos.

Mas Alex não estava cogitando dar uma festa. Seu plano era

perder a virgindade. Ela não conhecia aquelas pessoas, sua irmã e Claudette também estariam em casa e ela não pretendia chegar virgem à faculdade. Não levou muito tempo até Kelley conseguir conquistá-la de volta. "Ei, talvez você tenha deixado a carta cair ou algo assim." Ele disse isso apoiando os antebraços nos ombros dela. "Mas tudo bem, porque você disse não pra ele. Ele não vai aparecer do nada. Mas... o convite ainda está valendo pra mim?"

Naquele fim de semana, com Counting Crows tocando em seu quarto e Claudette e a irmã lá embaixo na sala de cinema, Alex e Kelley transaram pela primeira vez. Faltava exatamente uma semana para o baile de formatura. Alex estava se achando clichê, mas a intensidade de sua paixão superava isso. Quando terminaram, ficaram de conchinha na cama dela assistindo a reprises de *The Real World: Seattle*. Eram mais ou menos 22h30 – três episódios depois – quando Robbie Cormier e outros oito alunos apareceram. As câmeras de segurança mais tarde mostraram Robbie na frente da propriedade, digitando o código de segurança no portão de entrada, o que – como se Alex precisasse de mais provas – confirmava que Kelley de fato havia mostrado a carta a ele.

– Você tá brincando – disse Jodi. – Que moleques escrotos!

– Então, de repente, todos os garotos mais descolados da escola estavam na minha casa – continuou Alix. – E eles bateram nas janelas, botaram música bem alto e exigiram que a gente ligasse a banheira de hidromassagem. Como vocês podem imaginar, quase todos estavam bêbados.

– Eu era escrota na escola – comentou Rachel –, mas não *nesse* nível.

– Às vezes eu penso em mandar as meninas pra escola pública – disse Tamra. – Mas aí ouço coisas assim e fico, tipo, de jeito nenhum.

Alix achava que a amiga estava equivocada em pensar dessa forma, mas prosseguiu:

– Foi um desastre.

Ela se lembrava de ter corrido até a janela ao ouvir uma caixa de som ser ligada no último volume. Robbie liderava saltos coletivos na piscina ao som de "The Real Slim Shady", enquanto outro aluno fingia transar com um crocodilo inflável. De seu quarto no segundo andar, Alex tirou os olhos do quintal e se virou para Kelley: "O que que eu faço?"

Kelley vestiu a camiseta. "Alex, espera", disse ele. "Talvez… Sei lá… Seus pais *não* estão em casa."

Alex fechou as cortinas e sentiu o queixo despencar e a boca se abrir completamente. Duas horas antes, ele estava dizendo que a amava e perguntando se deveriam pegar uma toalha. Mas, naquele momento, Kelley estava andando em volta da cama dela para tentar achar seus sapatos e meias. Alex o observou avaliar a oportunidade que lhe estava sendo dada no andar de baixo: a chance de fazer amizade com os atletas mais populares da escola, porque ele estava no lugar certo, na hora certa. De repente, ela se sentiu constrangida; era para ser a noite *deles*. Ela cruzou os braços e perguntou: "Você tá de sacanagem, né?"

Betheny não bateu. Abriu a porta do quarto de Alex e perguntou: "Alex, o que tá acontecendo?" Claudette estava atrás dela, um pano de prato jogado no ombro. Com a mão na parede, ela perguntou: "Posso chamar a polícia?"

Kelley começou a amarrar os sapatos.

Aquela possivelmente era a ocasião em que Alex estivera em sua máxima posição de autoridade, e sua vulva ainda estava dolorida da sua primeira vez. Foram a visão da irmã mais nova, o pano molhado no ombro de Claudette e a expectativa velada de Kelley por ascender socialmente que a fizeram assentir e dizer: "Sim, pode chamar a polícia."

"Ei, ei, ei." Kelley se levantou. "Alex, fala sério."

Betheny seguiu Claudette escada abaixo e Alex pegou seu moletom em cima da cama. "Isso não é maneiro", disse Alex a ele.

"Alex, peraí, peraí, peraí." Kelley a seguiu escada abaixo, e Alex jurou tê-lo visto observar cuidadosamente as janelas para poder se esconder caso houvesse o risco de alguém vê-lo. "Isso não precisa virar um problema. O Robbie é legal. Deixa eles se divertirem."

"Você nem conhece eles direito!" Ao falar isso, ela na verdade quis dizer "Existe uma razão para eles não falarem direito contigo".

Kelley, entendendo a insinuação, rebateu: "Eu conheço eles muito melhor que você."

Alguém do lado de fora gritou para aumentar o volume da música. Alex entrou na cozinha, onde Claudette estava desligando o telefone. "Eles estão vindo", avisou ela. Alex disse: "Ótimo." Kelley falou: "Sério, Alex?" Ele pegou sua mochila em cima da mesa da cozinha e saiu pela porta lateral.

Não que Alex quisesse registrar a ocorrência; ela só queria que eles fossem embora. Seus pais ficariam furiosos se descobrissem que ela tinha dado uma festa. Eles provavelmente a deixariam de castigo no fim de semana do baile de formatura. E a entrada de veículos era longa o suficiente para que o grupo tivesse tempo de fugir assim que visse as luzes da viatura. Mas, quando a polícia chegou, nem todo mundo conseguiu escapar do quintal a tempo. Depois de gritos de "Merda!" e "Polícia, polícia!", os amigos de Robbie pularam uma cerca e correram pelas colinas em segurança.

Robbie, no entanto, estava subindo uma escada apoiada na parede da casa dos Murphy quando a polícia se aproximou. Seu plano era pular da varanda para dentro da piscina. Os policiais chegaram e apontaram as lanternas para ele, e Alex ouviu um deles dizer: "Desce daí, garoto." Robbie Cormier estava completamente bêbado quando foi levado pela polícia, e além de responder por invasão de propriedade também precisaria explicar uma trouxinha de cocaína no bolso de sua calça cargo. O fato de um aluno negro popular na escola ter sido preso em uma mansão com pinta de casa-grande não caiu muito bem para Alex Murphy.

– Foi tipo, "Nossa, a filha dos Murphy tem uma casa gigantesca dessas e não quer dividir com ninguém? Que escrota" – explicou Alix. – E toda vez que a minha irmã e eu ousávamos colocar a cara na rua, alguém perturbava a gente. "Olha lá a princesa Murphy." "Cuidado, a riquinha vai mandar te prender." "O Robbie perdeu a bolsa de estudos porque você mandou ele pra cadeia, bom trabalho."

Aquilo não foi o pior. Naquele verão, todo mundo passou a chamar Alex e a irmã, em público e pelas costas, de "emergentes de merda". Numa ocasião, ela foi buscar a irmã em uma lanchonete e uma colega perguntou se ela estava indo nadar na piscina da casa-grande. E, outra vez, Robbie Cormier esbarrou com ela em um Jamba Juice. Ele a cumprimentou na casa de sucos com um "Bom dia, sinhá Alex".

– As pessoas faziam mesuras e abriam portas pra mim como se eu fosse uma rainha – contou Alix. – *Todo mundo* ficou sabendo. E foi assim que terminou meu último ano.

O pior nisso tudo foi que, de uma forma ou de outra, todos os desejos de Kelley foram realizados naquela noite na casa dos Murphy. Alex ficou sabendo que Kelley havia deixado a casa apenas para encontrar os amigos de Robbie na rua depois de conseguirem fugir. Ele os levou até a delegacia, onde esperaram a noite toda até Robbie ser liberado. Foi Kelley quem levou Robbie para casa.

Kelley terminou com Alex na segunda-feira seguinte, logo após o primeiro tempo de aula e cinco dias antes do baile de formatura. Tudo aconteceu entre a porta da sala de aula e o bebedouro habitual dos alunos, que, durante o discurso dele, foi usado por três alunos diferentes. Ele começou a conversa dizendo: "Ei, não fica chateada… mas eu acho que vou ao baile com a prima do Robbie, a Sasha." Alex não sabia como seria possível continuar o namoro – ele não havia retornado as ligações dela o fim de semana inteiro –, mas a verdade é que ela também não tinha essa expectativa. Sim, as coisas ficaram extremamente confusas naquela noite, e talvez ela tivesse cometido um erro, mas eles não tinham acabado de transar?

Parecia que Kelley estava dizendo o nome de outra garota para dar a entender que ele só tinha mudado de ideia, quando no fundo ele estava nitidamente trocando Alex por Robbie. Alex não fazia ideia do que os colegas de classe ainda fariam a ela (cuspir no seu carro, chamá-la de nazista), mas o modo como Kelley terminou o relacionamento, informando-a de seus novos planos para o baile, a atingiu com a intensidade única de uma primeira desilusão amorosa. Alex se sentiu exatamente como quando soube que seu avô tinha morrido, confundindo tristeza com o instinto de querer entender a situação, tipo, "Peraí... Quer dizer que a gente não tá mais junto?".

"Eu nunca quis meter o Robbie em confusão", falou ela a Kelley. Alex tentou dizer mais alguma coisa, mas sua voz começou a falhar. Então, continuou: "Eu só... queria que eles fossem embora."

"Eu sei. Sinto muito."

"A gente pode conversar sobre isso depois da aula?", perguntou ela. Sabia que não podia limpar a ficha criminal de Robbie, mas talvez conseguisse pensar em algo para dizer até lá.

"Eu só...", Kelley suspirou. "Acho que vai ser melhor... se cada um seguir o seu caminho. E se esses caminhos não se cruzarem... nunca mais."

– Ele disse o quê? – falou Tamra, inclinando-se na mesa.

– Essa foi a frase que ele usou, juro por Deus – confirmou Alix.

– Ele tava meio fora de si? – perguntou Jodi com sinceridade.

– Você que tá bem melhor *fora dessa* – comentou Rachel revirando os olhos.

Alix tomou um longo gole de vinho e jogou outra fatia de pizza no prato.

– Ai, Alix, eu teria matado esse garoto – falou Tamra.

– Eu nunca achei que você pudesse se sair pior do que eu – afirmou Jodi –, mas você definitivamente conseguiu.

Alix estava sentada na frente de Jodi, Rachel e Tamra, tentando não se sentir na Bordeaux Lane, número 100, Allentown, Pensilvânia, CEP: 18.102. Ela ainda conseguia ouvir Robbie e os amigos do outro lado da janela que dava para os fundos de sua casa, fazendo algazarra e depois fugindo da polícia. A irmã de Alex chorava, sentada no chão ("Pelo menos você vai se formar. Eu vou ter que ficar aqui convivendo com todo mundo!"), enquanto Alex assistia a Robbie ser algemado em seu quintal. Claudette olhava pela janela ao lado dela, sussurrando "Demônios" para si mesma e para eles.

A última vez que ela tinha visto Kelley Copeland ele estava em um posto de gasolina um dia antes da formatura. Quando ele desceu do carro, Alex recolocou teatralmente a mangueira de volta na bomba de gasolina e fechou o tanque de combustível, que ainda estava pela metade. "Alex, fala sério", disse ele. Alex viu que ele estava usando chinelos de tira horizontal e meias brancas, exatamente como Robbie fazia depois dos jogos. "Eu terminei com você, mas tá tudo bem", continuou ele. "Me desculpa e tal, mas... cara. Foi só isso."

Àquela altura, Kelley era um membro importante da galera de Robbie Cormier, e Alex havia se tornado oficialmente uma excluída. Enquanto Kelley se sentava para almoçar com a elite e tinha começado a namorar uma garota negra de pele clara que usava tranças, Alex almoçava sozinha na sala de artes vazia e saía cinco minutos mais cedo da última aula para poder chegar ao seu carro sem ser incomodada. Alex vinha sonhando com um momento como aquele no posto de gasolina, em que Kelley prestasse atenção nela mais uma vez e eles pudessem tentar conversar. Porém, ela interpretou a abordagem dele como uma atitude condescendente em relação a si mesmo e não conseguiu segurar a onda.

"Foi *só isso*? Ninguém te forçou a espalhar por aí uma merda de uma carta que era só pra você! Isso tudo é culpa sua tanto quanto é minha, mas *sou eu* quem está sendo punida por isso. Eu precisava proteger a minha irmã e a Claudette. O que eu deveria ter feito?"

Kelley parecia genuinamente confuso ao dizer: "Você tinha que proteger a sua irmã do *Robbie*?"

Alex entrou no carro e foi embora. Ela havia desperdiçado 6 dólares em gasolina, um valor que, apesar do histórico de sua família, ainda parecia uma quantia significativa.

– Era pra eu ter ido pra Universidade da Pensilvânia – contou Alix –, mas eu passei pra Universidade de Nova York e implorei pros meus pais me deixarem ir pra lá. Fiz vários empréstimos, que – Alix levantou o indicador – meus pais se recusaram a pagar com seus *milhões* de dólares, porque disseram que era uma estupidez pagar tanto por uma faculdade quando eu poderia entrar pra uma pública. Mas eu tava, tipo, "Não, eu vou". Então eu trabalhei de garçonete o verão inteiro e fui.

Quando Alix pensava em si mesma aos 18 anos, sentindo como se estivesse jogando sua vida fora fazendo uma dívida de dezenas de milhares de dólares para pagar a faculdade, ela desejava poder voltar no tempo. Na época ela dizia a si mesma que ficaria tudo bem, que ela conheceria o melhor cara do mundo num bar aos 25 anos, que ele teria um coração imenso e um pau surpreendentemente grande, e que antes de se casar Peter quitaria todos os empréstimos dela como se fossem dele, como se aquilo não fosse nada. Ele não a julgaria por não se sentir triste quando seus pais falecessem, com dois meses de diferença. Ele entenderia que, para ela, aquilo era um alívio.

– Bem, tecnicamente – disse Rachel –, a gente nunca teria te conhecido se você não tivesse se tornado uma pária na Pensilvânia.

Alix deu um suspiro misturado com assovio, como se por pouco não tivesse conseguido chegar a tempo para pegar um avião.

– Pensilvânia, tudo bem. Mas eu *nunca mais* vou voltar a Allentown.

Do lado de dentro da porta de vidro parcialmente rachada, Alix ouviu a voz rouca familiar de Briar dizendo:

– Mamãe?

– Ô-ô – cantou Jodi.

Alix se levantou.

– Alguém percebeu que eu estava me divertindo demais – disse ela.

Nove

Na manhã de sexta-feira, 30 de outubro, Conchinha Chamberlain faleceu tranquilamente em casa, cercado por sua família, que não fazia ideia do que havia acontecido. Alix se deparou com o cadáver flutuante às 11h34 e sussurrou baixinho: "Merda." Briar estava terminando de almoçar um prato de frango e peras, e Catherine saltitava num assento para bebês em um canto. Alix colocou uma planta na frente do aquário e pegou o telefone.

ALIX: O peixe da Briar morreu. Tudo bem se eu pedir pra Emira arrumar outro?
JODI: Sim.
TAMRA: Sim.
RACHEL: Uma vez, Arnetta comprou uma pílula do dia seguinte pra mim.

– Terminou? – perguntou ela a Briar, que assentiu com a boca ainda cheia, e Alix a colocou no chão.
– Mamãe? – Briar caminhou lentamente até Catherine. Ela passou o dedo pelo cabelo loiro sobre a testa da irmã e Catherine abriu um sorriso enorme. – Como as penas ficam molhadas?
– Hmm, na chuva? – respondeu Alix. – Ou quando os pássaros tomam banho? Devagar com a sua irmã.

— Mas como... Por que... As penas são... Como as penas ficam molhadas e voam?

— Bri, olha lá.

Alix pegou uma bola cor-de-rosa em um cesto de brinquedos e a jogou pelo corredor. Briar correu obedientemente atrás dela, agitando os braços, ofegante e feliz.

ALIX: Então não é estranho eu ligar e pedir pra ela comprar um quando estiver vindo pra cá?

JODI: Você é tão engraçada, Alix. E óbvio que não. Ela não trabalha de graça.

TAMRA: Exatamente. Uma vez pedi pra Shelby fingir que era eu, pra eu não precisar atender um vendedor.

ALIX: Ela se incomodou?

TAMRA: Nem um pouco. Ela adorou fazer o sotaque britânico.

RACHEL: Uma vez eu pedi pra Arnetta dizer pra um esquisito lá que eu tinha morrido.

Emira atendeu no primeiro toque. Quando Alix sussurrou que o peixe de Briar tinha morrido, Emira riu e disse:

— O Conchinha?

— Desculpa te pedir isso, mas você pode comprar outro antes de vir pra cá hoje? Eu posso te mandar uma foto dele, caso você tenha esquecido como ele é.

Alguns segundos depois, Emira falou:

— Uma foto de um peixe morto?

— Você não acha isso estranho não, né? — Alix se abaixou para pegar a bola cor-de-rosa e molenga que Briar havia devolvido para ela. — Lá vai! — cochichou ela para Briar, e jogou a bola na direção do quarto das meninas. — Tenho certeza que numa pet shop já se viu coisa muito pior.

— Então... Hoje tem a festa de Halloween do balé da Briar. E se eu for na pet shop, ela vai acabar chegando atrasada.

Alix colocou a mão na testa e praguejou:

– Merda.

– Bem, tem como você ir com ela até lá? Eu encontro vocês depois e a gente troca.

– Eu até levaria, mas não vou poder – respondeu Alix. – A Laney Thacker vem aqui às seis e preciso comprar umas coisas.

– Quem?

– A âncora que apresenta o jornal junto com o Peter.

– Aquela que você não curte muito?

Alix dissera aquilo para Emira? Ela tinha dito aquilo a Rachel, Jodi e Tamra várias vezes (Jodi respondera que Thacker não era um nome real, e, em resposta à foto de Laney que Alix tinha achado na internet e enviado, Tamra falou Não é possível, e Rachel, Essa mulher não é de verdade). Mas Alix tinha revelado como se sentia em relação a ela para Emira? Bem, sim. Sem poupar palavras. No dia em que Alix terminou de escrever os cartões de agradecimento aos participantes da festa de aniversário de Briar, ela lambeu o último envelope e disse: "Isso foi dureza."

Emira tinha dito: "Eu odeio escrever esses cartões de agradecimento."

"Geralmente eu sou boa nisso, mas a maioria desses presentes foi bizarra." Alix colocou os envelopes na bolsa. "E não tem como eu dizer: 'Obrigada, Laney, pelo kit infantil de glitter e o batom, e por dar a entender que a aparência da minha filha importa mais do que a inteligência dela.'"

Emira havia rido de forma educada.

Depreciar Laney tinha sido um desdobramento, mas não o principal motivo, de sinalizar para Emira que aquele não era o tipo de coisa que Alix queria que a filha tivesse por perto. Emira era, *sim*, em parte responsável pela criação de Briar. Aqueles presentes foram o momento perfeito para enfatizar como Peter e Alix queriam que Briar pensasse por si mesma, em vez de pensar *em* si mesma. Mas adicionar Laney à equação tinha sido um erro que não havia ficado aparente até aquele momento, em que o cadáver de Conchinha boiava no aquário. Era evidente que Laney Thacker queria fazer amizade com Alix, e, ao contrário de Rachel, Jodi e Tamra, Emira testemunhara pessoalmente esse genuíno desejo. Laney sempre observava a expressão de Alix antes de rir ou se manifestar em uma conversa em grupo. Ela tinha mandado um presente de boas-vindas na primeira semana de Alix na Filadélfia, incluindo dois pares do que – segundo escreveu em um lindo cartão – ela torcia para que se tornassem as "tesouras boas" de Alix. Falar mal de Laney tinha perdido a graça. Era como bater em um gatinho indefeso.

– Oi? – desconversou Alix. – Ah, a Laney é ótima. Mas tudo bem por você?

– Tá bem, então... Eu compro o peixe e depois vou praí. A Briar vai perder a festa de Halloween no balé?

– Vai – resolveu Alix. Ela começou a pensar em voz alta. – Prefiro isso a ela passar a noite inteira me enchendo de perguntas. E quer saber? Ela nem colocou a fantasia, não se lembra de nada. Ela vai sair pra pegar doces amanhã, então já vai ter Halloween mais do que suficiente.

Alix não tinha certeza, mas, do outro lado da linha, apesar do barulho vindo da rua, ela teve a impressão de escutar Emira rindo, mas não como se ela tivesse ouvido uma piada.

– E eu vou pagar pelo peixe, viu – informou Alix.

– Ah, não. Foi tipo quarenta centavos. Tá tranquilo. Te vejo às... bem, na hora que eu conseguir chegar.

– Tá bem, ótimo. Obrigada.

– Nada.

– E hoje você vai sair às 18h!

– Ah, tranquilo.

– Mas é óbvio que a gente vai pagar como se fosse até as 19h.

– Tá bem.

– Então tá, ótimo. Obrigada, Emira.

Alix se contraiu e desligou o telefone.

Uma mensagem de texto de Laney a aguardava no celular. Tudo bem se a Ramona e a Suzanne forem comigo hoje à noite? Elas têm meninas também e são absolutamente adoráveis. Fique à vontade pra dizer não se você preferir que eu não leve ninguém!

Alix esfregou a nuca e pensou: "Meu Deus do céu."

Com as duas mãos, ela digitou: Quanto mais, melhor!

Emira chegou às 12h30. Ao encontrá-la no andar de baixo, embora não fosse a intenção, Alix fez uma cara abobalhada de "E aí, conseguiu?", da qual imediatamente se arrependeu. Sem nenhuma discrição e sem dizer uma palavra, Emira lhe entregou um saco plástico com um peixe dourado dentro. Alix não sabia onde Emira havia comprado o peixe da primeira vez, mas supôs que tinha sido em um daqueles lugares com um tanque superlotado, centenas de peixinhos barrigudos nadando freneticamente lá dentro. Talvez o pessoal da loja não desse muita abertura para escolhas, porque esse peixe era menor que o Conchinha original e tinha manchas pretas na cauda.

– Ótimo – disse Alix mesmo assim, dando um suspiro. – Obrigada.

Ela colocou o saco junto ao corpo, cobrindo-o com o suéter, e subiu as escadas para fazer a troca.

Sempre que Alix temia que Emira estivesse brava com ela, ela voltava à mesma linha de raciocínio: "Meu Deus, será que ela finalmente viu o que o Peter disse no jornal? Não, não deve ter visto. Ela fica sempre assim, né?" Emira subiu as escadas enquanto Alix terminava de lavar as mãos. Ela não disse nada quando Catherine a viu e deu um gritinho, e apenas sorriu quando Briar apontou para ela e disse para todo mundo ouvir:

– Mira gosta de calças!

Alix secou as mãos e estalou o dedão do pé levemente contra o chão de ladrilhos. Emira estava mesmo *tão* brava por causa do peixe? Aquela tinha sido uma tarefa constrangedora para ela? Mas Alix não estaria dando a Emira uma pequena folga? Alix já havia ido às aulas de balé de Briar antes. Era chato e entediante, e as outras mães incentivavam demais as crianças, de uma maneira inclusive desconfortável, como se suas filhas de 3 anos fossem grandes promessas do balé, ao passo que o médico de Briar havia recomendado que ela frequentasse as aulas apenas para desenvolver equilíbrio e habilidades de escuta. Apenas uma semana havia se passado desde que Emira ficara até tarde para tomar um vinho com Alix, mas o acordo tácito entre as duas – de que elas tinham se divertido com a conversa, de que não precisavam falar apenas sobre as crianças, de que poderiam ser amigas – havia retornado a uma tolerância formal. Emira se sentou no chão ao lado de Briar e ajeitou a gola da polo do Deixa Ela Falar.

Alix pegou Catherine e a prendeu ao canguru. Depois de alguns cliques no computador da cozinha, aquele no qual Briar costumava assistir a vídeos de peixes e pandas, ela descobriu que haveria um desfile de cachorros com fantasias de Halloween em um parque próximo dali e anotou o endereço e o horário para Emira.

– Acredito que seja divertido, mas fica à vontade pra decidir. Divirta-se, Bri. Acho que você vai ver uns cachorrinhos hoje.

Briar, que estava inspecionando o brinco de Emira, ergueu os olhos.

– Cachorrinhos aqui em casa?
– Não, querida. No parque. Te amo, viu?
– Tem cachorrinhos aqui casa?
– Não, Bri.
– As mães deles se perderam?
– Te amo, divirta-se! – disse Alix, e então saiu trotando escada abaixo.

Junto à porta de entrada, ela se trancou no vestíbulo, uma mão em torno das botas de Catherine e a outra na alça da bolsa. Como sempre, no carregador estava o celular piscante de Emira.

KENAN&KEL: Boa sorte em seu recital/concurso/apresentação de balé de Halloween. Eu sei quanto você e (qual o nome da criança?) vêm treinando pra esse momento. Arrasa no palco. Boa sorte! Merda pra vocês.

Quando Alix chegou à porta, algo brilhou dentro da bolsa de Emira, que estava pendurada no gancho da parede do vestíbulo. Dentro da bolsinha da frente havia um arco preto com orelhas de gato cintilantes. A etiqueta com o preço ainda estava ali, 6,99 dólares.

Peter mandou uma mensagem para se certificar de que o encontro com Laney estava de pé. Alix já o havia remarcado duas vezes, e aquela noite era para provar que ela de fato estivera muito ocupada, que apoiava o marido e a carreira dele, e que, obviamente, Laney não era de todo mal. Alix comprou flores, livros para colorir de Halloween, água com gás, pão, castanhas e queijos. Enquanto Catherine dormia no berço de vime que Alix mantinha ao lado de sua cama, ela reorganizou o quarto das meninas e posicionou o iPad diante de uma fileira de sacos de dormir e travesseiros. Alix pensou em ligar para Emira enquanto ela estava no parque com Briar, em falar com ela enquanto Catherine dormia ou em esticar o pescoço na direção do banheiro enquanto Emira desse banho em Briar, ainda que fosse mais cedo que de costume. Mas a hipótese de acabar transformando o segundo andar de sua casa em um lugar incômodo parecia mais aterrorizante do que tentar consertar aquela situação.

E às seis da noite, quando Laney, Suzanne e Ramona chegaram (Laney com Bella, sua filha de 4 anos, e Suzanne com seu tapete de ioga), Alix ficou mais tranquila ao perceber que havia feito a coisa certa. Se ela pudesse voltar no tempo, ainda assim faria o possível para substituir o peixe, em vez de dizer a verdade a Briar. Depois de ter cancelado com Laney tantas vezes, Alix sentiu a necessidade de lhe proporcionar a noite mais agradável possível, sem a presença de uma criança triste e hiperinquisitiva.

Quando tinha 2 anos, depois de descobrir que tinha machucado a vulva enquanto andava de triciclo, Briar comunicou o diagnóstico a todas as pessoas presentes no parquinho, a uma vendedora da loja de roupas J.Crew e a três alunos de uma aula de artes para mamães e bebês. Briar fez o mesmo quando aprendeu a falar *cera de ouvido, deficiência física, conjuntivite* e *chinês*. Ao lado da extroversão sem filtros de sua filha estava a preciosidade generalizada de Bella Thacker. As bochechas da menina eram naturalmente rosadas e seus cabelos castanhos – ela tinha uma quantidade incomum de cabelo – pendiam suavemente em cachos sobre seus ombros (sempre que Alix via Bella e seu basto cabelo, ela não conseguia deixar de pensar nas judias ortodoxas de Nova York, que iam em grupo fazer compras na Bloomingdale's e andavam de metrô empurrando carrinhos de bebê pretos). Quando Alix se abaixou para agradecer a Bella por ter vindo, Bella inclinou a cabeça e disse: "De nada, senhora." Ela usava um conjunto de pijama listrado com um colarinho abotoado.

Emira e Briar desceram as escadas de mãos dadas, enquanto Suzanne dizia a Alix que sua casa era adorável. Laney assentiu e disse:

– Não é perfeita?

Bella disse em voz alta:

– Oi, Briar!

Ela deu um passo à frente para abraçar Briar de um jeito teatral.

– A Briar passou o dia ansiosa pra vocês chegarem – exagerou Alix. – Bri, por que você não mostra o seu quarto pra Bella?

Usando uma legging roxa e uma camiseta branca com um táxi amarelo de Nova York estampado (Emira não conseguiu encontrar um pijama mais bonito?), Briar se afastou de Bella e mostrou os dois dentes da frente, um pouco confusa. Ela olhou para Alix com uma expressão que dizia "Eu conheço essa pessoa?", depois olhou para Emira como se dissesse: "Eu tenho mesmo que fazer isso?"

– Elas ainda não foram lá em cima, Bri – reforçou Emira. – Mostra a sua casa pra elas.

Bella foi a primeira a subir as escadas e Briar a seguiu. Laney, Ramona e Suzanne deram oi para Emira (Laney acrescentou um "Que bom ver você novamente") enquanto seguiam as crianças até a cozinha. Alix colocou a mão no corrimão e disse:

– Vou subir já, já.

Emira colocou o celular no bolso da jaqueta. Não havia nenhuma mensagem nova quando Alix voltou, apenas uma música chamada "Shawty Is Da Shit" pausada na tela. Emira pegou a bolsa pendurada na parede, tirou a polo branca do Deixa Ela Falar e a pendurou no gancho onde antes estava a bolsa.

– Me dá aqui. – Alix se esticou para pegar a camisa. – Vou lavar roupa este fim de semana. E Emira... Sinto muito por você e a Bri terem perdido o balé hoje.

Havia uma chance de que isso não fosse exatamente o que incomodava Emira. Ela tinha uma vida, família e amigos. Mas Alix disse a si mesma que jamais se arrependeria de fazer todo o possível para que tudo ficasse bem entre ela e Emira. Ela jamais se arrependeria de pedir desculpas.

Emira balançou a cabeça e fez uma expressão que dava a entender que ela praticamente já tinha se esquecido daquilo.

– Ah, tudo bem. Você tinha razão, ela nem lembrava mais.

Alix levou as mãos à cabeça e ajeitou o coque loiro.

– Só pra que não fique nenhuma dúvida... Eu quero muito que você e a Briar se divirtam juntas. E eu sei muito bem como essas coisas de criança podem ser meio chatas, então, se você quiser sugerir alguma coisa, me fala. Se tiver um filme, uma festinha ou o que quer que seja... é só falar que eu deixo o dinheiro pra vocês poderem ir.

Emira apoiou a ponta dos dedos na parede para se equilibrar enquanto calçava os sapatos.

– Tá bem. É uma boa ideia.

No andar de cima, depois de estourar uma champanhe, Suzanne disse "Aff, eu odeio fazer isso". Laney dizia à filha "Não sei, querida, vamos ter que perguntar pra Sra. Chamberlain quando ela voltar" e Briar explicava a Ramona que seu peixe estava com catapora na cauda. Alix olhou para as bolsas e os casacos das convidadas, pendurados nos ganchos. Atrás de uma bolsa caramelo da Coach havia um casaco preto aveludado. Em letras cursivas brancas e cor-de-rosa, na parte de trás, estava escrito *Primeiro o treino, depois o vinho*. Havia algo em relação àquela mensagem e ao strass rosa utilizado para escrevê-la que fez Alix perceber que Bella Thacker e Emira eram as únicas pessoas a chamá-la de Sra. Chamberlain, apesar da permissão que ela lhes dera para não fazê-lo.

– Vai fazer alguma coisa legal hoje à noite? – perguntou ela a Emira.

– Só, tipo – Emira puxou o cabelo de dentro da jaqueta de couro –, ir pra casa da Shaunie, uma amiga minha.

Por um momento, Alix se sentiu traída pelo celular de Emira. Aquele era o primeiro plano que Emira tinha feito no último mês do qual Alix não tomara conhecimento antes de fingir que não fazia ideia. Ela observou as unhas com esmalte preto descascado de Emira alcançarem a maçaneta da porta.

– Tenho certeza que a Zara também vai.

– Ah, sim.

– Manda um beijo pra ela.

– Pode deixar. – Emira ficou parada. As duas ficaram se entreolhando no pequeno hall, até Emira apontar para o envelope no bolso de trás de Alix. – Isso é pra mim?

– Ah, meu Deus, sim. Desculpa. – Alix o pegou enquanto balançava a cabeça. – Essa semana foi longa.

Emira aceitou o envelope e o enfiou no fundo da bolsa.

– Tranquilo. Então tá. Até mais.

Ao começar a descer os degraus, Emira deu um tchauzinho. Alix não conseguiu fechar a porta. No segundo andar, uma das mulheres exclamou "Tá na hora do vinho!". Alix olhou para a nuca de Emira, para os dedos dela ajeitando os fones de ouvido, e pensou consigo: "Mira, por favor, não me deixa aqui sozinha."

Dez

Entre a quarta e a quinta batida de Emira na porta da amiga, Shaunie veio atender e Emira deu um pulo para trás. Agitando os punhos cerrados, Shaunie dava pulinhos no mesmo lugar e gritava: "Consegui, consegui, consegui!"

Os cabelos de Shaunie balançavam e se enrolavam ao redor de seu rosto e de sua boca aberta. Do sofá, Zara levantou as duas mãos e entoou: "Shau-nie! Shau-nie!" Usando um moletom cinza com as letras BU, de Boston University, na frente, Josefa tirou os olhos do queijo-quente que estava preparando e disse:

– Oláááááá!

Emira entrou.

– Peraí… o que você conseguiu?

– Você tá olhando… – disse Shaunie, caminhando em direção à sala enquanto Emira colocava a bolsa na bancada da cozinha – pra mais nova especialista em marketing de afiliados da Sony na Filadélfia.

Emira piscou.

– Tá de sacanageeem!!!

– Mira, eu vou ter uma sala! – Shaunie agarrou a própria nuca, como se estivesse tentando impedir que seu corpo começasse a flutuar. Ela ainda estava com a roupa do trabalho, uma saia lápis cinza e uma camisa social azul-bebê, o tipo de roupa que Emira algum dia chegou a pensar que usaria na idade adulta. – São quase 4,5 mil dólares por mês, e eu vou ter uma *porra* de uma sala. Tá, eu vou dividir com mais uma garota, mas *ainda assim*!

– Pooooorra! – Emira tentou fazer com que sua expressão se transformasse em algo próximo a alegria. – Que demais.

Shaunie não percebeu como aquilo estava sendo difícil para Emira. Ela começou a dançar se esfregando no sofá.

– *Go, go, go, go, go, go, go Shaunie. It's your birthday.*

Ainda usando o uniforme azul-marinho do hospital, Zara começou a cantarolar a música de 50 Cent para celebrar as novas conquistas da amiga. Shaunie remexeu o quadril com as mãos apoiadas nos joelhos e celebrou cada triunfo com um "Uhuuuul".

– Ela foi promovida!
– Uhuuuul!
– Ela tem uma sala!
– Uhuuuul!
– Plano de carreira!
– Uhuuuul!
– Que fodaaaa!
– Uhuuuul!

Da cozinha, Josefa perguntou:
– Emira, quer beber alguma coisa?

Emira ficou observando Shaunie descer até o chão enquanto Zara marcava o ritmo batendo palmas.

– Eu tomo qualquer coisa com álcool que tiver aí – disse ela.

No apartamento de dois quartos de Shaunie, havia uma parede de tijolos expostos na cozinha e uma saída de incêndio pela janela. Josefa também morava lá, mas nunca reclamava quando alguém se referia ao local como "a casa da Shaunie". Havia coisas da Shaunie por todos os lados e o locatário era o pai dela. Emira reconhecia ali algum clima de dormitório estudantil de garotas de 20 e poucos anos – os cabos embolados saindo da TV, o sofá que era o mais vendido da IKEA, muitas fotos recentes brigando por espaço na porta da geladeira –, mas a casa da Shaunie tinha um ar adulto, assim como, a partir daquele momento, seu emprego. Aparentemente, os diretores da Sony tinham chamado Shaunie para conversar no final do dia. Disseram a ela que estavam muito satisfeitos com o seu desempenho, perguntaram se ela estava feliz trabalhando lá e, em seguida, lhe ofereceram a promoção. No sétimo andar de um arranha-céu em South Philly, Shaunie e seus chefes brindaram com taças de plástico cheias de sidra borbulhante, enquanto ela chorava de um jeito, segundo suas próprias palavras, bem feio. E foi aí que ela se tornou a última das amigas de Emira a não depender mais do seguro-saúde dos pais.

Emira aceitou uma taça de vinho de Josefa. Em cima de uma tábua, Josefa cortou seu sanduíche com uma faca e depois comeu uma folha de manjericão que tinha escapado. O plano para a noite era ficar vendo Netflix, beber vinho e talvez pedir alguma coisa no tailandês do outro lado da rua, então Emira estava um pouco confusa com o lanche de Josefa. Ela também precisava de mais alguns minutos para processar aquelas novas informações. Quatro mil e quinhentos dólares *por mês*?

– Então, o que a gente vai assistir hoje?

– Quê? – Sem levantar os olhos, Josefa colocou as metades do sanduíche em um prato e lambeu as migalhas do dedo. – Garota, a gente vai sair – disse ela. – Quer um pedaço?

– Não, tô de boa. Desde quando a gente vai sair?

– A Shaunie em breve vai tá nadando em dinheiro – comentou Josefa, apontando para a amiga por cima do ombro.

Naquele momento, Zara recolhia as folhas de outono artificiais que Shaunie havia espalhado sobre a mesinha de centro para a decoração de Halloween e as jogava em Shaunie enquanto ela dançava. Zara cantava *"Just make it clap, just make it clap"*, bata palmas, bata palmas, e enfiava uma folha na cintura de Shaunie, enquanto ela remexia a bunda em um *twerk*.

– Se você precisar de roupa, é só pegar uma minha emprestada – continuou Josefa.

– Cara, tá. – Emira puxou o cabelo por cima do ombro. – Sei lá. Tô meio cansada na real.

Aquilo não era mentira, mas o mês tinha praticamente acabado. Dali a dois dias, Emira pagaria o aluguel e veria todo o conteúdo de seu envelope branco desaparecer.

– Como é que é? – Josefa virou a taça de vinho. – Eu achava que você só trabalhava como babá às sextas.

Emira segurou a taça com as duas mãos. Josefa nunca falaria algo assim para Shaunie. Ela nunca diria "Zara, eu achava que você só tinha ido pro hospital hoje". Para alguém que era paga para estudar, Josefa tinha uma visão muito limitada sobre o que era uma jornada de trabalho de verdade. Mas Emira não estava disposta a defender um emprego que ela meio que desejava não ter.

– Sim, mas é que a gente… fez muita coisa hoje – explicou ela.

– Bem, eu fiz uma prova terrível hoje e acho que arrasei. – Josefa fez um sinal da cruz antes de pegar o prato. – Então, tô a fim de encher a cara.

Emira disse "Entendi" e "Que bom", mas Josefa saiu em direção ao quarto.

Emira detestava a ideia de sair, mas detestava ainda mais a ideia de Zara sair sem ela. Sabia que estava exagerando, mas, se Emira não estivesse lá, Zara poderia considerar a ideia de que Emira era não sua amiga mais próxima, mas a razão pela qual as quatro não faziam outras coisas juntas, como viajar para a praia aos finais de semana no verão, ir à manicure aproveitar a promoção para colocar unhas de gel ou tentar alguma atividade física, como aulas de stiletto. Emira também sonhava em usar um moletom de universidade (ou o uniforme de um hospital ou camisas de botão que ela considerava "roupas de trabalho") que lhe desse motivos para comemorar ou que servisse como uma desculpa válida para dizer "não" e ficar em casa.

Emira foi até a sala e colocou o casaco do time da universidade de Shaunie embaixo do braço. Ela puxou um fiapo de algodão da manga e disse:

– Ei, eu nunca lembro de te devolver isso.

– Caramba, já tinha esquecido. – Shaunie fez uma careta de um jeito fofo e jogou o casaco dentro do quarto. Com a outra mão, ela segurava o celular no ouvido. – Ou você pode usar de novo. A bebida hoje é por minha conta. Eu preciso dar um jeito de convencer o Troy a ir, mas Mira, dá uma olhadinha no meu armário. Pega o que você quiser.

No quarto de Shaunie, Zara conectou o celular aos alto-falantes e Young Thug começou a tocar.

– Amor! – gritou Shaunie no celular assim que o primeiro verso da música soou. – Amor, adivinha só. Você vai sair com a gente hoje.

Zara começou a vasculhar o armário de Shaunie e, no quarto ao lado, Josefa começou a vasculhar o próprio. Emira entrou no banheiro da suíte e fechou a porta.

Apoiada na pia, ela se perguntou se havia uma quantidade apropriada de incentivo e entusiasmo que alguém precisava expressar a um amigo, porque, se houvesse, Shaunie estava acabando com o seu estoque. Toda semana era alguma coisa. Não era incrível que Shaunie tivesse conseguido aquele estágio? O namorado novo da Shaunie não era um fofo? Não era superlegal a gente ganhar bebidas grátis daquele coroa que adorava o sorriso da Shaunie? E, o mais importante, por que a Sra. Chamberlain teve que mentir para Briar, como se a menina não pudesse lidar com a porra da verdade?

Nas panturrilhas de Emira, sobre o tecido da legging, havia alguns pelos brancos de um cachorro que havia roçado nela no parque naquela tarde. Havia cães fantasiados de celebridades e de legumes, e filhotes brigando para arrancar os próprios chapéus e capas. Briar ficou apontando e gritando que na verdade havia ainda mais cães e que os cães que ela tinha visto antes ainda estavam lá, mas de vez em quando olhava para Emira como se tivesse entrado em um cômodo e se esquecido do que tinha ido fazer ali.

Emira não sabia dizer se seu incômodo em relação à Sra. Chamberlain vinha do princípio Tucker entranhado nela ("Se você começa alguma coisa, precisa terminá-la") ou se tinha a ver principalmente com o fato de ter perdido a oportunidade de se fantasiar junto com Briar. Talvez Emira estivesse assim porque já havia testemunhado a Sra. Chamberlain sendo uma mãe extraordinária e por ter percebido que, quando não se comportava assim, era por escolha e não por uma falha natural.

Em certa manhã de terça-feira, Emira viu a Sra. Chamberlain na agência dos correios, junto com Briar e Catherine. Ela não foi dar "oi", mas ficou observando a Sra. Chamberlain cantar com Briar enquanto enrolava Catherine cuidadosamente em uma manta, fazendo uma dobra extremamente complicada. Briar estava distraída e superestimulada com as luzes da agência, as caixas e as pessoas. Mas a Sra. Chamberlain a manteve por perto, dando-lhe preciosas instruções, como "Fique aqui, mocinha", "Mostra pra Catherine como as rodas do ônibus giram" ou "Tenta pular o mais alto que você consegue". A Sra. Chamberlain fez tudo isso usando calças jeans lindas e aparentemente caras.

O que incomodava Emira era saber que a Sra. Chamberlain levava jeito para ser mãe. A Sra. Chamberlain sabia quando Catherine estava prestes a chorar. Ela sempre dava biscoitos para Briar em um pote, nunca em um prato. Ela demonstrava uma felicidade genuína quando parabenizava Briar por ter conseguido prender o cinto de segurança do carrinho de bebê ou quando Catherine quase conseguia dar um tchau. Mas só nos momentos em que ela realmente estava a fim. Conforme Catherine crescia e ficava ainda mais fofa, embora tenha continuado a ser quietinha, Emira notava que momentos como esses se tornavam cada vez mais esparsos.

"E quer saber?", pensou Emira enquanto abaixava as calças e se sentava no vaso sanitário. "Laney Thacker na verdade é legal pra cacete." Ela se ofereceu para ajudar Emira duas vezes na festa de aniversário e colocou para dentro a etiqueta na parte de trás da polo de Emira. E, obviamente, ela era superdesajeitada, tinha uma risada esquisita e sua maquiagem era escura demais para o seu tom de pele, mas, coincidentemente, não contar à filha a verdade sobre o seu primeiro bicho de estimação só porque você vai receber pessoas na sua casa parecia algo que Laney Thacker faria.

Alguém bateu na porta e Emira disse:

– Tô fazendo xixi.

Do lado de fora, Zara disse "Tá", mas entrou mesmo assim. Zara fechou a porta e apoiou o quadril na pia.

– Achei que você tinha se enforcado no chuveiro.

Aquela era a versão de Zara da qual Emira mais gostava. Twists até os ombros. Uniforme azul-marinho do hospital. Meias laranja com antiderrapantes brancos na sola. Numa sexta-feira, Zara proporcionava a ela a sensação de estar em casa. Além de estar irritada com Alix e do fato de ter comprado à toa aquelas orelhas de gato idiotas, Emira sentia algo que sabia ser uma reação infantil por ter que dividir sua melhor amiga com as outras.

Zara tinha duas irmãs, uma que lutava contra a anorexia e a outra contra a depressão, duas condições que a mãe de Emira acreditava não serem coisa de negro. Além da força, do humor e da inteligência de Zara, Emira valorizava a paciência inesgotável e sem julgamentos que ela tinha com a família, os pacientes e a própria Emira. Apesar de saber desde pequena que a enfermagem era a sua paixão, Zara nunca desmereceu Emira ou o fato de a amiga não fazer ideia do que queria fazer da vida. Em vez disso, Zara costumava pagar o serviço de chapelaria para Emira quando elas saíam, o que, por algum motivo, deixava Josefa muito irritada. Zara, de forma secreta e aleatória, transferia dinheiro para Emira pelo aplicativo Venmo, para ela pagar uma bebida ou a entrada em alguma boate, e, quando Emira não se sentia bem, a amiga analisava seus sintomas por telefone ou por mensagens de texto (ela respondia com conselhos detalhados ou dizia que provavelmente eram gases). Emira nunca duvidou da lealdade de Zara em relação a ela, mas Shaunie e Josefa podiam oferecer amizade *e* rodadas de drinques, ao passo que Emira costumava pedir uma entrada em vez de um prato principal.

Emira curvou o tronco sobre as pernas enquanto escutava o próprio xixi.

– Desculpa. É que eu tive um dia de merda.

– O que houve?

Emira então apoiou os cotovelos nos joelhos. O que ela deveria dizer? "A garotinha com quem eu passo 21 horas por semana definitivamente está começando a entender as coisas ao seu redor. Todos os dias eu a vejo se apegar mais e mais ao sentimento de ser ignorada pela pessoa que ela mais ama. E ela é uma criança incrível e séria que adora fazer perguntas e saber as coisas, e como é que a própria mãe dela pode ser incapaz de valorizar tudo isso? E no fundo de todas as minhas bolsas tem esses vários saquinhos de chá velhos. E às vezes, quando eu pego a minha carteira, um deles cai em cima de um balcão, o que me faz sentir que preciso largar esse emprego e que não existe a menor chance de eu conseguir." Em momentos como aquele, Emira também achava que, se não tomasse cuidado – se chateasse Zara com coisas bobas como peixinhos e chá –, a paciência da amiga se esgotaria.

– Nada, é besteira – respondeu Emira. – Depois eu te conto.

– Tá bem. – Zara inclinou o corpo e sussurrou: – Mas você precisa segurar a onda e ficar feliz pela Shaunie.

Emira fechou os olhos.

– Ela tá demais pra mim nesse momento.

– Ela tá sempre demais.

Emira abriu o olho direito para observar a reação de Zara.

– Eu também meio que odeio o Troy.

Sempre que o namorado de Shaunie aparecia, o que não era frequente e exigia da amiga muita bajulação e mil promessas, ele queria se sentar nas mesas das boates e dos bares que ficassem de frente para uma televisão. Quando Emira falava com ele, seus olhos estavam metade do tempo nela e a outra em um jogo de basquete. Ele respondia todo e qualquer comentário com: "Pode crer, pode crer."

– Gata, todo mundo odeia o Troy – sussurrou Zara. – Não é só você, tá?

Emira deu um suspiro, soltando o ar com força.

– Eu acho que... – começou ela. – Acho que eu preciso de um emprego novo.

– Hmm... jura? – Zara riu. – Você sempre volta de lá deprimida. Mas ou você arruma um novo ou segura esse, porque no meu aniversário do ano que vem a gente vai pro México de qualquer jeito. Eu quero ir com tudo.

Zara bateu uma palma em "tu" e outra em "do".

Enquanto ela dizia isso, Emira dobrava o papel higiênico nas mãos.

– Eu sei, eu sei – disse ela.

Mas, ao contrário de Josefa, Shaunie e Zara, Emira não tinha férias ou recessos. Quando ela não trabalhava, não recebia. Não só suas horas trabalhadas iriam para hotéis e Ubers (em vez de aluguel e vale-transporte), como também estaria perdendo dinheiro todos os dias em que estivesse fora, e Zara a fez lhe prometer cinco dias.

– Vamos fazer isso, então – falou Zara. – É só me dizer quando que te ajudo a procurar vagas e mandar os currículos.

Emira contraiu os lábios.

– Tá bem. Que tal hoje à noite?

– Gata, shiu. – Zara baixou a voz mais um pouco para dizer: – Você precisa se animar e ficar feliz pela Shaunie.

– Tá bem, tá bem.

Ela se levantou e deu a descarga.

Enquanto Emira lavava as mãos, o perfume do sabonete de Shaunie, um desses orgânicos que ela comprava numa feira de produtores aos finais de semana, chegou ao nariz de Emira. Atrás dela, Zara pegou o celular e apoiou o quadril no de Emira, o que Emira tinha aprendido ser uma maneira da amiga de se certificar de que não tinha sido muito dura com ela e de dar a entender que havia feito algo com boas intenções.

– Tá vendo, é por isso que você precisa de um Instagram – falou Zara. – Você consegue ser legal com as pessoas sem nem precisar estar com elas. Se liga... – Zara inclinou a tela para Emira poder ver. Em um sussurro monótono, ela foi reproduzindo as palavras e os símbolos que começou a digitar. – MEU DEUS Shaunie. Tu arrasa, vírgula, piranha, ponto de exclamação, emoji de estrela, emoji de menina preta, emoji de sacola de dinheiro. – Zara mostrou o celular para Emira e clicou em "Publicar". Depois ela curtiu uma foto de Shaunie pulando em frente ao prédio da Sony e um pequeno coração surgiu todo vermelho. – Pronto. Viu? Tecnologia serve pra isso.

Quando saiu do banheiro, Emira agarrou o antebraço de Shaunie e disse:

– Vamos tomar um shot.

Na cozinha, ao lado da janela aberta onde um manjericão e uma hortelã cresciam na saída de incêndio, Emira e Shaunie viraram dois copinhos e torceram a cara enquanto chupavam as rodelas de limão que Josefa havia cortado.

– Shaunie, parabéns – disse Emira. Ela lambeu o último grão de sal da mão. – Sério. É uma grande conquista e você merece.

Shaunie fez um beicinho, agradecida. Ela deu um abraço na amiga e respondeu:

– Obrigada, Emira.

Emira nunca entendeu de fato o sentido de se abraçar alguém no meio de uma conversa, mas aquela era a noite de Shaunie, então ela a apertou com força entre os braços. Sentiu o cheiro dos cremes que Shaunie usava nos cabelos, produtos que sempre tinham nomes chiques. Shaunie continuou perto de Emira depois que ela recuou.

– E, só aqui entre nós, bem... – Shaunie olhou na direção da porta do quarto de Josefa. – Ah, eu tenho certeza que ela já sabe. Mas provavelmente eu vou começar a procurar um quarto e sala ou um conjugado só pra mim.

– Uau, jura?

Emira ficou chocada, depois com inveja e então se perguntou:

"Era isso que a gente devia estar fazendo a essa altura? Porque, se for, eu não cheguei lá."

– É lógico que eu sempre amei morar aqui… – Shaunie manteve a voz baixa, embora desse para ouvir Josefa falando ao telefone com a irmã no quarto fechado. – Mas eu acho que chegou a hora, sabe? E o mais importante, você deveria ficar com o meu quarto. Eu quero que ele fique pra alguém que eu possa visitar. Além da Josefa, obviamente.

Emira morava com uma ex-colega de turma da Temple (uma estudante de pós-graduação que ficava na casa do namorado de quarta a domingo) em um apartamento minúsculo no quinto andar de um prédio sem elevador, cujo aluguel custava 760 dólares para cada uma e no ano seguinte, 2016, aumentaria para 850. Ela tinha uma cama de solteiro, e apenas uma das bocas do fogão funcionava, mas por enquanto estava bom. O apartamento de Shaunie era melhor em todos os quesitos. Havia uma cafeteria perto, as janelas do quarto davam para o céu e não para um paredão de concreto, e não ficava em Kensington, mas em Old City. Contudo, havia vários aspectos do apartamento de Shaunie que faziam dele o apartamento de Shaunie, independentemente de sua localização, e todos iriam embora com ela. A HBO que o pai dela pagava. Os pôsteres emoldurados e ridiculamente clichês que ficavam na parede (pontes, girassóis, uma panorâmica de Nova York). Uma estante de temperos com etiquetas em ordem alfabética e uma luva de cozinha com estampa floral que ficava pendurada na geladeira. Shaunie tinha um aparelho de som no quarto e uma vitrola na sala. Quando a colega de quarto de Emira não estava na casa do namorado, as duas ouviam música na cozinha usando uma tigela para amplificar o som. Se a colocassem em cima da geladeira, parecia ecoar ainda melhor.

– É uma proposta realmente maravilhosa – disse Emira. – Quanto é mesmo o seu aluguel?

– Ah, é bem tranquilo. – Shaunie balançou a cabeça. – Só 1.150 pra cada uma. Mais as contas. Superbarato. Ai, merda, o Troy tá me ligando. Amor, oi.

Zara saiu do quarto de Shaunie segurando um vestido vermelho sexy na altura dos ombros.

– Vou experimentar esse aqui.

Shaunie acenou com a mão, concordando, e disse no celular:

– Querido, eu não aceito não como resposta. – Shaunie começou a abrir os botões de sua blusa no meio da sala enquanto segurava o celular entre a orelha e o ombro. – Quer saber? Eu vou te mandar uma foto e *aí* eu quero ouvir você me dizer não.

Emira terminou o resto do vinho que ainda havia na taça.

– Zara, tira uma foto pra mim? – pediu Shaunie, entrando no quarto.

– Gata, por que você tem que ficar implorando pra ele desse jeito? – perguntou Zara.

Ela atirou o vestido vermelho em cima da cama de Shaunie.

– Deixa eu trocar de sutiã rapidinho, peraí.

Emira respirou fundo. Pegou o celular na bolsa, apoiou as mãos na parede e se esgueirou pela janela da cozinha. Na plataforma da saída de incêndio, ela abraçou os cotovelos e cruzou os tornozelos, tomando cuidado para não chutar os vasos de plantas. Kelley atendeu no segundo toque.

– Ei, tudo bem? Deixa eu ir pra um lugar mais silencioso, peraí.

Estava frio do lado de fora, mas ela não estava disposta a voltar para pegar sua jaqueta. Pelo telefone, Emira ouviu vozes masculinas e Earth, Wind & Fire tocando ao fundo. Era a primeira vez na vida que ela ligava para Kelley.

– E aí, tudo bem?

– Oi, desculpa – disse ela. – Desculpa, acho que você tá ocupado aí.

– Não, tô na festa de encerramento de um congresso – explicou ele. – É só um bando de caras de TI bebendo Long Island.

– Nossa, eca. Entendi.

– O que houve?

– Não, nada. – Emira mudou de posição para se proteger do vento frio que vinha de baixo. Ela encostou as costas na parede que dava para o apartamento de Shaunie e olhou para a calçada, onde um entregador tocava o interfone sem parar. – Desculpa, na verdade eu não tenho nada de interessante pra dizer. Só tive um dia muito merda.

– Jura? – falou Kelley. – Eu também.

– Sério?

– Nossa, foi péssimo. Mas me conta o seu primeiro.

Emira contou a ele tudo sobre a Sra. Chamberlain, o Conchinha e sobre como sua tarde começou com ela mostrando a foto de um peixe morto para uma atendente adolescente. Quando contou que elas haviam perdido a festa de Halloween, que os dias levando Briar às aulas de balé haviam chegado ao fim, Kelley exclamou:

– Não! A festa de Halloween na Luluzinha, não!

Emira riu.

– Eu levei orelhas de gato e tudo. Fiquei muito puta porque ela não quis conversar com a filha e ainda fez a menina perder a festa por causa disso.

– Bem, acho que uma mãe que perde a chance de fantasiar a filha de cachorro-quente só pode ter algum problema.

– Exatamente. Muito obrigada. Aí agora – Emira baixou a voz – eu tô aqui na Shaunie, e ela acabou de ser promovida no trabalho. Então ela tá megaempolgada e eu sei que eu deveria estar feliz por ela... Mas tudo que eu queria era dar um soco na cara dela e ir dormir.

– Opa, calma, calma, calma. Paga um drinque pra ela e pronto.

Emira se apoiou no parapeito.

– Agora me conta o seu.

Naquele dia, Kelley tinha se apresentado para uma pessoa que ele acreditava ser Jesse, um cara importante em TI. O que ele não sabia era que Jesse na verdade era Jessic, uma mulher, e então Kelley se dirigiu ao assistente dela, na frente dela e de toda sua equipe. Ele também tinha espirrado molho de salada no olho e, durante uns dois minutos, achou que tivesse ficado cego. Kelley simplesmente odiava Cleveland.

– Mas amanhã cedo eu volto.

– Entendi. – Emira ouviu Shaunie e Zara chamarem Josefa, que respondeu com um irritado "*Quê?*". Emira se inclinou para enxergar a cozinha e viu que ainda estava sozinha. – Vou deixar você ir. Desculpa – falou ela. Então deu um passo para o lado e se encolheu. – Desculpa, eu sei que isso foi estranho.

– Por que estranho? Peraí, você vai sair hoje?

– Sim, acho que eu tenho que ir.

– Ei, olha só. Vai pra minha casa depois, dorme lá.

Emira riu e disse:

– Quê?

– Eu ligo pro meu porteiro e digo que você tá indo. Dorme lá e amanhã a gente toma café junto.

Aquilo, pensou Emira, era a coisa mais adulta que já havia acontecido com ela.

– Peraí, não – respondeu ela. – Kelley, eu não posso fazer isso.

– Não tem absolutamente nenhum motivo pra você não ir – falou ele. – É a oportunidade perfeita pra você roubar o que quiser. Vou ligar pra portaria agora. Tudo bem por você?

Estava tudo tão bem que Emira fez:

– Hmmm...

– O que você quer dizer com "Hmmm"?

Emira ouviu Zara gritar lá de dentro:

– Gata, relaxa os ombros!

Emira olhou para as nuvens escuras no céu e respondeu:

– Deixa eu pensar um segundo.

– Emira, fala sério. – Kelley riu. Ela o ouviu respirar fundo antes de dizer: – Você vai ficar comigo ou o quê, senhorita?

Ela pôs a mão na testa e abriu um largo sorriso.

No momento em que voltou para a cozinha, ela recebeu uma mensagem dele. *O Frank sabe que você tá indo. Leva a identidade.* Emira estava se servindo de mais uma taça de vinho quando ouviu Zara dizer:

– Sefa, você tem que chegar mais perto, querida.

Emira abriu a porta do quarto de Shaunie. Lá dentro, Shaunie estava sem sutiã, ajoelhada em cima da cama, com um braço segurando os seios e o outro pendurado ao lado do corpo. Josefa, que estava segurando um abajur acima da cabeça dela, disse:

– Eu acho que você precisa subir um pouco mais, Z.

Zara estava de pé em uma cadeira, segurando o iPhone de Shaunie na frente dela.

– Peraí, a Emira é melhor nisso. – Zara jogou o celular para Emira. – Mas eu vou descer e segurar os seus peitos.

Onze

Alix não se importava de estar mantendo os quatro quilos a mais em relação ao que pesava antes da gravidez. Não estava se dando conta de que ela e Peter não faziam sexo há quase três semanas. (Na verdade, ele também parecia não ter notado. Estava o tempo todo na TV cobrindo a tempestade de neve.) E ela também não estava se importando de ignorar os e-mails e telefonemas de sua editora, perguntando como o livro estava indo e se alguns capítulos já estavam prontos para que ela pudesse ler durante o feriado. Tudo poderia esperar um pouco, porque Rachel, Jodi e Tamra estavam vindo para a Filadélfia para o Dia de Ação de Graças. Melhor ainda, Alix voltaria com elas para Nova York e ficaria lá por cinco dias inteiros. O pessoal da campanha de Hillary Clinton finalmente havia feito contato e pedido que ela participasse de um evento para mulheres. Seria seu primeiro retorno em oito meses e a primeira visita de Catherine à cidade. E, no momento em que Alix tirou as luvas e o gorro no vestíbulo de casa, uma mensagem de texto piscou no topo da tela do celular de Emira. *Lamentamos informar que seu voo WX1492 foi cancelado.*

Do lado de fora, caía tanta neve que parecia impossível que fosse parar em algum momento. Mas parou, deixando carros e árvores soterrados, bloqueando as portas das lojas e mantendo-as abertas como se fossem livros muito usados. Ao longo dos três últimos dias, lama e gelo tinham se acumulado no topo da escada da entrada da casa dos Chamberlain. Alix ainda fazia o trajeto até a aula de natação de Uber ou de táxi – ela e as meninas eram as únicas na piscina –, porque sua paciência estava se esgotando, bem como suas opções de atividades dentro de casa (brincadeiras como "Vamos ver fotos no celular da mamãe", "Vamos brincar de ir pra baixo do cobertor", "Vamos tirar todos os livros da estante e depois colocar tudo de volta"). Mas amanhã seria o Dia de Ação de Graças, e dessa vez seria diferente.

As coisas haviam mudado entre Alix e Emira desde que o peixe de Briar morrera, três semanas antes. Na segunda-feira, Emira se recusou a levar para casa uma parte dos cookies para que Alix não acabasse comendo tudo. E, numa sexta-feira à noite, quando Alix perguntou se ela queria vinho, Emira disse: "Na verdade, não, mas obrigada." Essa mudança no relacionamento assombrava Alix em momentos cotidianos em que ela nunca imaginou que fosse ficar refletindo sobre sua babá. Em uma livraria, Alix ficou imaginando qual seria a hora de dormir de Emira. Enquanto amamentava Catherine, ela se perguntou se Emira havia assistido ao filme *Uma linda mulher* e se o considerava controverso. Na escada rolante dentro da loja de departamentos Anthropologie, Alix ficou se perguntando o que Emira teria dito a Zara sobre ela, e se Zara era do tipo que concordava cegamente ou discordava.

Alix também se pegou reorganizando o próprio estilo de vida em torno de Emira, embora não tivesse um motivo específico para isso. Se Alix ia às compras, retirava as etiquetas das roupas e de outros itens imediatamente, para que Emira não visse quanto ela havia gastado, mesmo que a babá não fosse do tipo que demonstra interesse nisso ou faz perguntas. Alix não se sentia mais à vontade deixando certos livros ou revistas à mostra, porque temia que Emira olhasse para seu livro da Marie Kondo e imediatamente pensasse: "Nossa, uma pessoa tem que ser muito privilegiada pra precisar comprar um livro que a ensine a se livrar de todas as suas outras merdas caríssimas." Às vezes, Alix se via fingindo – na frente de Emira – que estava prestes a jantar sobras de outra refeição. Na realidade, ela pensava: "Só pede o sushi. Só manda uma mensagem pro Peter e pergunta o que ele quer. O que você tá tentando provar comendo sobras?" Mas, ainda assim, ela esperava até que Emira fosse embora para ir até o computador, perguntar a Peter se ele queria o de sempre e pedir comida em casa.

No começo, Alix pesquisava o nome de Emira na internet e no Instagram, para ver se ela finalmente havia criado uma conta (ela se convencera de que aquilo era uma medida de precaução em prol da segurança de suas filhas), mas depois Alix passou a ficar olhando para a própria conta do Instagram, imaginando o que Emira pensaria das suas postagens. Percorria lentamente o próprio feed e tentava adivinhar em quais fotos Emira clicaria. Emira nunca deu a entender que pensava assim – até porque qual seria o motivo para pensar dessa forma? –, mas às vezes Alix achava que Emira a via como o protótipo da pessoa branca rica, da mesma forma que Alix enxergava muitas das mães irritantes do Upper East Side que ela e as amigas sempre tentavam evitar. Mas se Emira olhasse com atenção, se desse uma chance a Alix, Alix sabia que ela mudaria de ideia.

Alix fantasiava com Emira descobrindo coisas sobre ela que moldavam o que Alix via como a versão mais autêntica de si mesma. Como o fato de uma das amigas mais próximas de Alix também ser negra. Que os novos e favoritos sapatos de Alix eram da Payless e tinham custado apenas 18 dólares. Que Alix tinha lido tudo o que Toni Morrison já havia escrito. E que, de seu grupo de amigos, Alix e Peter eram os que tinham os salários mais baixos, e que Tamra era quem sempre voava de primeira classe. Alix tentava frequentemente, e sem sucesso, deixar essas informações no ar, mas no dia seguinte, se as coisas corressem como Alix planejava, Emira poderia ver aquilo tudo com os próprios olhos.

Rachel, Jodi e Tamra pegariam o trem para a Filadélfia na manhã do Dia de Ação de Graças. Rachel estava grata por não ter que passar o feriado sozinha (Hudson ficaria com o pai); Tamra iria com as filhas, Imani e Cleo (o marido estava em Tóquio, viajando a trabalho); e Jodi iria com a família toda (o marido, Walter; a filha de 4 anos e meio, Prudence; e o filho de 1 ano, Payne). Foi o Dia de Ação de Graças que fez Alix perceber que suas três melhores amigas ainda não haviam conhecido Catherine, que estava com quase 7 meses. Fazia tanto tempo assim? Catherine, que se parecia mais com Alix a cada dia, e era tão fácil de carregar de um lado para outro, tão querida e tão pouco preocupada em engatinhar, fazia Briar parecer uma aberração. Suas amigas ficaram fazendo piada, dizendo que Alix mostraria a elas como era a tradicional comemoração de Ação de Graças dos Murphy, com tudo a que se tem direito, decoração extremamente bucólica, camisas de lã de gola alta em cores quentes de outono, projetos "faça você mesmo" do Pinterest, paninhos de centro nas mesas e o desfile de Ação de Graças da Macy's passando o dia inteiro na TV. Mas a piada acabou sendo inspiradora e fez Alix pensar em um tema debochado para a festa. Ela mal podia esperar para colocá-lo em prática.

Alix contratou dois profissionais para servir bebidas, pendurar casacos, servir comida e retirar os pratos. Ela encheu o primeiro andar de sua casa com abóboras de diversos tipos, ramos de trigo e bolotas de carvalho; uma piñata em formato de peru seria pendurada sobre a imensa mesa de jantar alugada que havia sido colocada no saguão com piso de ladrilhos. Com barbante vermelho, acima de uma pequena mesa sobre a qual havia quatro tipos diferentes de tortas, Alix tinha pendurado tiras de papel craft marrom e os convidados poderiam escrever nelas seus agradecimentos. Ela estava felicíssima em imaginar o dia seguinte, junto das três mulheres que mais amava e rodeada por uma comemoração cafona de Ação de Graças e por litros e litros de vinho tinto, mas a simples possibilidade de Emira também ir a fez corar por debaixo do cachecol.

Carregando a última leva de compras do mercado (pão, sal rosa, manteiga, massa de biscoito, água com gás), Alix disse "Ei!" e colocou as sacolas reutilizáveis em cima da bancada. Catherine estava babando em uma manta sentada em uma cadeirinha no meio do cômodo. Emira segurava os quadris de Briar, que estava de pé no banco em frente à janela e apontava para a rua.

– Mamãe? A janela tá mordendo o meu dedo – disse Briar.

Emira se virou e falou:

– Não acredito que você saiu no meio dessa confusão.

"Graças a Deus o tempo está ruim", pensou Alix. A maior parte de suas conversas com Emira durante os últimos dias tinha sido alimentada pelo gerenciamento do tempo – se Briar deveria usar luvas, se a aula de artes havia sido cancelada por conta da neve ou se Emira precisava de um guarda-chuva emprestado para conseguir voltar para casa.

– Foi uma loucura, e meio apocalíptico. – Alix revirou os olhos, fazendo um drama. – Eu devia ter liberado você de vir hoje.

– Não, tudo bem. São só dois dias – falou Emira. Ela se virou para Briar e avisou: – Vou ficar um tempinho sem te ver, B.

Briar exibiu os dentes de cima em resposta.

– Não – discordou ela. – Não, você me vê, sim.

– Então, a gente costuma se ver três vezes por semana, não é? – explicou Emira. Ela levantou três dedos e Briar os segurou. – Mas essa semana é Ação de Graças, então a gente só vai se ver duas.

Quando Emira abaixou o dedo anelar, Briar pareceu ofendida.

– Nã-não. – Briar balançou a cabeça. – Não, você me vê *três*.

– Mas eu vou te ver todos os dias na semana que vem. Não é legal?

– Você vai salvar minha vida semana que vem – afirmou Alix. Ela abriu a porta da geladeira com tanta força que a borracha fez um barulho. – Emira, não quero ser chata – continuou Alix, constrangida –, mas acho que é melhor checar o status do seu voo pra hoje à noite.

– Sério?

– Só pra garantir. – Alix começou a mover recipientes e pratos na geladeira. – Você pode usar o computador ali.

Aquilo seria cruel? Tentar ganhar o Oscar de melhor atriz coadjuvante enquanto esperava Emira descobrir que seu voo tinha sido cancelado? Quem se importava, ela compensaria aquilo, de qualquer maneira. Imaginar que Emira poderia se sentar à mesa de Ação de Graças no dia seguinte fez com que Alix se sentisse praticamente entorpecida. De repente, a quarta quinta-feira de novembro não seria apenas um feriado. Seriam quatro (ou, com sorte, cinco ou seis) horas em que Emira finalmente seria parte da família. Uma noite para dizer, em meio a Malbecs, batatas-doces, velas e tortas, que Alix não havia se esquecido daquela noite no Market Depot. Que ela pensava naquilo todos os dias, diversas vezes. Que ela nunca mais iria àquele mercado novamente, mesmo que houvesse uma emergência, mesmo que estivesse nevando do jeito que nevava naquele instante, mesmo que Emira não fosse mais sua babá. Emira foi até o computador e clicou e clicou enquanto Alix rezava para que Zara não tivesse família na Filadélfia.

Emira apoiou os cotovelos em cima da mesa, tocou as laterais do rosto e disse:

– Então, adivinha.

– Ah, não! – exclamou Alix. Ela fechou a porta da geladeira. Não podia exagerar, mas tinha que dar a entender que aquilo era de fato uma tragédia. – Emira, estou com o coração partido por você, sinto muito. Parece até que roguei praga.

Emira ficou olhando fixamente para a tela. Mordeu o lábio inferior e respirou fundo quando Briar se arrastou para uma cadeira próxima a ela.

– Não, tranquilo. Tudo bem se eu ligar pra minha mãe rapidinho? Foram eles que compraram a minha passagem, então talvez saibam de algum outro voo mais tarde.

– Sim, sim, à vontade. Briar, desce daí.

– Mamãe, você não pode tocar na água da Mira – disse Briar.

Alix a colocou no chão e falou:

– Tá bem, eu não vou fazer isso. Obrigada por me avisar.

Quando Emira voltou, Alix havia baixado a música. Paula Cole tocava suavemente enquanto Briar explicava que até um boneco de neve precisa de uma soneca às vezes. Alix pegou Catherine, que logo se aconchegou. Emira se sentou junto ao parapeito da janela.

– Parece que eu fui a última a saber – contou ela. – O voo mais cedo que eu conseguiria é amanhã à noite, o que tornaria a viagem inútil.

– Sinto muito, Emira. – Alix virou Catherine, a nuca do bebê apoiada em seu peito. Briar caminhou em direção a Emira e começou a cutucar os joelhos dela. – Melhor descobrir agora do que no aeroporto, né?

– Sim, eu fui pra casa no verão passado, então tá tudo bem. E não tem nada que eu possa fazer, eu acho.

– Emira. – Enquanto ninava a filha mais nova junto ao corpo, Alix andou até a babá no parapeito da janela. – Eu sei que não seria sua primeira opção, mas a gente ia adorar se você passasse o Dia de Ação de Graças aqui.

– Aaah, nossa, não, não. – Emira balançou a cabeça.

– Tá, porque Mira... – interrompeu Briar. – Eu... Eu sou a sua primeira opção.

"Boa, Bri, isso aí", pensou Alix.

Emira riu.

– Bem, isso realmente é indiscutível – concordou Emira. Ela estendeu a mão para pegar Briar por baixo das axilas da menina e a virou para sentá-la em suas coxas. – É muito gentil da sua parte, mas eu vou ficar bem.

– Emira. – Alix não parava de se movimentar, esperando que aquilo desse alguma naturalidade às suas palavras, já que ela sabia que precisava apresentar aquela proposta como uma opção bacana, e não um apelo desesperado. – Estou te dizendo, os mercados estão uma loucura. E eu já tive 20 e poucos anos e já pedi comida chinesa num dia de Ação de Graças, e isso não me deixou nem um pouco feliz. Na verdade, me deixou muito deprimida e juro que também fez meu rosto ficar cheio de espinhas. – Mesmo assim, aquilo tinha sido mil vezes melhor do que passar o feriado com os pais em uma casa de repouso fedorenta, mas esse não era o ponto. – Minhas três melhores amigas de Nova York estão vindo. Vai ter um monte de comida e a gente ia adorar ter você aqui.

Briar estendeu as mãos, mostrando seis dedos, e perguntou:

– Quantos é isso?

Emira tocou na mão dela e respondeu:

– Seis. Sra. Chamberlain, muito obrigada mesmo. Mas, na verdade, parece que o meu namorado também vai ficar preso aqui comigo. – Ela deu uma olhada no celular. – Ele tava indo visitar a família na Flórida, mas o voo dele também foi cancelado.

Aquilo era ainda melhor.

– A gente vai adorar se ele vier também – falou Alix. – Traz o seu namorado. Amanhã às quatro, e não é pra você trabalhar. Nada de trocar fraldas ou coisas assim. Vocês vão estar aqui como convidados.

Emira suspirou mentalmente.

– Se você comer todos os dedos do pé... – Briar olhou para Emira e sussurrou: – Então, adivinha só, Mira? Não tem mais dedos.

Emira apertou o botão principal do celular, sorriu e disse:

– Deixa eu perguntar pra ele. – Alix rezava pela segunda vez naquela noite, quando Emira passou o outro braço pela cintura de Briar. – B, será que eu vou comer peru aqui com você? Eu não gosto muito de comer dedo de pé.

Emira usava brincos que eram placas quadradas acobreadas e, em vez de responder, Briar estendeu a mão na direção deles e disse:

– Quero abrir isso.

– Isso não abre, fofinha – avisou Emira a Briar, enquanto escrevia uma mensagem.

Ouvir Emira chamá-la assim deixou Alix inquieta e a fez pensar: "Ai, por favor, por favor, por favor, vem amanhã."

Emira olhou para Briar e perguntou:

– Será que eu vou comer torta com você essa semana?

– Vai, sim – respondeu Briar. – Mas você só pode comer dez pedaços.

– Só dez? Acho que tá de bom tamanho. – Emira olhou para o celular. Depois olhou de volta para Alix. – Ele disse que adoraria vir.

Alix precisou fazer um esforço gigantesco para não largar a filha e levar as mãos às próprias maçãs do rosto geladas.

– Você ouviu isso? – perguntou Alix no ouvido de Catherine. – Mira também vem comer peru!

– Tudo bem por você? – Emira estendeu a mão e apertou o pé de Catherine. – Posso vir pra cá ficar com você no Dia de Ação de Graças?

E, então, Catherine May Chamberlain olhou para Emira e disse:

– Oi.

Emira e Alix se engasgaram. Alix sentiu o rosto ruborizar e lágrimas escorrerem pelos cantos dos olhos. Virou a filha de frente para ela e a levantou para ficarem cara a cara.

– Você disse "oi", foi? – perguntou ela. – Você disse "oi" pra Mira? Briar, você ouviu a sua irmã?

– Mamãe? – chamou Briar. – Você pode... Você tira uma foto do brinco da Mira? Vamos tirar uma foto.

Emira a cutucou.

– Sua irmã acabou de dizer "oi", moça.

– Você vai dizer "oi" de novo? Não? – Alix engoliu em seco. Catherine sorriu docemente e Alix aproximou o corpinho dela do seu. Balançou a cabeça alegremente e disse: – Emira, vai pra casa.

Emira riu e perguntou:

– Como assim?!

– Tá uma loucura lá fora, vai pra casa. E a gente se vê amanhã.

– Ah, eu posso dar um banho na Briar rapidinho.

– Não, não. Mira, pode ir. – A felicidade que Alix sentiu diante da primeira palavra da filha e por conta do feriado que estava prestes a ter... Aquilo parecia coisa demais para um dia só. Se Emira ficasse lá por mais tempo, havia o risco de Alix acidentalmente dizer para ela um "Eu te amo" ou perguntar se Emira gostava de ser babá das meninas ou quantos anos Emira achava que ela tinha. – Na verdade, espera um segundo.

Alix colocou Catherine de volta na cadeirinha, pegou uma sacola de mercado da Whole Foods numa gaveta baixa e abriu a geladeira. Ela encheu a sacola com duas garrafas de água, uma embalagem de tortellini congelado, uma lata de sopa, uma lata de chili, um pacote dos biscoitos de bichinhos de Briar e uma garrafa de vinho tinto.

Emira entrou na cozinha.

– Peraí, Sra. Chamberlain, o que é isso?

– É pra você. – Alix empurrou a sacola na direção dela. – Tenho certeza que você tem comida em casa, mas isso é melhor do que qualquer coisa que você vai conseguir encontrar num mercado agora.

– Uau… – Emira ajeitou a sacola nos braços. – Muito obrigada *mesmo*.

– Só me faz um favor – falou Alix, sorrindo. – Vem com muita fome amanhã. E Emira, eu tô falando sério. Você não vai vir pra trabalhar. Você vai estar aqui como parte da *família*. Tá bem?

Emira fez um beicinho de leve, de um jeito que a deixava mais jovem. Ela puxou o cós da legging e respondeu:

– Tá bem.

Doze

No Dia de Ação de Graças, às 16h06, Emira e suas botas bege de camurça desceram de um táxi amarelo. Kelley estava segurando a parte de trás do braço dela quando Emira notou pegadas na neve, a caminho do portão da casa dos Chamberlain. Era a primeira vez no dia que tinha parado de nevar e, acima da cabeça deles, uma camada de neve de mais de 2 centímetros se equilibrava em árvores peladas, fios e parapeitos de janelas. Emira parou com uma mão no trinco do portão e a outra em volta de um buquê de margaridas roxas e amarelas. Naquele frio intenso, ela conseguia ver a própria respiração, que condensava no ar.

– Ei. Será que é melhor a gente ter um código ou algo do tipo? – perguntou ela em voz baixa.

Kelley enfiou as mãos nos bolsos e também sussurrou.

– Um código pra quê?

– Pro caso de você... – Emira corou. – Pro caso de você não estar se divertindo e querer ir embora.

– Aaaaaah, tá. Que tal... "Quero ir embora"?

Emira deu um empurrão no peito dele e abriu o portão.

– Para, garoto.

– Vai dar tudo certo. Eu tô feliz de estar aqui – disse ele. – Tô na expectativa de tomar um vinho excelente.

– Tenho certeza que você não vai se decepcionar.

No alto da escada, Emira parou para pegar sua chave, mas aquele dia era diferente. Já dava para ouvir as vozes das mulheres lá dentro, junto com as de várias crianças capazes de formar frases completas. Kelley parou ao lado dela – lindo, com cara de feriado – usando calça jeans escura, um suéter vermelho e um casaco preto que ia até os joelhos. Eles haviam passado as últimas 24 horas juntos no apartamento dele, transando horrores, vendo filmes ruins e pedindo comida, e Emira se sentia mais adulta do que jamais pôde imaginar. Ela olhou para Kelley e sussurrou:

– Tô me sentindo estranha de usar a minha chave.

– Tá bem... – Ele colocou o dedo na campainha. – Que tal usar isso aqui?

Emira disse "Sim" e Kelley apertou o botão. Juntos, eles esperaram, e Emira prendeu a respiração.

– Ei. – Kelley tocou a cintura dela. – Qual é mesmo nome da tua chefe?

– Sra. Chamberlain.

– Eu tenho que chamar ela assim? Qual o primeiro nome dela, só pra saber?

– Hmmm... É tipo... – Emira ajeitou a trança grossa em cima do ombro. – Elix?

– Elen?

– Não. – Emira apoiou a cabeça no ombro dele. – É Alex, mas é estranho. A pronúncia é tipo Ééé-*lix*, meio que enfatizando o "lix".

– Emira – disse Kelley, rindo. – Como você não sabe isso?

– Eu sei, só não chamo ela assim. Eu só chamo de Sra. Chamberlain. Shiu!

Eles se ajeitaram e aguardaram.

Durante aquele silêncio incômodo, Kelley, mais uma vez, se inclinou na direção de Emira.

– Ela é europeia ou algo assim?

– Não sei. Talvez?

– O que você quer dizer com *talvez*?

– Meu Deus, Kelley. Sei lá, ela é *branca*.

Kelley riu escondendo o rosto dentro do casaco.

– Tá bem, senhorita. Deixa eu te dar um beijo antes que alguém chegue.

Emira se inclinou na direção dele, e ela sentiu seus cílios roçarem no rosto de Kelley.

Os dois recuaram quando a Sra. Chamberlain abriu a porta.

– Emira, você veio!

O cabelo loiro da Sra. Chamberlain estava cacheado nas pontas e balançou com a rajada de vento entrando pela porta. O cheiro quente de velas, torta de abóbora e conhaque também surgiram.

– Oi, Sra. Chamberlain, muito obrigada por…

Mas então a Sra. Chamberlain disse "Ai, meu Deus", num misto de pânico e reconhecimento, como se ela quase tivesse dado de cara com uma porta de vidro quase imperceptível.

Emira observou no rosto da Sra. Chamberlain o mesmo conflito que sua filha vivia quando as atividades não seguiam o cronograma planejado ou quando Emira tentava ler para ela à noite. Com a mão na porta, parecia que a Sra. Chamberlain se preparava para ser atingida por algo ou que já tinha sido e por muito pouco tivesse conseguido sair viva.

Kelley pareceu despertar de um transe, piscou duas vezes e disse:

– Alex?

PARTE TRÊS

Treze

Alix se olhou no espelho (ela usava um suéter de lã deliciosamente pesado e bege clarinho, calça jeans justa e botas marrons). Desceu as escadas com Catherine presa ao sling (sussurrou para Tamra: "Acho que ela chegou") e então, quando abriu a porta, deu um passo para trás e voltou quinze anos no tempo. Diante dela, havia tanto um homem adulto quanto um adolescente, e a pessoa que os encarnava dissera "Alex?" como se a conhecesse.

Ali, ao lado de sua babá, estava Kelley Copeland, da turma de 2001 do Colégio William Massey. Várias das "primeiras vezes" (boquete, sexo, "Eu te amo", decepção amorosa) de Alex Murphy haviam sido com ele, pontuadas por um milhão de inseguranças ao longo do trajeto. Não bastasse o fato inacreditável de ele estar à porta da casa de Alix, a maneira como ele pronunciou o nome dela a paralisou por alguns segundos. *Alex.* Aquilo soou banal, mas ao mesmo tempo tinha um tom choroso, e foi como se ela tivesse encontrado um legume no fundo de uma gaveta da geladeira, esquecido há tanto tempo que o próprio mofo havia começado a mofar. Seu coração disparou ao pensar "Não, não é possível", mas quanto mais tempo eles ficavam ali parados, mais ela pensava "Merda, merda, merda".

Emira deu uma risada e perguntou:

– Peraí, como assim?

Ela olhou para Alix, para Kelley, depois para Alix novamente.

Catherine começou a se contorcer por conta do frio e Alix disse:

– Ééé... Entrem, entrem. Tá muito frio aí fora.

Emira e Kelley adentraram o vestíbulo e Alix fechou a porta, pensando "Kelley Copeland está na minha casa". Ao cruzarem a porta em direção à sala, Alix viu todas as pessoas que ela mais amava cercadas por todos aqueles extravagantes enfeites de Ação de Graças que ela entulhara na mala do carro apenas alguns dias antes, reluzindo sob uma piñata em forma de peru.

Era tudo muito parecido com qualquer decoração exagerada que seus pais teriam pagado para alguém fazer na antiga mansão na Bordeaux Lane, número 100, e, por um momento, Alix chegou a pensar: "De quanto tempo eu precisaria pra jogar todo esse lixo fora?" Não era para dar aquela impressão. Era para ser uma *piada*.

– Então essa é a famosa Emira? – O poncho bege de Jodi esvoaçou próximo aos cotovelos quando ela se levantou. – A gente tá muito feliz de conhecer você. Eu sou a Jodi.

– Não precisa ficar assustada. – Rachel abraçou Emira em seguida. – É só porque parece que a gente já te conhece. Oi, namorado da Emira, eu sou a Rachel.

– Kelley. Prazer.

"Merda, merda, merda."

Tamra desceu as escadas com o ar imponente de sempre. Ela abriu os braços para Emira como se fosse a apresentadora de um programa de TV e falou:

– Emira? Vem cá, mana. Ela abraçou Emira enquanto Alix tentava, sem sucesso, fazer contato visual com Jodi. – Feliz Dia de Ação de Graças, amiga. Vamos pegar algo pra você beber.

As três mulheres sequestraram Emira e a levaram até o bar, onde o barman perguntou se ela preferia vinho tinto ou branco. Alix ficou parada junto com Catherine e Kelley na fronteira entre a sala e o vestíbulo, bem ali onde ela havia lido inúmeras mensagens de texto que ele enviara para Emira. Catherine balançava as pernas e mastigava uma das meias que havia tirado do próprio pé. Pela primeira vez, Alix desejou não estar com a filha amarrada ao peito.

— Você... — Alix não tinha ideia do que dizer ou do que fazer com as mãos. — Você tá a mesmíssima coisa.

Porque ele de fato estava, e aquilo era doloroso. Sua altura ainda era chocante e suas mãos eram enormes de um jeito quase assustador. Aquele era o namorado de Emira. Aquele era Kenan&Kel. Aquele era o cara que Emira havia conhecido no metrô e que estava animado para vê-la naquela noite.

— Obrigado. — Kelley olhou para o lustre acima da mesa de doze lugares e a piñata vermelha e marrom em formato de peru, que girava levemente com as lufadas de calor que vinham de baixo. Ele parecia estar avaliando como seria o resto da noite quando disse: — Dá pra ver que nada mudou pra você também.

— Como é que é?

Mas antes que Kelley pudesse responder, Peter surgiu, estendendo a mão para ele como se fossem jogar a primeira partida de futebol da temporada. Peter sorriu e disse "Peter Chamberlain", exatamente como fazia na TV.

Walter, a única outra presença masculina na casa — além do bebê Payne, que dormia profundamente —, se juntou a eles. Rachel, Jodi e Tamra interrogavam Emira, com as bebidas nas mãos e balançando a cabeça com veemência ao ouvir todas as respostas. Alix tirou Catherine do sling e a colocou no cercadinho, sob um delicado móbile com luas e estrelas. Ela subiu a escada até a metade, finalmente conseguiu contato visual com Jodi e disse sem emitir um único som "Vem *aqui*".

No segundo andar, a cozinha estava quieta. As bancadas estavam tomadas por travessas com batata-doce, purê de batata, pãezinhos e aspargos aguardando em cima dos *réchauds* e cobertas por folhas de papel-alumínio suadas. Ao lado do quarto das meninas, Alix passou por cima de uma caixa cheia de garrafas de vinho tinto e abriu a porta da pequena lavanderia, que, para os padrões de Nova York, mais parecia um closet grande. Quando ouviu os passos de Jodi mudarem do carpete para a madeira, esticou o braço até a amiga e a puxou para dentro.

– Meu Deus, querida, o que tá acontecendo?

– Shhh! – fez Alix, puxando um cordão pendurado acima da cabeças delas. Uma única lâmpada acendeu dentro do cubículo. Alix percebeu que estava prestes a dizer o nome de Kelley em voz alta, e seu batimento cardíaco acelerou. – Me escuta – continuou ela. – Sabe o cara lá embaixo? – Alix colocou as mãos nos ombros de Jodi. – É o Kelley Copeland.

– Tá… – Jodi sorriu. – Eu não sei quem é esse.

– O namorado da Emira? É o cara da época do colégio que tirou minha virgindade e que terminou comigo e disse pra todo mundo onde eu morava e acabou com a *porra* da minha vida.

Sob as prateleiras tomadas por toalhas de banho, fraldas, sabão em pó e pilhas, Jodi arregalou os olhos verdes.

– Você tá de sacanagem.

– Jodi, eu não… – Alix se apoiou na lavadora e na secadora de roupas, que ficavam uma em cima da outra. – Eu não sei o que fazer.

– Você acabou de descobrir isso?

– A-hã.

– Há quanto tempo eles namoram?

– Sei lá, uns meses.

– *Meses?!*

Alix fez "Shhh!" e ouviu Rachel dizer "Oiê". Alix abriu a porta e puxou Rachel para dentro.

– O que vocês duas tão aprontando?

Rachel segurava uma taça de vinho que Alix acreditava ser a segunda da noite, uma noite que sequer havia começado.

Jodi segurou o braço de Rachel.

– A Alix conhece o namorado da Emira.

– De onde? Eu achava que você só tinha conhecido hoje! Bonitinho.

Alix se abanou enquanto Jodi prosseguiu e explicou a situação toda. Quando Rachel finalmente entendeu, falou:

– O seu ex-namorado tá namorando a sua *babá*?

Jodi tapou a boca de Rachel e Alix fez: "Shhh!"

– Tá bem, tá bem, mas peraí... – disse Rachel, afastando a mão de Jodi. – Ele é aquele merda da sua época de colégio?

Alix assentiu e colocou a mão na barriga.

– Eu não tô conseguindo respirar direito – falou ela. – Meu Deus do céu, ele aqui e eu gorda desse jeito.

Ambas as mulheres sibilaram entre os dentes: "Você *não* tá gorda!"

Jodi cutucou o cotovelo de Rachel e pediu:

– Traz a Tamra aqui. – Para Alix, Jodi falou: – Coloca a cabeça entre os joelhos.

Alix queria andar de um lado para outro, mas se obrigou a ficar com a amiga dentro do cubículo; para todos os lugares onde ela olhava havia lâmpadas, panos de chão e organizadores de lona transbordando extensões elétricas emaranhadas. A enorme diferença entre aquele cara a cara com Kelley Copeland e as fantasias que Alix havia criado ao longo dos últimos quinze anos desabou sobre o peito dela. Ela ainda estava com quatro quilos a mais do que pesava antes de engravidar de Catherine. No momento, sua casa não aparentava ser moderna e minimalista do jeito que ela havia se esforçado tanto para que fosse. E havia crianças por toda parte, não apenas as do tipo fofo que passam o tempo inteiro dormindo, mas Briar com seus milhares de perguntas, Prudence e seu comportamento terrível e as filhas de Tamra com aquela obediência pedante. Não era assim que aquele encontro deveria acontecer. Ao longo do casamento, da maternidade e das monumentais mudanças em sua carreira, Alix sempre se pegou criando cenários ideais de como seria ver Kelley Copeland adulto, ou melhor, imaginando como ele a veria. Havia aqueles sonhos impossíveis e clichês (esbarrar com ele depois de sair do salão de beleza ou num aeroporto, usando salto alto), mas havia situações elaboradas que exigiam longos banhos de Alix ou trajetos de metrô, para que ela tivesse tempo de conseguir pensar em toda a logística.

Em uma dessas fantasias mais elaboradas, Kelley estaria de férias em Nova York com uma namorada baixinha, morena, daquelas que tiram mil fotos e carregam uma bolsa Longchamp a tiracolo. Depois de uma manhã frustrante perdidos nas linhas de metrô, eles acabariam indo à feira de produtores da Union Square e Alix apareceria: a pequena Briar amarrada no sling, ambas com os cabelos bagunçados de um jeito fofo. Ela já os teria visto primeiro e deslocaria os óculos escuros para o alto da cabeça ("*Kelley?* Caramba. *Oi!*"). E então a namorada de Kelley logo se apaixonaria por Alix à medida que ela começasse a dar a eles excelentes dicas e informações sobre onde tomar drinques sem gastar muito em um dos *rooftops* da cidade. Alix se despediria ("Tchau, boa sorte! Aproveitem a viagem!") e seria a primeira a se afastar. Ela estaria com algum look clássico, como uma camiseta branca e batom vermelho.

Alix, inclusive, fantasiava com Kelley num futuro mais distante. Ela ainda não havia terminado seu primeiro livro, mas talvez escrevesse outro, e dessa vez seria um livro para meninas. Kelley, com 46 anos (barrigudo ou careca, torcia ela), estaria na fila de autógrafos junto com a filha na imensa Barnes & Noble da rua 86 (eles teriam vindo de Allentown e estariam hospedados em um hotel ao lado da estação de trem em Astoria). Alix abriria o livro e escreveria na folha de rosto uma inspiradora dedicatória para a pré-adolescente. Ela olharia para Kelley, abriria um sorriso e diria: "Você sabia que eu e o seu pai nos conhecemos?"

Mas ali estava ele, nem um pouco barrigudo ou careca, lembrando-lhe explicitamente da noite em que acabou com a vida dela na época da escola. E não só Kelley Copeland estava ali, como também estava namorando Emira. A *sua* Emira? O simples fato de ele conhecer Emira já parecia inacreditável. Por acaso ele sabia dizer o que a deixava irritada? Ele tinha permissão de tocar no cabelo dela? O que Zara achava de tudo aquilo, ela aprovava? E então Alix pôs a mão na testa e foi tomada por um pensamento que, embora reconhecesse como algo muito adolescente, não conseguiu evitar: "Meu Deus. Kelley e Emira trepam. Ao mesmo tempo. Um com o outro."

Com Cleo, de 2 anos e meio, nos braços, Tamra abriu a porta da lavanderia. Rachel entrou logo atrás dela, e o cômodo pareceu ter chegado à lotação máxima.

– Mas que porr... – sussurrou Tamra. Cleo apontou para cima e disse "Luz, mamis. Quente, quente". Tamra respondeu para ela: – Isso mesmo, não põe a mão.

Jodi esfregava as costas de Alix em movimentos lentos e circulares.

– Então, Tam. A situação é a seguinte...

Depois de ouvir tudo, Tamra assentiu e falou:

– Entendi. Alix? Ei. – Alix se levantou, o rosto vermelho e a cabeça latejando. – Isso aconteceu há muito tempo, na época da escola. Vai ficar tudo bem.

– Eu sei que foi há muito tempo! – Alix estava muito longe do status "tudo bem" em relação a Kelley Copeland. Ela tapou os ouvidos de Cleo com as mãos e questionou: – Você estaria calma se *atualmente* o seu ex estivesse comendo a Shelby?

Tamra refletiu a respeito e respondeu:

– Tá bem, entendi.

Cleo cobriu os dois olhos e perguntou:

– Cadê a Cleo?

– Como isso *aconteceu*? – disse Alix para si mesma.

– Amiga, seu rosto tá *muito* vermelho – avisou Rachel. – Você precisa se acalmar.

Os instintos maternos de Jodi não conseguiam ignorar Cleo. Ela fez cócegas na lateral da barriga da menina e depois falou:

– Estamos te vendo, amorzinho. – Uma criança começou a chorar no andar de baixo e Jodi olhou para Tamra. – É comigo ou contigo? Eu acho que é comigo.

– Olha, essa situação não tá nada boa. A gente precisa sair daqui – alertou Tamra. – Me escuta. Só tenta ficar tranquila. Finge que vocês só estudaram juntos na adolescência e ponto final. – Tamra teria continuado, mas virou o rosto. Ela olhou para Cleo e perguntou: – Você fez cocô? – Ela levantou a criança para cheirar a fralda e depois informou: – Não, tá tudo bem.

Aquele gesto devastou Alix e ela não conseguiu deixar de pensar: "Ai, meu Deus, as minhas amigas são muito MÃES." Alix achava notável o fato de ela ser capaz de se sentir encantada e envergonhada com tantas coisas ao mesmo tempo. A idade e o status de relacionamento de suas amigas (Rachel, divorciada duas vezes, 35 anos. Jodi, a mãe mais maternal de todos os tempos, também com 35. E Tamra, embora fosse difícil de acreditar, estava quase chegando aos 40). E havia outros números que de repente pareceram humilhantes. A altura do marido de Alix (a mesma que a dela, 1,78 metro), o peso dela depois do segundo bebê (sessenta e quatro quilos) e, acima de tudo, o fato de que na noite anterior ela havia se deitado em sua cama e ficado muitíssimo satisfeita ao contar mentalmente quantos convidados afro-americanos estariam presentes em sua mesa de Ação de Graças. Um total de cinco.

Rachel balançou a cabeça e disse:

– Eu quero matar esse homem.

– Acho que já contaram algo do tipo em um episódio do *This American Life*.

– Eu sei de qual você tá falando – afirmou Tamra.

– Você vai contar pro Peter? – perguntou Jodi.

Peter não saberia o que fazer com tal informação numa noite como aquela. Alix precisava de toda a simpatia do marido e que ele mantivesse Kelley entretido com uma hospitalidade genuína. Ela respondeu:

– Hoje, não.

Rachel esperou um segundo antes de perguntar:

– Você vai contar pra Emira?

Isso fez com que Alix mergulhasse de volta para dentro de si mesma. Ela olhou para Tamra e pediu a opinião dela:

– Tam, o que você acha?

– Você não vai falar nada pra ninguém hoje à noite, tá bom? – Tamra tomou essa decisão por Alix e pelo grupo. – E provavelmente ela e o Kelley estão tendo a mesma conversa que a gente tá tendo agora. Mas olha só, eu cuido da Emira. O Peter e o Walter já tão cuidando do Kelley. Vocês estudaram juntos na adolescência e é só isso. "Que coincidência. Que engraçado." E *pronto*.

– Tá… é só uma coincidência.

Alix enfiou a mão por dentro da gola do suéter e tentou criar espaço entre as axilas suadas e a blusa.

– Mas que pena, né? – Rachel tomou outro gole do vinho. – Vocês teriam tido filhos *belíssimos*.

Catorze

Quando a Sra. Chamberlain abriu a porta da frente, Emira precisou conter o riso. Ela estava com uma expressão de perplexidade semelhante à da primeira vez que se viram. Cinco meses antes, Emira havia assistido à Sra. Chamberlain abrir a porta para conhecer uma pessoa que ela havia criado em sua cabeça e, *surpresa!*, encontrou alguém com a pele bem mais escura. A Sra. Chamberlain ficou tão graciosamente confusa ao ver Emira que até pediu desculpas ("Desculpa, oi. Você é tão bonita! Entra"), e sua reação ao ver Kelley no Dia de Ação de Graças foi muito semelhante àquela. Mas, ao passo que Emira ficou esperando pelo pedido de desculpas dela, Kelley a chamou de Alex. As risadinhas confiantes de Emira se transformaram em um riso nervoso, e a Sra. Chamberlain fechou a cara. Antes que pudesse entender o que estava acontecendo, Emira foi tragada para o "Dia de Ação de Graças no País das Maravilhas" e cercada por outras três mães. As mulheres enfiaram uma taça de vinho tinto na mão dela enquanto perguntavam de onde ela era e onde tinha feito faculdade e se gostava de uma série de comédia chamada *Black-ish*. Quando Emira disse que não tinha assistido, Tamra apertou seu braço com firmeza e disse: "Ah, Emira, você precisa ver. É uma série *muito* importante."

Depois que as três mulheres subiram as escadas, Emira encontrou Briar na sala de estar usando um vestido xadrez que parecia desconfortável, sentada ao lado de outras duas garotinhas, uma com cabelos ruivos luminosos e a outra com um black power curto ornado por uma faixa florida. Emira deu um tapinha no ombro de Briar.

– Oi, fofinha.

Briar se levantou. Com uma expressão séria, abraçou o pescoço de Emira.

– Eu não gosto de usar sapato de sair em casa.

– Você quer conhecer o meu amigo?

Briar não disse que sim, mas Emira pegou a menininha no colo e voltou para o hall de entrada, onde Peter, Kelley e outro homem estavam conversando.

– Essa é a minha... ela é minha – disse Briar ao homem que Emira não conhecia. – Essa é a minha amiga.

– Que maravilha – falou ele. O homem tinha bochechas enormes, ombros largos e parecia um Papai Noel jovem usando um suéter branco com pequenos redemoinhos tricotados. – Ainda não nos conhecemos. Walter. Acho que você já conheceu a minha esposa, Jodi. Todas as pessoas ruivas que você encontrar por aí são da minha família.

– Eu sou a Emira, prazer. – Ela sorriu. – Ei, B. Esse é o meu amigo Kelley. Diz oi pra ele!

Briar enfiou a cabeça no pescoço de Emira numa posição que parecia um tanto desconfortável; ela ainda conseguia examinar Kelley, mesmo com o rosto praticamente virado para o outro lado. Ela esticou dois dedos e disse:

– Eu tenho 3 anos.

Kelley se virou para a garotinha e falou:

– Mentira! Eu também tenho 3 anos.

Briar olhou para ele e sorriu.

– Nãão.

– Eu só sou grande pra minha idade – continuou ele. – Bem, na verdade eu tenho 3 anos e meio.

Os lábios de Emira se contraíram, e ela se sentiu muito contente.

É óbvio que ele era absolutamente maravilhoso e se dava bem com crianças. É óbvio que ele já tinha todo um roteiro ensaiado sobre como entreter crianças recém-conhecidas até que elas se acostumassem com ele. Mas quando Tamra desceu as escadas com Jodi, Rachel e a Sra. Chamberlain em seu encalço, Kelley teve que encerrar seu número mais cedo. Ele colocou a mão nas costas de Emira e falou:

– Posso falar com você rapidinho?

Emira fez "Hmm?", mas Tamra interrompeu a troca de olhares entre eles.

– Briar, eu sei que você tá muito feliz que a sua amiga tá aqui hoje, mas Emira, você pode me ajudar na cozinha?

Ela passou Cleo para o colo de Jodi e subiu as escadas. A pergunta da mulher soou mais como uma ordem, e, pelo seu jeito de andar, ela parecia não ter dúvidas de que Emira estaria logo atrás dela.

Emira colocou Briar no chão.

– Bem, eu já volto então.

Em cima da mesa do segundo andar estava um faqueiro de prata sofisticado que Emira nunca tinha visto e uma pilha de guardanapos de pano ao lado.

– Eu só preciso de uma ajudinha pra enrolar esses talheres rapidinho – falou Tamra. – Tenho certeza que você sabe como faz.

Emira disse "De boa", mas tudo aquilo parecia muito estranho. Não só ela não sabia enrolar os talheres, como a pilha de guardanapos parecia desleixada de uma maneira que não combinava com a anfitriã da noite. A Sra. Chamberlain sem dúvida teria completado aquela tarefa antes da chegada dos convidados. Será que Tamra havia desfeito tudo para que ela e Emira pudessem ter aquele momento? Mas não estavam todos prestes a jantar juntos? Emira olhou para baixo e quase se assustou ao deparar com o próprio vestido verde-oliva, em vez da polo branca grande demais que usava todas as segundas, quartas e sextas-feiras.

Tamra pousou primeiro a faca sobre o tecido, e Emira imitou seus gestos. Depois de terminar o primeiro rolo de talheres e jogá-lo em uma cesta de vime, Tamra estendeu a mão e puxou delicadamente a ponta da trança de Emira.

– Então, por que isso, hein? Imagino que seja medo de usar o seu cabelo natural.

– Ah. – Emira riu, mais por desconforto do que por indiferença. Ela já havia estado em diversos eventos em que um anfitrião bem-intencionado, mas ignorante, havia empurrado outro convidado negro para cima dela, mas Tamra parecia estar conduzindo aquela interação por conta própria. Aquilo lembrou Emira da única vez em que assistiu a um episódio do reality show *The Bachelorette* na casa da Shaunie. Ela viu quatro "encontros com a família" nos quais o pai de uma mulher branca se levantava no meio do jantar e perguntava ao pretendente se eles poderiam ter uma conversa de homem para homem. Cada vez que aquilo se repetia, Emira ficava mais constrangida que na vez anterior. – Sei lá – respondeu Emira, por fim. – Eu gosto do meu cabelo comprido, acho.

– Quer saber o que eu uso no cabelo das minhas filhas? – Tamra se empertigou e contou os produtos nos dedos. – Borrifo uma mistura de óleo de coco, água e óleo de semente de uva uma vez por semana e, sinceramente, é só isso que precisa. Qual o tamanho do seu cabelo de verdade, querida?

Emira quase vacilou. De repente, ficou muito feliz por precisar de ambas as mãos para enfiar uma ponta do guardanapo dentro de uma dobra malfeita. Ela já conseguia até ouvir a reação de Zara quando ela lhe contasse, um "Ela perguntou o quê?" com olhos arregalados.

– Hmm – fez Emira sem levantar seus olhos castanhos. – Acho que bate tipo no queixo.

– Ah, já é alguma coisa! – Tamra a parabenizou. – Eu realmente consigo ver você com cachos, menina.

– Mamis?

Imani surgiu no topo da escada e Emira pôde respirar novamente. Ela se virou para a garotinha e disse:

– Oiê. Eu ainda não te conheço. – Emira então ficou questionando Imani sobre ser a irmã mais velha até que todos os talheres estivessem embrulhados.

Quando Emira voltou para o andar de baixo, colocou a cesta de talheres em cima da mesa e encontrou Kelley a caminho do banheiro.

– Desculpa, isso foi estranho – sussurrou ela. – Tá tudo bem?

– A-hã. Preciso que você dê uma olhadinha no seu celular – disse ele antes de entrar no banheiro e fechar a porta.

Briar interceptou Emira no hall de entrada e Emira a pegou no colo, apoiando-a em seu quadril. Emira a manteve ali enquanto se esgueirava para o vestíbulo, afastando casacos e cachecóis para conseguir enfiar a mão em sua bolsa.

– A Prudence tem um gato grande – contou Briar.

– Ah, é? – Emira desbloqueou a tela. – Qual o nome dele?

Havia três mensagens de Kelley em seu celular, e ela as leu enquanto Briar explicava que os gatos não escolhem os próprios nomes e que é a mãezinha deles que escolhe.

A primeira mensagem de Kelley dizia: A Alex é a tal namorada do ensino médio.

A segunda dizia: A que só andava de primeira classe.

A terceira dizia: Quero ir embora.

Quinze

Jodi deveria se sentar ao lado da filha Prudence, mas Prudence havia logo se lembrado de sua obsessão por Rachel – já um pouco bêbada – e implorou à mãe para que mudasse de lugar. Peter e Catherine se sentaram à cabeceira da mesa, ao lado de Walter e Payne. Ao lado de Alix, Briar brincava com a faixa que a prendia à cadeirinha. Na frente delas, Emira estendeu a mão e tocou uma horrenda abóbora de plástico coberta de glitter com a frase É DIA DE AGRADECER! em letras douradas.

– Ficou tudo muito legal – disse ela.

– Ah, nem tudo – respondeu Alix, jogando os cabelos para trás ao se sentar. Ela tentou se explicar, mas, assim como todas as outras coisas que dissera na última hora, suas justificativas eram direcionadas mais a Kelley do que a qualquer outra pessoa, e por isso não conseguia se expressar direito.

Kelley se sentou ao lado de Emira e piscou para Briar na frente dele.

– Bem, isso tudo é meio que uma piada que quis fazer com as meninas – prosseguiu Alix. – Mas no fundo é besteira…

– Ela tem razão, A. – Jodi entrou na conversa e a salvou. – Tá tudo muito lindo. Pru? – Jodi olhou para a esquerda e levantou o rosto da filha. – É um privilégio *enorme* estar sentada ao lado da Srta. Rachel, então você precisa se comportar, tá bem?

Prudence fez a mesma expressão dissimulada de quando Jodi insinuava que algo lhe traria consequências. Rachel disse:
– Bate aqui, Pru! Nós, as solteiras, vamos ficar bem. Né, Cleo?
Cleo, de 2 anos, balançou a cabeça.
– Não, obrigada.
Peter olhou em direção a Alix, mas se dirigindo ao grupo, falou:
– Vamos fazer uma oração?
Walter levantou o queixo na direção da filha do outro lado da mesa.
– A Pru conhece uma oração, né, Pru?
– Ai, meu Deus – murmurou Jodi.
– Perfeito – disse Alix. – Você pode ajudar a gente, Pru?
Prudence olhou para todos ao redor, como se estivesse prestes a contar alguma piada muito grosseira e mal-educada. Ela cruzou as mãos sobre a mesa e deu uma risadinha.
– Por comida, saúde e dias felizes, receba nossa gratidão e nosso louvor. E quando servirmos aos outros, que possamos pagar nossa dívida de amor Contigo. Amém.
Os adultos à mesa disseram "Amém", e Walter completou com "Que incrível, mocinha".
– Ensinaram isso pra ela na pré-escola? – perguntou Tamra se inclinando para a frente.
– Nem te conto – respondeu Jodi, tentando alcançar uma travessa de batata-doce.
Alix convidou todos a se servirem, e aqueles maravilhosos tilintares dos talheres tocando a louça e os pratos começaram a ecoar em direção ao teto.
Tudo se *parecia* com o Dia de Ação de Graças que ela queria, o que tornava a noite ainda mais bizarra. Os convidados pareciam festivos e confortáveis sob a luz do lustre. A neve caía tranquilamente do outro lado dos vidros da janela da frente. E o hall de entrada de sua casa havia muito naturalmente se transformado numa sala de jantar: cheirava a uma mistura de frutas vermelhas, açúcar mascavo, massa de torta e velas acesas. Briar apontava para cada coisa que Alix

colocava no prato e perguntava "Mamãe? Mamãe, isso tá quente?". Payne estava de pé nos joelhos de Walter e se remexia adoravelmente com uma chupeta na mão. Rachel passou protetor labial de morango nos pequenos lábios de Prudence e Jodi perguntou: "Gostou, Pru?" Tamra respondeu ao interesse de Imani naquela atividade levantando as sobrancelhas e dizendo: "Nem pense nisso." Aquilo tudo soava muito íntimo, agradável e familiar, mas bem na frente de Alix estava sua adorada babá, Emira, com o que parecia ser, visto de cima, a mão de Kelley Copeland sobre seu joelho esquerdo. Enquanto Alix servia aspargos para Briar, ela tentava não olhar para Emira e se perguntava "Até onde você sabe?". Em um momento de silêncio, Peter olhou para Emira e Kelley e questionou:

– Então, como vocês se conheceram?

Alix observou Kelley e Emira, um esperando que o outro respondesse à pergunta, e aquela cumplicidade entre eles a fez se contorcer na cadeira.

– Eles se conheceram no metrô, amor – afirmou Alix enquanto cortava o peru para Briar. – Não foi?

– Hmmm... – Kelley levou a mão à taça de vinho e, no último segundo, pegou o copo d'água. – Na verdade... não foi bem assim.

– Bem. – Emira olhou para ele. – Foi mais ou menos, né?

– Opa! – fez Walter. – Como foi então, Kelley? Vamos lá, agora a gente quer saber.

Na outra ponta da mesa, Prudence fazia bolhas no leite que tomava em um copo plástico. Jodi olhou para ela e sussurrou:

– Prudence? Primeiro aviso.

– Eu não... é... – Kelley estava sendo insuportavelmente fofo naquele instante de constrangimento, e Alix precisou baixar o olhar. – Eu não sei se devo dizer.

– Meu Deus do céu – disse Rachel. – Foi de primeira. – Aquilo pareceu agradá-la demais, e o fato de ela estar sentada ao lado de duas crianças de 4 anos e em frente a uma de 2 não interferiu em seu entusiasmo. – Ih, não precisa ficar com vergonha. Quem nunca, né. Esses dois aqui se conheceram assim também – ela apontou um garfo para Walter e Jodi –, e olha só pra eles.

Com a boca cheia de purê de batatas, Jodi disse "Sério, Rach?", seguida por Walter, que disparou um "Opa, opa, opa!".

– Não, a gente não dormiu junto logo na primeira noite – contou Kelley. Alix engoliu a comida. Ela observou Kelley olhar para Emira, que examinava os detalhes do próprio prato. Kelley parou de cortar uma coxa de peru para dizer: – Eu conheci a Emira no Market Depot, quando a polícia ficou segurando ela lá.

A boca de Alix se abriu e se fechou logo em seguida. A mesa assimilou aquela informação coletivamente, enquanto Prudence segurava um marshmallow com um dos lados tostado e derretido. Prudence o mostrou para Imani e sussurrou "Isso parece cocô".

Tamra se inclinou na direção de Emira e Kelley.

– Você tava lá?

– Sim, eu vi o que tava acontecendo e peguei meu celular para filmar.

– Peraí, você tá brincando. – Peter se recostou na cadeira. Em seu braço esquerdo, Catherine começou a acordar. – Agora eu tô me lembrando de você.

Rachel bufou e disse:

– Eita.

– Desculpa, sim – falou Kelley a Peter. – Eu não esperava que você se lembrasse de mim. Você definitivamente tinha outras coisas com que se preocupar.

– Você tava com o celular na mão filmando tudo – recordou Peter.

– Existe um vídeo? – perguntou Tamra. Ela olhou para Alix com uma expressão de "Eu sabia".

– Bem, sim, mas ele é propriedade da Emira agora. Desculpa. – Kelley deu um sorriso contido. – Esse não é bem um assunto pra uma noite de Ação de Graças. Eu devia ter dito que a gente se conheceu no Tinder ou algo assim. Desculpa.

Esse último pedido de desculpas foi dirigido a Emira.

Alix olhou para a babá do outro lado da mesa, com a sensação de que havia sido publicamente desconvidada de uma festa que ela mesma havia organizado. O sentimento de traição que Alix experimentou ("Por que você não me contou onde vocês realmente tinham se conhecido? Por que disse que foi no metrô?") foi rapidamente substituído por uma sensação de facada pelas costas ("Por que você ligou pro *Peter* naquela noite? Por que não ligou direto pra mim?").

Emira ajeitou o brinco e pegou o garfo novamente.

– Não, tudo bem. Mas o dia em que a gente se conheceu *de verdade* foi no metrô um tempo depois – garantiu ela. – E depois disso a gente só... continuou se vendo.

– Nossa, caramba, Kelley. Estou feliz por você estar aqui – disse Peter. – E estou feliz por algo de positivo ter resultado daquela noite. Emira, você é uma santa por não ter processado a franquia inteira. O que você definitivamente poderia fazer, já que existe um vídeo.

– Mas com toda certeza – concordou Walter, erguendo a taça para si mesmo.

– Ah, não, não. – Emira balançou a cabeça. – Não, eu preferia morrer a divulgar esse vídeo. Eu nem assisti.

– Eu me sentiria da mesma maneira – falou Jodi.

– Mas, hmmm... – Emira mudou de assunto. – Como vocês se conheceram, Sra. Chamberlain? Acho que eu nunca perguntei.

– Você quer dizer – começou Peter – como a Alix ficou correndo atrás de mim no bar mais nojento que eu já conheci?

– Correndo atrás de você é exagero, né? – comentou Alix forçando uma risada.

– Mamãe – chamou Briar –, eu quero abrir a torta.

Alix a interrompeu.

– A torta é pra mais tarde.

Peter continuou contando uma história que Alix tinha ouvido muitas vezes, mas que nunca a havia incomodado até então. Ao longo de toda aquela noite, ela se apaixonou e se desapaixonou por seu marido várias vezes e, ao ouvi-lo falar sobre como eles se conheceram, ficou contente por ele ter dito que ela estava *deslumbrante*, acenando e pedindo uma cerveja para ele do outro lado do balcão do bar, e se irritou por ele ter mencionado que estava tão nervosa que ela própria bebeu a cerveja. Com Kelley sentado tão perto dela, Alix continuou a oscilar do modo ofensivo para o defensivo. Quando Peter terminou sua história, ela pensou: "Isso aí, Kelley. Agora eu tomo cerveja. Com o meu marido, com quem eu transei mais de uma vez."

Tamra olhou para Alix e perguntou:

– Foi na época em que você tava trabalhando na Hunter?

– Foi, sim – confirmou Alix.

Ela queria ter dito algo sobre os drinques horrorosos de um dólar que o bar costumava servir e como ela os adorava, porque na época ganhava menos de 3 mil dólares por mês, mas Kelley usou a pequena pausa dela como uma oportunidade para perguntar, em voz alta:

– E o que você faz hoje em dia, Alex? A Emira disse que você tá escrevendo um livro de história. É isso?

– Um livro de *história*? – perguntou Rachel.

– Isso *sim* é exagero.

Emira cerrou os olhos ao se virar para Alix.

O rosto e o pescoço de Alix ficaram tão quentes com o suéter que ela agora desejava ter trocado de roupa. Ela balançou a cabeça de um lado para outro e pegou sua taça de vinho.

– Bri, senta direito, meu amor – pediu ela. – Bem, o livro é, hmmm... – Ela tomou um gole. – É a *minha* humilde história. – Ao dizer *minha*, ela colocou a mão no peito, e aquilo a lembrou do abraço que deu em Emira na manhã seguinte ao Market Depot e de como Emira meio que se inclinou para a frente como se estivesse com alguma dificuldade para ouvir o que ela dizia, em vez de apenas abraçá-la de volta. – Eu tenho um livro já contratado pela HarperCollins e ele vai ser sobre as melhores cartas que escrevi e recebi desde que comecei o meu negócio.

– Mas isso é só uma parte do livro – observou Tamra. Ela se

virou para Emira e prosseguiu: – Tenho certeza que você já viu o Instagram dela e todas as coisas nas quais ela tá envolvida.

– Ah, não. – Emira sorriu. – Eu não tenho Instagram.

– Menina! – Tamra fez uma cena, fingindo estar chocada. – Você precisa de um urgente!

– Você não tem Instagram? – Ao lado de Alix, o espanto de Jodi soou mais genuíno. – Isso é incrível. Até a Prudence tem.

– Sério? – falou Emira.

– Bem, eu que administro, e a conta é privada – assegurou Jodi –, mas ajuda a manter os nossos parentes distantes um pouco mais felizes.

– Então é tipo a história do seu negócio?

Kelley não desistiria. Alix sabia exatamente o que ele estava fazendo, mas como ela poderia confrontá-lo na mesa de jantar, na frente de suas amigas e de Emira?

– Isso – disse ela. – Exatamente.

– E quando você começou?

– Bem... Eu comecei o meu negócio em 2009, então...

– Ah, uau, entendi. – Kelley sorriu do outro lado da mesa. – Então é uma história curta.

– Peraí, quando foi que a gente se conheceu? – interveio Jodi. – Em 2011?

– Rachel, eu não consigo acreditar que você era a mãe *experiente* naquela época – comentou Tamra.

– Ensinei pra vocês tudo o que sei, suas vacas – implicou Rachel.

Imani e Cleo olharam para a mãe, em busca da confirmação de que um palavrão havia sido dito. Tamra assentiu e colocou o indicador na frente dos lábios.

– Quer saber? – disse Peter. – Eu quero fazer um brinde.

Alix pensou ao mesmo tempo "Ai, Jesus" e "Graças a Deus". Peter era muito bom em amenizar as coisas e tornar o clima mais sociável, mas sempre de um jeito que dava a sensação de que um programa de TV estava chegando ao fim. Com todos os 64 quilos de seu ser, Alix desejava apenas que fosse possível desligar aquela noite.

– Eu sei que não foi fácil pra Alix deixar vocês – começou Peter. – E, acreditem ou não, eu também sinto muita falta de todo mundo. Conforme a Alix escreve o livro e os negócios continuam a crescer, eu percebo quanto ela se apoia em vocês, quanto vocês a incentivam e como vocês tornam a vida dela mais fácil. E Emira, isso agora inclui você também. Estou muito feliz, ou devo dizer *grato*, pela presença de tantas mulheres incríveis aqui hoje. Então, um brinde a vocês.

Todos ergueram suas taças e disseram "Saúde". Briar conseguiu espetar uma vagem com seu garfo sozinha. Quando ela o levantou e mostrou a Walter, ele falou "Que demais!".

Dezesseis

Depois de Peter fazer um brinde que deixou Emira envergonhada a ponto de mal conseguir falar, ele entregou Catherine à Sra. Chamberlain e a mesa se dividiu em conversas menores. Walter perguntou a Kelley o que diabo afinal era neutralidade da rede. Jodi disse "Fico impressionada com a semelhança entre vocês duas", e a Sra. Chamberlain respondeu "Você precisa ver as nossas fotos de bebê uma do lado da outra". Em frente a Kelley, do outro lado da mesa, Briar disse para ninguém específico: "Minha barriga não gosta disso."

Duas vezes durante o jantar, Kelley havia apertado o joelho de Emira, mas ela não tinha entendido o que ele queria dizer com aquilo; estavam juntos havia pouco tempo. Estava bravo por Emira não ter contado para ele onde exatamente ela dissera para a Sra. Chamberlain que eles haviam se conhecido, a mentira que ela esqueceu completamente de comentar que tinha contado? Ele achava que a Sra. Chamberlain estava mentindo quando disse que eles tinham se conhecido no metrô, para tentar encobrir totalmente aquela noite terrível? Era por isso que ele estava sendo tão indelicado em relação ao trabalho e ao livro dela? E por que a Sra. Chamberlain lhe dissera que estava escrevendo um livro de história quando obviamente não era bem assim? Quando a Sra. Chamberlain saía correndo pela porta às segundas, quartas e sextas-feiras, Emira a imaginava indo à biblioteca e abrindo imensos livros empoeirados para pesquisar, fazendo anotações em post-its e talvez até mesmo usando uma lupa. Mas um livro sobre escrever cartas? Tipo caligrafia e essas merdas? Parecia o tipo de livro que você via na seção de promoções da Barnes & Noble ou na fila do caixa de uma megapapelaria. Mas Emira não tinha nenhuma resposta, tampouco conseguia assimilar o fato de que Kelley e a Sra. Chamberlain já haviam namorado, nem sequer que era possível que eles tivessem se conhecido em um contexto que não a envolvesse, porque, sentada à sua direita, Tamra começou a perguntar incansavelmente sobre seus planos para a carreira e a vida.

– Então você estudou na Temple – disse Tamra.

– A-hã.

– E depois você fez um curso de transcrição.

– Sim, esse é o meu outro trabalho.

– Bem, se você estiver pensando em fazer uma pós, ainda dá tempo de se candidatar pro semestre que vem.

Por acaso Tamra havia sido informada de que Emira queria fazer uma pós-graduação? Porque Emira não estava sabendo disso. Ela tinha feito faculdade para tentar descobrir o que queria fazer... Pós-graduação não era para quem já tinha conseguido descobrir? Os olhos de Emira foram de Briar, que havia ficado estranhamente quieta, para Prudence, que apertava o rosto de Imani. Imani ria, intrigada com Prudence, exatamente como Emira fazia quando era pequena, quando ainda ficava bastante confusa com o fato de as meninas brancas conseguirem se safar de muitas coisas. Jodi dizia "Você ia gostar se eu fizesse isso no seu rosto?" e Prudence respondia "Sim, eu ia".

– Qual foi o seu CR na Temple? – perguntou Tamra.

– Ah... nada de mais – respondeu Emira. Ela pousou o garfo e a faca na lateral do prato. – Uns 7,8.

– Hmmm, entendi, entendi. – Tamra assentiu lentamente. – Então pós-graduação talvez não seja uma opção. Mas quer saber, Emira? Tem muitas outras coisas que podem despertar o seu interesse. Minha cunhada, por exemplo, fez um curso técnico de hotelaria e agora tem uma casa com cinco quartos e um salário de cinco dígitos, em *Sacramento*. Você acredita?

Briar soluçou uma vez e suas bochechas ficaram vermelhas.

– Sim, que máximo! – disse Emira. Ela limpou as mãos no guardanapo que tinha no colo e disse olhando em direção ao outro lado da mesa: – A Briar tá bem?

Mas a Sra. Chamberlain estava passando Catherine para o colo de Jodi, e elas tentavam fazê-la dizer "oi" mais uma vez. Do outro lado de Emira, Walter, Kelley e Peter estavam discutindo sobre o novo técnico de futebol do time da Universidade da Pensilvânia e seu contrato de seis anos. E quando o olhar de Briar se tornou mais vidrado e distante, Emira começou a se sentir como na noite em que ela e Briar foram ao Market Depot, juntas, mas também brutalmente sozinhas. Emira disse:

– B, você tá bem?

Briar bateu no braço da mãe.

– Eu quero a mamãe – falou ela.

– A mamãe tá conversando, Bri. Ainda tô vendo umas cenouras no seu prato. – A Sra. Chamberlain se voltou para Catherine e falou: – Vamos lá, querida. Diz "oi" pra gente!

Tamra se inclinou para mais perto de Emira.

– Eu não sei se você sabe disso, mas a Alix é muito influente. O Peter também, na verdade. – Ela estendeu a mão e apoiou seus longos dedos no braço de Emira. – Eles *amam* você. Tenho certeza que te ajudariam a entrar em qualquer curso que quisesses, ou mudariam seu horário pra você poder conciliar com um estágio ou com as aulas, ou com o que quer que estivesse procurando. Quantos anos você tem, querida?

Briar soluçou novamente.

– Eu tenho 25 – respondeu Emira.

– É. Acho que a gente tem que correr, né? Qual é o seu grande objetivo?

– Hmm... – Emira se ajeitou na cadeira. Ela pegou o fecho do colar que estava apoiado acima do esterno e o colocou de volta atrás do pescoço. – Eu não sei exatamente.

– Vamos lá – pressionou Tamra.

Briar passava a impressão de que estava ao mesmo tempo pegando no sono e pronta para entrar em pânico.

– Se você acordasse amanhã e descobrisse que poderia fazer o que quisesse da vida, o que seria? – insistiu Tamra.

Ao lado de Emira, Walter falava: "Ele vai ter que fazer melhor do que isso pra levar o campeonato." Rachel olhou para Catherine e disse: "Oi, miniAlix." Jodi chamou a atenção de Prudence e falou "Prudence? Esse é o segundo", e Emira percebeu que, se tivesse respondido à pergunta de Tamra com sinceridade, ninguém a teria ouvido. Ela poderia ter colocado uma mão embaixo do queixo delicadamente e dito: "Se eu tivesse um 'grande objetivo', você realmente acha que eu estaria sentada nessa porra dessa mesa agora?" Mas naquele momento Briar começou a engasgar. E quando Emira pegou um guardanapo que sabia ser muito caro e mergulhou sobre a mesa para cobrir a boca da criança, Jodi foi a primeira a perceber e gritar.

Dezessete

Anos atrás, no quarto de adolescente de Alex Murphy, a portas fechadas, Kelley fez todas aquelas coisas que obviamente um irmão mais velho ou um amigo mais experiente lhe disseram para fazer, mas isso não mudava o lisonjeiríssimo fato de que era com ela que ele estava colocando tudo aquilo em prática. Kelley fez questão de dizer que aquela camisinha tinha sido comprada recentemente. Perguntou a ela se estava machucando e se estava tudo bem. Ele até sugeriu que eles forrassem a cama com uma toalha, já que a colcha dela era muito bacana. A coisa toda durou cerca de duas músicas ("A Long December" e "Colorblind"), mas Alex ficou tão impressionada com Kelley que deu um suspiro de alívio e gratidão. "Não importa o que aconteça", disse ela a si mesma, "sempre vai ser bom lembrar disso". Não era como se ela achasse que eles se casariam, mas a paixão era perigosa e intensa.

Agora, no conforto de sua casa de adulta, parecia que aquela paixão nunca havia de fato chegado ao fim. Alix não sabia dizer se ela havia se reacendido ou se apenas tinha ficado adormecida pelo tempo e pelo espaço.

Alix viu Jodi levar as mãos à boca. O corpo de Emira planou sobre a mesa em câmera lenta e ao mesmo tempo com uma rapidez que fez Alix pular na cadeira. Ainda mais lento pareceu ser o momento em que Kelley se levantou e passou o braço em volta da cintura de Emira, centímetros acima das tigelas com restos de abóbora e de uma travessa com pedaços de carne morna. Na confusão, Alix não foi capaz de entender propriamente o fato de que sua filha estava vomitando sobre a mesa de jantar. Ela só conseguia olhar para a mesma mão que costumava acariciar seu rosto depois dos treinos e jogos na época da escola. Havia durado apenas alguns meses, mas, durante um tempo na vida de Alix, Kelley tinha sido responsável por deixá-la nervosa de um jeito bom, e ele usava as mãos para acalmá-la. "Ei, ei, ei." Uma vez, bem na porta do vestiário feminino, ele disse: "Você precisa ficar tranquila e me deixar gostar um pouco de você."

E agora essas mãos estavam em volta de Emira na casa de Alix no Dia de Ação de Graças. Alix teve o repentino desejo de retirar as mãos de Kelley da cintura de Emira, e não apenas por causa da familiaridade sexual que eles demonstravam ter. Por conta da mesma intrigante memória muscular que faz você pegar o cartão do vale-transporte para pagar uma conta, ou que faz você chamar sua professora do terceiro ano de "mãe", Alix se viu pronta para tirar as mãos de Kelley de cima da babá aos tapas. E ela quase disse com o mesmo tom de voz e os gestos que usava praticamente todos os dias: "Não, não, não. Não pode tocar. Isso é da mamãe."

Jodi apertou o braço de Alix com tanta força que ficou evidente que não era a primeira vez que tentava chamar sua atenção. Alix de repente se viu de volta ao presente assim que Briar começou a chorar. Por um momento, quando Jodi disse "Alix, querida, pega a menina", Alix achou que a amiga estava se referindo a Emira.

Dezoito

Briar estava com o rosto pressionando o guardanapo cheio de vômito, e aquilo fez Emira se lembrar de que a menininha raramente chorava. O coração de Emira havia disparado ao dar aquele mergulho que quase a fez despencar em cima da mesa, até Kelley segurá-la com suas imensas mãos, e mais ainda ao ver aquele rostinho minúsculo do outro lado começar a gemer de choque e desconforto. Emira conteve o vômito no guardanapo e o limpou do rosto de Briar, subindo do queixo até o nariz. Assim que ficou limpa, a menina de 3 anos começou a gritar.

Tamra disse "Oh, não", Peter correu para pegar uma toalha, Prudence disse "Eca!" e Rachel riu. "Pronto, já tivemos o momento constrangedor da festa."

A Sra. Chamberlain finalmente voltou a si. "Ai, meu Deus."

Ela foi na direção de Briar, mas Emira a deteve.

– Na verdade, pode só soltar ela da cadeirinha? Deixa que eu pego. – Emira disse isso com tanta urgência que a Sra. Chamberlain obedeceu. – B, levanta pra mim – pediu Emira antes de pegar Briar nos braços, seu rosto pingando catarro e lágrimas.

– Ah, não, Emira, você não precisa fazer isso... – falou a Sra. Chamberlain.

– Não, tudo bem, eu já peguei ela.

Emira subiu as escadas e passou por Peter e por um barman

carregando toalhas de papel e desinfetante. Quando chegou à cozinha, ouviu Walter dizer "Que incrível!".

No banheiro do segundo andar, Emira sentou Briar no vaso sanitário e fechou a porta. Briar começou a respirar de forma nervosa e descompassada, do jeito que Emira via outras crianças fazerem quando ralavam os joelhos ou viam seus balões estourarem. Era alarmante saber que aquele tipo de choro estivera dentro de Briar o tempo todo, que ela sempre tinha sido capaz daquilo e simplesmente escolhera não colocar para fora.

– Ei. – Emira pegou uma toalha de rosto e a molhou com água morna da pia. – Ei, fofinha, tá tudo bem. Olha pra mim. – Enquanto ela limpava a boca e o pescoço de Briar, a menina puxava o ar com tanta força que seu corpo inteiro tremia. – Sinto muito, querida. Não é nada bom vomitar. Mas olha só, acho que eu peguei tudo. Seu vestido tá limpinho.

Briar começou a choramingar enquanto tocava a costura da barra do vestido.

– Isso coça – disse ela.

– A-hã. – Emira pegou os dedos de Briar e limpou um por um com a toalha. – Esse vestido também não é o meu preferido.

– Eu não... eu não gosto... – Briar se acalmou o suficiente para apontar para o teto com a mão livre e dizer: – Eu não gosto quando a Catherine é a preferida.

Emira parou. Ela pendurou a toalha de rosto na lateral da pia e se sentou sobre os calcanhares.

– O que você disse?

– Eu não... Eu não gosto quando a Catherine é a preferida da mamãe. Eu não gosto disso.

Briar havia parado de chorar e disse aquilo com convicção, de forma muito calma e segura, tanto por ter explicado corretamente como por de fato se sentir daquela maneira.

Emira contraiu os lábios.

– B, sabe de uma coisa? – Ao formular a frase, Emira segurava os joelhos de Briar com as duas mãos e pensava "Esse é o menor tamanho que seus joelhos vão ter na vida". – Você pode ter… um sorvete preferido. Ou um cereal preferido. Mas adivinha só? Quando você tem uma família, todo mundo é igual. Você tem uma família?

Briar colocou os dedos na boca.

– Tenho.

– Você tem uma mamãe?

– Tenho.

– E um papai?

– Tenho.

– E uma irmãzinha?

– Tenho.

– Então, essa é sua família. E numa família todo mundo é *sempre* igual.

Briar tocou os próprios ombros.

– Por quê?

– Bem…

Na família de Emira, Justyne era obviamente a preferida, mas Emira era a preferida de seu irmão e, portanto, aquilo parecia não fazer diferença. A mãe dela favorecia Alfie quando se tratava de presentes de Natal, e o pai favorecia Emira quando se tratava de aniversários e telefonemas. Emira não tinha percebido nada disso até a adolescência, mas Briar estava tendo essa iluminação no auge de seus 3 anos. Emira olhou para aquela pessoinha no banheiro e sentiu como se estivesse empurrando um barco imenso em direção ao oceano. Ela deixou os ombros relaxarem, como se a situação estivesse completamente fora do seu controle, e continuou:

– Porque é isso que família significa. Família significa não ter preferidos.

O Sr. Chamberlain bateu duas vezes e a porta quebrada se abriu. Quando Briar viu o pai, ela franziu a testa e disse "Oi".

Quando Emira voltou para o andar de baixo, os barmen recolhiam os pratos e todos estavam reunidos na sala de estar para a sobremesa. Kelley, numa atuação teatral, levou o próprio prato até a pia da cozinha e ajudou as duas mulheres contratadas a devolver as cadeiras da sala de jantar aos seus devidos lugares. Depois de algumas garfadas em uma torta açucarada de morango e ruibarbo, Prudence começou a dar um chilique para mostrar que *precisava* de mais chantilly (pelas contas de Emira, era a terceira vez que Prudence havia recebido o terceiro aviso). Cleo começou a chorar também, e então Rachel se levantou para pegar seu casaco. Disse que ia se encontrar com um amigo na cidade e que voltaria em algumas horas. Encostou a ponta do dedo no nariz de Briar e desapareceu porta afora. Emira aproveitou a ocasião para apertar o braço de Kelley. "Acho melhor a gente ir também."

Depois de um momento constrangedor de despedidas pouco entusiasmadas dentro da casa dos Chamberlain, Emira teve a sensação de sair de uma sala de cinema e perceber que estava escuro do lado de fora e que, na verdade, já fazia algum tempo que estava assim. A neve fazia barulho sob seus pés enquanto aguardava a chegada do Uber ao lado de Kelley. Com uma camiseta rosa e legging branca, Briar acenou para eles do colo de Peter no alto da escada. Emira acenou de volta e murmurou: "Tchau, fofinha." Dentro do Uber, Kelley e Emira ficaram calados.

Kelley olhava pela janela e esfregava o queixo. Em meio ao silêncio instaurado, o jeito de Kelley começou a fazer Emira se lembrar daquelas pessoas no metrô que praguejam em voz alta diante de um atraso. Havia sempre alguém que parecia achar que o metrô estava atrasado apenas para ela, como se ninguém mais estivesse atrasado ou passando por aquele inconveniente. E, com o passar do tempo, a pessoa ia ficando muito mais irritada com o fato de não poder falar com um gerente do que com o atraso em si. O carro avançava em meio à neve cintilante e, pela primeira vez desde que começaram o namoro, Emira sentiu que Kelley estava agindo como um típico homem branco.

Kelley pediu ao motorista que parasse um quarteirão antes da sua rua. Ele disse a Emira "Eu preciso tomar alguma coisa" e estendeu a mão para abrir a porta do carro.

Emira seguiu Kelley até o tipo de bar que teria agradado Shaunie, principalmente às nove da noite de um Dia de Ação de Graças. Havia três homens brancos com barbas grisalhas sentados a um balcão mal iluminado e uma mesa de sinuca vazia em um salão no fundo, cercado por painéis de madeira. Um homem comia sozinho – frango e alguma coisa verde – enquanto mantinha os olhos na televisão acima do caixa. Na extensa parede oposta ao bar havia fotografias de John Wayne, placas de carro da Pensilvânia e imagens de caubóis em sépia. Emira ouviu uma música folk tocando baixinho e, logo acima dela, na imensa tela da TV, um árbitro apitava e jogava uma bandeira amarela no gramado. Ela tirou o casaco e o pendurou ao lado de um crânio com longos chifres preso à parede.

Sentado em uma banqueta, Kelley pediu uma cerveja. Emira disse que não ia beber nada. Ela queria ir para o apartamento de Kelley, para a cama dele, porque a ideia de dar risada lembrando daquela noite constrangedora ainda não lhe parecia totalmente absurda. Não era como se Emira *não* se incomodasse com a grande revelação do dia, mas – ela pensava nisso enquanto Kelley batia com a ponta de uma das botas no apoio para os pés e mantinha a outra apoiada no chão imundo –, no fim das contas, o que ela ou qualquer pessoa poderia fazer a respeito daquela situação? Já havia se passado *muito* tempo desde a época da escola, mesmo em se tratando de alguém com quem você transou. Na faculdade, quando Emira descobriu que já tinha transado uma vez com o namorado de sua nova colega de quarto, Shaunie ficou tensa: "O que você vai fazer?" Emira riu e disse: "Provavelmente vou continuar a viver a minha vida." Josefa só falou: "Amém."

Então Emira ficou de pé, o que fez com que seus olhos ficassem na mesma altura dos dele, uma disposição que ela adorava. Emira apoiou as mãos cruzadas nas costas e entrelaçou os dedos, ciente de que tinha apenas uma chance de melhorar aquela noite. Fazendo uma aposta um pouco estúpida, mas que era uma tentativa de ver o lado positivo da situação de um jeito fofo, ela perguntou:

– Pelo menos você gostou da comida?

A expressão no rosto de Kelley permaneceu inalterada.

– Emira, eu não quero parecer dramático... Mas não tem como você continuar trabalhando pra Alex.

Emira não conseguiu segurar o riso. Ela ficou esperando que ele também risse, mas, quando isso não aconteceu, ela apoiou as mãos no balcão.

– Ai, Kelley, fala sério. Sim, aquilo foi extremamente constrangedor e é muito esquisito, e nojento até, você ter namorado a Sra. Chamberlain, mas isso foi na *época da escola*. Você realmente acha que eu vou largar o meu emprego por causa disso?

– Ela não é só... obrigado, desculpe – disse ele ao barman que serviu sua cerveja. Kelley pegou a carteira. – Ela não é só uma ex-namorada. Alex Murphy é... ela é mais do que aquilo que me fez perder a inocência. Ela é uma pessoa *ruim*.

– Mas eu não trabalho pra nenhuma *Alex Murphy*. – Emira tirou a bolsa do ombro e a pendurou em um gancho embaixo do balcão. – Eu trabalho pra Sra. Chamberlain. E você está agindo como se ainda se falassem ou coisa assim.

A ideia de Kelley ainda estar apaixonado pela Sra. Chamberlain era levemente divertida. A Sra. Chamberlain – em sua essência – era *muito* maternal. Ela dizia coisas como "Olha pra mamãe quando eu estiver falando com você" e "Só mais um pedacinho, meu amor". Comprava livros de não ficção e usava as orelhas deles como marcadores de página. Comprava fraldas a granel e, quando achava que estava sozinha, colocava os fones de ouvido e ria alto enquanto assistia a vídeos do *The Ellen Show* em seu iPad. Emira tinha consciência de que a diferença de idade entre Kelley e a Sra. Chamberlain era de apenas um ano, mas aquilo não era suficiente para colocá-los numa mesma categoria. Kelley tinha coisas bacanas, mas ter um bebê seria um pouco demais. Emira tentou manter a voz tranquila ao dizer:

– Eu não entendo por que você tá se importando tanto.

– Eu *não* tô me importando tanto. Olha só, presta atenção... – Kelley deu um gole na cerveja e inclinou a cabeça para falar com ela. – Emira... O fato de a Alex ter mandado você pra um mercado com a filha dela às onze da noite faz muito mais sentido agora. Você não é a primeira mulher negra que a Alex contrata pra trabalhar pra família dela, e provavelmente não vai ser a última.

– E...?

Emira se sentou. Ela não queria parecer arrogante, mas duvidava muito de que Kelley fosse lhe dizer qualquer coisa que ela já não soubesse. Emira já havia conhecido várias "Sra. Chamberlain" antes. Elas eram todas ricas e excessivamente simpáticas e agradáveis com as pessoas que as serviam. Emira sabia que a Sra. Chamberlain queria fazer amizade, assim como sabia que ela jamais se esforçaria tanto para ser gentil com as próprias amigas como fazia com Emira: "acidentalmente" pedindo duas saladas e oferecendo uma a Emira, ou a mandando para casa com uma sacola cheia de sopas e pratos congelados. Não é que Emira não entendesse a carga de racismo incutida na história à qual Kelley se referia, mas ela não podia deixar de pensar que, se não estivesse trabalhando para *essa* Sra. Chamberlain, provavelmente estaria trabalhando para outra.

Kelley cruzou as mãos sobre o colo.

– Eu não te contei isso antes porque... Sei lá. A gente tava começando a sair e eu não queria que você achasse que eu tava tentando pagar de politizado, antirracista ou algo assim, mas na época da escola... A Alex morava numa mansão, uma mansão de verdade. Foi uma doideira. Rolou uma merda sobre ela ter escrito uma carta pra mim e isso ter ido parar na mão de outra pessoa, e aí uma galera acabou descobrindo onde ela morava. Eles usaram a piscina da casa dela, porque, sinceramente, o lugar parecia mais um clube de gente rica, mas a Alex chamou a polícia. E aí esse garoto negro, o Robbie, que é meu amigo até hoje, acabou sendo preso. Ele perdeu a bolsa de estudos. Não teve opção a não ser fazer faculdade comunitária por um ano. Ela mudou completamente o futuro dele.

Emira mordeu a lateral da unha.

– Você tava lá quando isso aconteceu?

– Sim, a gente tava namorando. Até que rolou isso. Eu falei pra ela não ligar pra polícia. Tipo, pô, fala sério, um bando de garotos negros na casa e uma garota branca chama a polícia? Era óbvio o que ia acontecer, mas ela tentou fazer parecer como se ela estivesse protegendo a empregada negra que trabalhava pra família dela. – Kelley parou e tomou outro gole de cerveja. – Ela agiu como se estivesse superconstrangida por ser rica, mas hoje em dia ela vive exatamente do mesmo jeito que vivia naquela época e ainda contrata mulheres negras pra cuidar da família dela. E olha que eu era um idiota naquela época. Eu pensava coisas do tipo "Ah, maneiro, tem um cinema na sua casa e uma empregada que prepara o que você quiser pro jantar". Mas, olhando pra trás, era megabizarro. A Alex ficava o tempo todo em cima dessa mulher, agindo como se elas fossem melhores amigas. A moça arrumava até o cabelo da Alex pra ela ir pra escola. A Alex simplesmente adora ter alguma pessoa negra por perto pra trabalhar pra ela ou pra ela mandar pra cadeia. Eu não vou… Emira, você não pode ser uma dessas pessoas.

Emira cruzou as pernas.

– Kelley… Eu não sei o que te dizer. É o meu trabalho. A Briar fica comigo o dia inteiro. E eu tô sempre penteando o cabelo dela.

– A Alex tava no último ano do ensino médio. Ela não era criança.

– Mas… Sei lá. Eu sei que é estranho – ela tentou explicar –, mas as pessoas pagam outras pra fingir que são parte da família. Isso não significa que não seja uma troca.

– Emira, era diferente. Eles obrigavam a mulher que trabalhava pra eles a usar *uniforme*. No começo, eu achava só que ela usava uma mesma camisa polo com muita frequência, mas depois eu vi que tinha escrito MURPHY e eu fiquei tipo…

Emira não conseguiu disfarçar. Quando Kelley disse a palavra "polo", ela baixou os olhos. Ela deixou escapar um ruído agudo bem típico da Sra. Chamberlain, que soou como um "Ah!" bastante esquisito.

– Peraí… – Kelley levantou as mãos e depois as pousou na testa, bem perto da raiz do cabelo. Parecia que ele estava assistindo aos últimos minutos de um jogo muito disputado. – Emira. Não me diz que ela te obriga a usar uniforme.

Emira olhou para as manchas de infiltração no teto. Ela deu de ombros e disse:

– Bem, ela não me *obriga* a fazer nada.

– Porra, Emira!

Emira agarrou as laterais da banqueta e olhou para o outro extremo do bar. De tudo o que havia acontecido naquela noite, aquela reação foi o que mais a atordoou. Ela queria sacudi-lo e dizer: "Não, não, não. Você é o *Kelley*, lembra? Você morre de rir com vídeos de cães incapazes de pegar qualquer coisa. Você faz piadinhas de duplo sentido. Você sempre coloca um copo d'água na mesa de cabeceira ao meu lado, mesmo que eu nunca tenha bebido. Nem uma única vez." Mas ali estava ele, agindo como se eles estivessem sozinhos, no tipo de bar em que Kelley não deveria ter se sentado e pedido uma bebida antes de se certificar se Emira estava de acordo.

– Acho melhor você baixar a porra da sua bola – afirmou ela entre os dentes.

– Você precisa pedir demissão – disse ele. – Você precisa. Você não pode trabalhar lá. Puta merda, como isso foi acontecer?

– Olha só… Eu trabalho como *babá*. – Emira se levantou do banco para falar mais perto dele, esperando que ele baixasse o tom de voz por conta da proximidade dela. – Eu uso uma camisa diferente quando tô no trabalho porque a gente brinca de pintar, de colorir, porque a gente vai na pracinha, essas merdas. É só pra eu não sujar as minhas roupas, só isso. É totalmente diferente do que acontecia na casa aonde você ia quando tava na escola.

– Ah, lógico. E por acaso alguma vez você *não* usou essa camisa? – perguntou Kelley com um tom infantil.

Emira fechou a boca.

– As camisas têm o *seu* nome nelas? Ou o dela?

Em voz baixa, Emira respondeu:

– Você tá sendo babaca.

– Isso não tá certo. – Kelley bateu com os dedos no balcão enfatizando o "não" e o "certo". O líquido marrom em seu copo tremeu duas vezes. – Não se trata de eu ter um relacionamento ou uma questão mal resolvidos da época da escola. A Alex faz isso. Ela contrata pessoas negras como uma desculpa pra qualquer atitude dela. Além do fato de ela ser uma pessoa ruim, isso me dá ainda mais raiva, porque você é incrível com crianças! Você deveria usar as próprias roupas com pessoas que merecem você. E sei que eu disse que ia deixar isso pra lá, mas, juro por Deus, se você divulgasse o vídeo do mercado...

– Kelley?! Chega. – Emira disse o nome dele do jeito que dizia o de Briar quando a menininha queria abrir a lixeira e olhar lá dentro por apenas um segundo. – Agora você quer usar esse vídeo pra constranger a Sra. Chamberlain?

– A Alex não merece se safar dessa merda. E provavelmente as famílias mais ricas da Filadélfia iam querer ter você como babá.

– Ah, que ótimo, e só você ficaria feliz com isso. Você percebe que elas me pagariam a mesma coisa?

– Então me fala o que eu tenho que fazer!

– Meu Deus do céu, Kelley.

– Se é dinheiro ou um emprego, ou se você precisa morar comigo por um tempo, não importa. – Ele listou essas opções nos dedos. – Me fala o que eu preciso fazer pra você sair de lá.

– Eu quero sair é dessa merda de bar agora.

Emira pegou sua bolsa.

– Emira. Não.

Ela foi andando em direção ao casaco, seus saltos fazendo barulho ao tocar o chão. Emira ouviu a banqueta de Kelley ranger quando ele se levantou, e depois sua voz atrás dela.

– Peraí, peraí, peraí, fala comigo.

Ela abriu a porta do vestíbulo do bar, muito parecido com o da casa dos Chamberlain, mas aquele era escuro e cheirava a fumaça rançosa e sapatos suados. A porta do lado de fora era pesada e, ao empurrá-la com o corpo, Emira percebeu que era gelada também. Uma rajada de vento e neve a atingiu de frente, e a porta se fechou contra seu ombro. "Merda", disse ela.

A porta atrás de Kelley também se fechou, e os dois ficaram presos naquele espaço minúsculo.

– Ei. – Ele pousou o indicador e o polegar na base do nariz, como se estivesse verificando se havia alguma fratura. – Me escuta. Eu não quero brigar. Eu só tô dizendo que você deveria...

– Olha só, em primeiro lugar... – Emira se virou para ele. Ela jogou o casaco por cima do braço e o segurou junto ao corpo. – Você não tem que me dizer onde eu deveria ou não deveria trabalhar. No escritório em que você trabalha tem uma lanchonete. Você pode usar camiseta pra trabalhar. E você tem um *porteiro*, saca? Então quer saber, Kelley, eu quero mais é que você vá à merda. O fato de você se achar melhor que a Alix, Alex ou qualquer porra dessa é uma verdadeira piada. Você nunca vai precisar cogitar trabalhar num lugar que exija um uniforme, então baixa a porra da tua bola que quem escolhe como eu vou ganhar a minha vida sou eu. E em segundo lugar, você tava sendo grosso pra cacete lá! Num jantar de Ação de Graças!

Kelley se encostou na parede atrás dele e fechou a boca. Emira ainda tinha mais coisas para dizer, e era como se estivesse formulando seus pensamentos e reunindo as lembranças daquela noite à medida que as palavras e o frio tomavam conta de seu corpo.

– Você não é melhor que ninguém – continuou ela – só porque pendura o próprio casaco e coloca o prato na pia. Eu já fui uma daquelas mulheres ajudando lá hoje. Eu *sou* uma delas, porra, e você não tá facilitando em nada dando menos trabalho pra elas. É tipo você achar que tem que comer tudo que tem no seu prato porque tem gente que passa fome. Você não tá ajudando ninguém além de você mesmo. Mas isso não é nem a metade. Você não consegue enxergar a situação do modo que ela é. É óbvio que eu quero outro emprego. Eu *adoraria* ganhar dinheiro de verdade e não ter baba de criança em todas as minhas roupas. Mas eu não posso... – "Meu Deus", pensou Emira. Ela fez o que Shaunie chamava de "beicinho de choro" e encarou os próprios pés. As pontas das botas estavam molhadas de neve derretida. – Eu não posso simplesmente abandonar a Briar.

Kelley fechou os olhos por dois segundos, como se tivesse levado um soco no estômago e também como se já esperasse por aquilo. Emira continuou:

– Durante vinte e uma horas por semana, alguém se importa com ela, e você quer que eu simplesmente pegue as minhas coisas e vá embora? Como que eu vou poder estar com ela se... Não é tão simples assim.

A voz de Emira falhou novamente. Ela balançou a cabeça e cruzou um joelho sobre o outro. Ficou posicionada assim pelo que pareceu um longo tempo.

– Eu fiz merda – disse Kelley. – Eu não tô... Eu não tava tentando... mesmo que tenha sido exatamente o que eu fiz, eu não tô tentando... Emira, olha pra mim. Eu não só *gosto* de você, é mais que isso.

Com o casaco pressionando a barriga, Emira ficou imóvel encostada na porta e conseguia sentir as batidas de seu coração.

– Tá bem – disse ela.

Kelley contraiu os lábios. Ele enfiou as mãos nos bolsos e se inclinou um pouco para encontrar os olhos dela.

– Você entende o que eu tô querendo dizer com isso?

Emira assentiu e olhou de volta para os sapatos. Ela enxugou os olhos com o dedo mindinho, olhou para cima e disse:

– Merda.

Uma hora depois, Emira estava sentada na cama de Kelley. Na sala, ele falava com sua família na Flórida pelo Skype, e ela pôde ouvir de que maneira a voz dele mudava quando falava com os pais, depois com os irmãos, o mesmo acontecendo com os avós e o sobrinho, e por fim com um cachorro muito velho que passou se arrastando na frente da câmera. Emira pegou o celular e enviou uma lista para si mesma. Quando ouviu Kelley se despedir, caminhou até a sala com a tela do aparelho ainda acesa. Estava escuro e a neve fazia pequenas sombras em seus pés descalços.

– Eu tenho algumas coisas pra te dizer.

Kelley fechou o laptop e girou a cadeira para poder olhá-la. Emira parou na frente dele, só de camiseta, segurando o celular com as duas mãos.

– Eu sei que preciso largar esse trabalho – começou ela. – Eu sei que não posso ficar lá e que… criar a Briar não é minha obrigação. Mas eu preciso fazer isso do jeito que for melhor pra mim. Eu faço 26 anos na semana que vem. – Emira sorriu de um jeito triste. – E… eu vou ser excluída do seguro-saúde dos meus pais. Já faz um tempo que eu sei que essa situação toda é insustentável, mas eu só… bem, é isso, eu preciso resolver isso sozinha.

– Eu entendo completamente. E eu não me esqueci do seu aniversário.

– Eu ainda não terminei – interrompeu Emira. Ela olhou de volta para o aparelho. – A segunda coisa é que… Você precisa parar com essa história do vídeo do Market Depot.

Kelley apoiou os cotovelos na mesa atrás dele.

– Tipo… Eu entendo – continuou Emira. – Você tem milhares de amigos pretos, o que eu inclusive acho estranho. Você foi no show do Kendrick Lamar e agora tem uma namorada preta… ótimo. Mas eu preciso que você entenda o seguinte… ficar com raiva e gritar dentro de uma loja não representa pra mim a mesma coisa que representa pra você, mesmo que eu esteja certa. E eu entendo que você queira colocar isso na conta da Sra. Chamberlain ou sei lá de quem pra vingar o seu amigo da escola, mas isso não vai mudar em nada a vida dela. A minha, sim. E eu não quero que ninguém veja esse vídeo, principalmente quando eu estiver procurando um emprego.

Kelley assentiu, em movimentos longos e lentos com a cabeça.

– Tá… Eu não concordo exatamente – avisou ele. – Eu me lembro muito bem daquela noite e realmente acho que você manteve a calma num nível muito além do que qualquer um poderia esperar… mas eu também respeito isso. E não vou falar sobre esse assunto de novo.

– Jura?

– Juro.

– Tá bem, e a última coisa... – Emira colocou a mão no pescoço. – Você não pode mais me levar em bares tipo aquele.

Kelley estreitou os olhos. Então jogou a cabeça para trás e ela viu que parecia que ele tinha percebido o que havia feito, e por que ela estava abordando o assunto naquele momento.

– Tá bem... Eu errei nisso também. Mas se faz alguma diferença, eu já tinha ido duas vezes lá e não teria levado você a um lugar se eu achasse que seria desconfortável.

– Bem, sim, mas esse é o ponto. Você acha que é confortável porque sempre foi assim pra *você*.

Emira e Kelley conversavam muito pouco sobre racismo, porque sempre ficavam com a sensação de que já estavam fazendo isso. Quando ela de fato cogitava ter uma vida com ele, uma vida mesmo, uma vida do tipo conta conjunta, contato de emergência, contrato de aluguel com o nome dos dois, Emira sentia vontade de revirar os olhos e perguntar coisas do tipo: "A gente realmente vai fazer isso? Como você vai contar pros seus pais? Se eu tivesse entrado na sala quando vocês ainda estavam no Skype, como você teria me apresentado? Você vai levar o nosso filho para cortar o cabelo? Quem vai ensinar pra ele que não interessa o que os amigos dele façam: ele não pode ficar muito perto de mulheres brancas dentro do metrô ou no elevador? Que quando ele for parado pela polícia precisa colocar as chaves sobre o capô do carro lentamente e sem fazer movimentos bruscos? Ou que há momentos em que a nossa filha deve se defender e outros em que ela tem que fingir que foi só uma piada que ela não entendeu direito. Ou que, quando os brancos a elogiam ("Ela é tão profissional! Não se atrasa nunca"), nem sempre é bom, porque às vezes as pessoas vão ficar surpresas pelo fato de ela ter chegado na hora, e não pelo fato de ter algo a dizer."

– Sei lá... – continuou Emira com dificuldade. – Como eu posso dizer isso... Você fica com muita raiva quando a gente fala sobre aquela noite no Market Depot. Mas eu não preciso que você fique puto com o que aconteceu. Eu preciso que você fique puto com o fato de isso simplesmente... acontecer. Também não tô pedindo pra você boicotar os lugares ou coisa assim. A Sra. Chamberlain cria um caso enorme sobre não ir mais ao Market Depot e é tipo, tá, beleza, os outros mercados são longe pra cacete, mas a vida é sua. E com você é a mesma coisa. Tipo, eu não quero que você mude a sua vida por minha causa. Se você quer ir a esse bar sem mim, tanto faz. Só tenta lembrar que a gente tem experiências diferentes. O John Wayne já falou muita merda e eu prefiro não olhar pra cara dele enquanto tomo uma cerveja.

Kelley fez um bico, deixando explícito para ela que ele não se esqueceria daquilo.

– Eu posso melhorar nisso.

– Tá.

– Posso só dizer uma coisa... – acrescentou Kelley. – Eu nunca quis dizer que você não é capaz de arrumar um emprego novo por conta própria. Eu sei que você é.

– Eu sei... Bem, vamos ver, né. Talvez eu *precise* da sua ajuda no caso de a Sra. Chamberlain me mandar embora ou algo assim. – Emira balançou a cabeça e clicou no celular, apagando a tela. – O que eu prefiro que ela não faça. Vou trabalhar todos os dias na semana que vem, porque ela vai estar fora da cidade até sexta-feira, e eu preciso desse dinheiro pra ontem.

– Emira. Se eu conheço a Alex minimamente, ela com certeza não vai te mandar embora.

– Talvez ela faça isso, se estiver tão incomodada quanto você com o fato de a gente estar namorando.

– Óbvio que não. Ela nunca mandaria você embora, porque isso diria muito mais sobre ela do que sobre você. Sem falar que agora ela sabe que existe um vídeo de você sendo destratada num lugar pra onde ela te mandou.

– Kelley, ela me mandou pra lá umas cem vezes. Talvez tenha sido ideia minha, até. Desculpa, mas acho que você é o único que vê isso desse jeito.

– Tá, tudo bem. Mas olha só, eu obviamente acho que você deveria começar a procurar outro emprego depois que o ano virar, mas por enquanto o seu trabalho está a salvo. Se eu fosse você, pegaria o dinheiro que ela vai deixar lá e usaria tudo pra me divertir horrores com essa criança antes de ir embora.

Emira cruzou os braços sobre o peito e olhou para o chão. Imaginou Briar soluçando a cada respiração e o jeito como ela sempre apontava para o teto quando estava prestes a dizer algo verdadeiro. Emira apontou o dedão do pé para o chão de madeira escura e falou:

– É uma ideia interessante.

Kelley girou a cadeira da esquerda para a direita por um momento.

– Você… quer falar sobre o que eu te disse no bar?

Emira mordeu o lábio inferior. Kelley a fez se sentir extremamente adulta e ao mesmo tempo tomada por sentimentos infantis. Seu coração mal conseguia lidar com o fato de ele se lembrar do aniversário dela; ela não ia tocar na palavra "amor" naquele momento.

– Hmmm, não. – Ela sorriu. – Eu tinha três coisas na minha lista. Então por hoje tô satisfeita.

Dezenove

Na manhã de sexta-feira, Alix acordou antes do marido. Em parte estava admirada com o fato de ele ainda estar ali, na cama deles, na casa deles, como se a brecha que se abriu na noite anterior, dando espaço para um ciúme turbulento, pudesse ter eliminado Peter da equação da sua vida. Mas lá estava ele, completamente apagado, a cabeça apoiada no ombro, a expressão tranquila. Alix virou de lado e olhou para a mesa de cabeceira, onde havia uma pilha de livros, seu iPad, um abajur dourado e uma foto de Briar e Catherine em trajes de banho, segurando fatias de melancia. Catherine usava um maiô amarelo, mas por ainda ser pequena demais para se sentar sozinha era possível ver os braços de Peter a segurando, seus bíceps cortados pela moldura do porta-retratos. As filhas de Alix pareciam incrivelmente pequenas e inocentes na foto logo atrás do iPad, principalmente porque, na noite anterior, depois que sua família adormecera, Alix havia levado o tablet para o banheiro, onde passou duas horas pesquisando, rolando a tela e olhando todas as imagens de Kelley Copeland que conseguiu encontrar.

O perfil dele no Facebook. No Instagram. No LinkedIn. O local de trabalho dele. Quando Alix descobriu que ele não tinha uma conta no Twitter, voltou até o quarto para pegar o celular para poder fuxicar o Venmo e tentar descobrir algumas de suas transações financeiras. Alix se lembrou de quando o Facebook passou a permitir postagem de fotos – isso foi em 2005 –, e aquela provavelmente tinha sido a última vez que havia se esforçado tanto. No entanto, dez anos depois, havia muita coisa a ser vista. Apesar do que ele dissera quando entrou na casa dela, era Kelley que não havia mudado nada.

Em meio a fotos de viagens para a Europa e festas de fim de ano, Alix encontrou todas as ex-namoradas de Kelley e – surpresa! – nenhuma delas era branca. Alix não tinha como saber se alguma delas se identificava como negra (uma delas tinha um pai negro, mas ela não conseguiu confirmar mais nada além disso) – no entanto, todas tinham traços étnicos indecifráveis e nomes como Tierra, Christina, Jasmine e Gabi. Todas tinham pele clara, embora não fossem brancas, e cabelos escuros cacheados ou bicos de viúva acentuados e sobrenomes espanhóis. Elas iam às marchas do Vidas Negras Importam e trabalhavam para startups sem fins lucrativos. Faziam tutoriais sobre cuidados com a pele no Instagram, com musiquinhas peculiares ao fundo. Todas as ex de Kelley começavam seus dias com receitas complexas de smoothies – "Isso é moda?", perguntou-se –, e Alix fuxicou o suficiente para descobrir que Kelley havia se referido a duas delas como "rainha" (uma vez em 2014, "Que rainha", e outra em 2012, "Ei, rainha"). Era óbvio que Kelley estava entusiasmado por estar namorando Emira.

Mas aquelas meninas eram diferentes de Emira. Elas tinham grandes paixões, tinham a pele clara e, nas redes sociais, seus perfis eram coloridos, descolados e cheios de frases engraçadinhas. Elas tinham empregos com carteira assinada, fotos de viagens de férias, e uma delas tinha alguns milhares de seguidores no Instagram. Se Kelley havia feito com aquelas mulheres o mesmo que fizera com Alix – destruindo sua reputação, preferindo estranhos a ela, terminando com ela na frente de todo mundo usando uma frase terrivelmente pretensiosa –, elas nítida e tranquilamente tinham dado a volta por cima. Mas Emira era diferente. Alix não conseguia explicar, mas Emira era diferente da mesma forma que Claudette era diferente; elas eram pessoas extremamente especiais e, embora ninguém merecesse um tratamento inadequado, elas o mereciam menos ainda.

Na época do ensino médio, Kelley queria status e, às custas de Alix, foi isso que ele conseguiu. Mas o que Kelley achava que conseguiria de Emira? Quantas vezes ele já teria contado, orgulhoso, a história de como eles se conheceram, agindo de um jeito forçadamente incomodado como se não devesse estar falando sobre aquilo? Quando Alix se sentou na borda da banheira, o iPad ficou tão quente que começou a queimar suas pernas.

Alix esticou a mão e pegou o celular. Mandou uma mensagem para as meninas dizendo que queria encontrá-las às 10h, não às 11h. Pegou o iPad, abriu o site do restaurante e adiantou a reserva em uma hora.

— Tô possuída — disparou Alix.

Do outro lado da mesa de brunch tomada pelos pratos do dia, Jodi segurava a xícara de café com as duas mãos. À esquerda de Alix, Rachel furou uma gema, que escorreu sobre a salada. À sua direita, Tamra colocava sal em seus ovos, mas mantinha os olhos erguidos e focados em Alix.

— Tô com ódio de estar completamente em choque e ao mesmo tempo nem um pouco surpresa — prosseguiu ela.

Tamra deu uma risada sarcástica ao devolver o saleiro à mesa.

— Tudo isso faz muito mais sentido agora. Eu sabia que tinha alguma coisa a ver com ele.

— Alix, não fica chateada comigo — começou Jodi, com cautela. — Mas eu tô tendo dificuldade pra entender. Se alguém fizesse comigo o que ele fez com você, quer dizer, contar praqueles garotos péssimos onde eu morava, colocando em risco as pessoas que eu amo, eu também ia ficar com ódio. Mas, ao mesmo tempo, você tá dizendo que ele é o oposto de racista? Que ele gosta *muito* de pessoas negras?

– A Alix quer dizer que o Kelley não é só um desses caras brancos que se esforça demais pra namorar mulheres negras – interveio Tamra. – Ele *só quer* namorar mulheres negras.

– Isso é racismo – determinou Rachel mastigando um pedaço de couve.

– Isso é uma forma de encarar as pessoas negras como um fetiche, é terrível – continuou Tamra. – Faz parecer que nós somos todos iguais, como se não pudéssemos ter uma infinidade de personalidades, características e diferenças. E caras assim acham que isso diz algo de bom sobre eles, que são tão corajosos e únicos que até *ousariam* namorar uma mulher negra. Como se fossem uma espécie de mártir.

Alix assentiu com tanta força que a mesa tremeu de leve.

– É isso que ele faz – disse ela. – Na escola, com os atletas negros. E, de acordo com o Facebook dele, agora é com as mulheres negras. E se até hoje ele fica se cercando de pessoas negras só pra se sentir bem com ele mesmo, eu não tô nem aí… mas nesse caso é a Emira que tá envolvida na situação. E isso é muito pior do que o que ele fez comigo naquela época.

– Tá. Agora eu entendi. Não é à toa que você tava tão chateada ontem à noite! – Jodi cortou seus bolinhos de batata. – Eu tava achando que você ainda sentia alguma coisa por ele, e eu não te julgaria também, mas de fato tudo isso leva as coisas pra outro nível.

– Não, não, não é nada disso. Meu Deus, não – defendeu-se Alix. – Só pra constar, isso não tem *nada* a ver com o fato de eu ter namorado o Kelley Copeland. – Ela disse o nome dele como se fosse uma espécie de mito ou de filosofia barata, o tipo de coisa que as pessoas mencionam fazendo aspas com as mãos. – Mas eu me preocupo de verdade com a minha babá. Esse cara simplesmente acabou com a minha adolescência, e eu não confio nem um pouco nele. E eu sei, eu *sei* que as pessoas mudam… Mas quando ele apareceu ontem… sei lá. Primeiro eu pensei: "O que você tá fazendo aqui?" Depois pensei: "O que você quer com a minha babá?"

Jodi colocou a mão no rosto.

– Senti até um calafrio – comentou Rachel, levantando os olhos do prato.

– Isso não é *nada* bom – disse Tamra removendo um saquinho de chá de hortelã da caneca.

– Eu fico toda arrepiada – falou Alix. – E eu consigo até imaginar o que ele disse pra ela sobre mim.

– Vou fazer a advogada do diabo aqui... – Era evidente que Jodi ainda não tinha entendido por completo, mas Alix valorizava sua dedicação. – Mas tem alguma chance de que esse possível fetiche possa ter se tornado alguma coisa mais séria? As pessoas mudam, né? E podem me chamar de louca... mas ele parece realmente gostar dela.

Esse comentário fez as orelhas de Alix queimarem.

– Bem, existem vários misóginos por aí que são obcecados por um determinado tipo de mulher – explicou Tamra. – Eles usam essas mulheres para se afirmar, mas não acham que estão sendo sexistas porque não se dão conta de que o imenso amor por elas é resultado de objetificação. E você tá certa. As pessoas mudam... mas ele não tinha mais 12 anos naquela época.

– Mas, mesmo assim, o que a gente pode fazer em relação a isso? – Rachel, como sempre, puxava a conversa para outra direção. – Porque pensa só. É muito difícil dizer pra alguém "Então, o seu namorado gosta de você pelos motivos errados", né? Se alguém me dissesse isso eu ia ficar tipo "Não, ele não gosta não, cuida da sua vida". A Alix não pode falar pra Emira *não ficar* com ele. A Emira *é* uma mulher *adulta* – acrescentou, com pesar.

– Mas na verdade ela *não é*! Ela é... – Aquele rompante surpreendeu Alix tanto quanto pareceu surpreender suas amigas. De repente, seu rosto ficou quente, bem no momento em que se lembrou das mãos de Kelley nas costas de Emira. A mensagem que ele enviou para Emira. *Por acaso você gosta de basquete?* A maneira como ele se desculpou com ela quando o vídeo foi mencionado. *É propriedade da Emira agora.* – A Emira ainda é *muito* jovem – continuou Alix, e em seguida sentiu seus olhos começarem a lacrimejar. – Merda, por que ele tá com ela?

A voz de Alix falhou e uma lágrima caiu em seu guardanapo.

A ideia de Kelley realmente sentir algo por Emira parecia um pouco pior do que considerar que ele a estava usando em benefício próprio. O simples fato de pensar nisso provocou um zumbido agudo dentro de sua cabeça. Alix também percebeu que estar ali sentada em um brunch com as amigas, com uma justificativa legítima para falar sobre Kelley Copeland, talvez fosse seu momento de maior felicidade desde que se mudara para a Filadélfia.

Tamra colocou o guardanapo ao lado do prato e tocou as costas de Alix.

– Vamos lá fora – chamou ela, empurrando a cadeira para trás. – Vamos lá, vamos tomar um ar fresco.

Na frente do restaurante havia umas dez pessoas, todas usando parcas compridas e botas, dando pulinhos no mesmo lugar com as mãos nos bolsos enquanto esperavam que seus nomes fossem chamados. Alix se lembrou de Nova York e pensou: "Mais um dia e você estará lá." Ela e Tamra desceram a rua e pararam embaixo de um viaduto gotejante. A neve e o gelo caíam e se acumulavam em poças no asfalto. As botas de Tamra fizeram barulho quando ela pisou no concreto.

– Desculpa. Tá tudo bem. Eu tô bem. – Uma brisa fez uma mecha do cabelo de Alix golpear sua boca e ela a afastou com dois dedos. – Só estou com medo por ela. Ele já era um cara escroto naquela época, e agora que somos mais velhos eu confio nele menos ainda.

– Então acho que você precisa contar pra ela – falou Tamra. – Não fala sobre o que ele fez com você pra não misturar as coisas. E se você contar pra ela sobre a carta e sobre o que aconteceu naquele dia, todo o resto vai parecer uma tentativa sua de punir o Kelley. Mas conta pra ela o que você sabe sobre o histórico afetivo dele, e que ele age assim há algum tempo. Você só precisa ser honesta e dizer "Se fosse comigo, eu ia querer saber".

– *Você* ia querer saber?

Alix tinha certeza que Tamra sabia o que ela queria dizer com aquela pergunta. Tamra sabia que, como a amiga mais próxima de Alix, sua opinião já teria um peso enorme, mas enquanto mulher negra e naquele contexto a perspectiva de Tamra ditaria os passos que Alix daria a seguir.

Tamra franziu os lábios em uma careta.

– Acho que isso é menos sobre o que *eu* gostaria de saber e mais sobre se *Emira* deveria saber. E Alix... – Tamra balançou a cabeça. Ela respirou fundo, como se tivesse acabado de subir uma escada até um terraço com uma bela vista. – Eu acho que você é a melhor coisa que já aconteceu pra essa garota. Você deveria entrar na vida dela de algum jeito, seja ele qual for.

Alix enfiou as mãos nos dois bolsos da frente.

– Como assim?

– Bem... – Tamra fez uma cara que parecia questionar "Você quer primeiro a boa ou a má notícia?". Ela fechou o zíper do casaco até o pescoço. – Eu gosto da Emira. Muito. Na verdade, eu acho incrível como ela e a Briar se completam. É realmente lindo de se ver.

Por um momento, Alix não conseguiu dizer se aquilo seria sobre Emira, Briar ou ambas.

– Mas – disse Tamra lentamente – essa menina tá completamente perdida. Ela tem 25 anos e não faz ideia do que quer nem de como conseguir. Ela não tem motivação para seguir uma carreira de verdade do jeito que as nossas filhas vão ter, o que provavelmente não é culpa dela, mas isso não diminui o problema. O que eu quero dizer é... existem vários babacas tipo o Kelley por aí, mas o que acontece quando eles se envolvem com uma garota feito a Emira, que ainda tá tentando se descobrir? É nesse ponto que essa situação começa a me preocupar muito. E quanto mais eu penso sobre isso, mais faz muito sentido que ela tenha acabado com um cara como esse. Ele tá tentando se validar usando outra pessoa. Ela não se ligou nisso porque não sabe quem ela é.

Alix balançou a cabeça e levou a mão ao rosto. Sua voz falhou novamente ao perguntar:

– O que eu faço? – As lágrimas vieram tão facilmente que, em meio aos soluços, Alix pensou "Graças a Deus". Parecia que Emira enfim era responsabilidade dela. E que as intenções de Alix deviam ser boas, afinal de contas.

– Querida, olha só. – Tamra a abraçou de lado. – Olha pra mim. Vai ficar tudo bem. Eles só estão juntos há alguns meses e ninguém marcou casamento nem nada. A Emira tem muita sorte de ter você se preocupando com ela... mas você precisa se cuidar também.

– Ah, eu tô bem. De verdade, eu tô bem.

Alix tirou um lenço de papel do bolso e esfregou na parte de baixo do nariz.

– Alix. Eu vou dizer uma coisa e não quero que você me interprete mal. – Tamra ficou na frente dela e segurou seus cotovelos. – Quando você morava em Nova York, o tempo todo era "Vamos, vamos, vamos". Você não pode ficar achando que vai ser fácil conseguir se sentir você mesma quando as coisas desaceleraram tanto.

Alix olhou para trás, na direção do toldo do restaurante, e seus olhos voltaram a se encher de lágrimas. Ela odiava e amava Tamra por trazer à tona quanto ela estava insatisfeita com a própria vida.

– Mas o que eu posso fazer? – Sua voz falhou mais uma vez em um falsete lamentável, e ela falou ainda mais baixo. – Peter me apoia muito, e eu *realmente* trabalho de casa. Eu achei que a campanha da Hillary iria me solicitar mais vezes, mas esse evento na semana que vem foi o único convite em meses. Eu costumava ter a minha equipe, e o meu telefone tocava o tempo inteiro... e eu sei que isso tudo é porque eu tive outra filha. Eu sei. E eu sou muito feliz, porque ela é absolutamente perfeita, mas a verdade é que agora que moro aqui eu nem sei por onde começar pra poder retomar a vida que eu tinha.

Tamra puxou o celular.

– Deixa eu dar um jeito nisso.

Alix assoou o nariz no lenço e perguntou:

– O que você tá fazendo?

– A gente precisa dar um jeito de você voltar pra Nova York. –

Tamra continuou a digitar um e-mail, provavelmente para si mesma, porque fazia aquilo o tempo todo, e falou: – Me dá dois segundos. – Alix esperou. – Eu conheço uma mulher que tá procurando alguém para ajudar numa aula às terças à noite na New School. Na verdade, você seria perfeita, e eu não tô acreditando que não pensei nisso antes.

– Tam, não. Eu não posso deixar o Peter desse jeito. Ele tá indo muito bem, e esse sempre foi o plano. Esse foi o nosso combinado.

– Então *aproveita a Emira* – disse Tamra lentamente, cantarolando. – Ninguém disse que você não poderia ir pra Nova York uma ou duas vezes por semana. Você e a Emira precisam uma da outra. Eu realmente sinto isso. Você precisa de um alívio, retomar os seus negócios, e a Emira? Quanto mais tempo ela passa na sua casa, melhor. Deixa eu te ajudar a resolver isso.

Tamra respirou fundo, enchendo seu amplo peito de ar, e pareceu até que estava inspirando o suficiente pelas duas. Alix entendeu que já bastava de chorar e que estava pronta para agir. Aquele momento, *aquele* era o motivo pelo qual ela sentia tanta falta de suas amigas. Elas sabiam como trazê-la de volta, fazê-la reencontrar a si mesma.

– Obrigada – disse Alix.

– Você não tem que me agradecer por nada. Agora escuta. – Tamra colocou o celular no bolso e sorriu. – Vamos voltar lá pra dentro e pedir umas mimosas. A gente vai dar um jeito de te levar de volta pra Nova York e você vai se sentir você mesma de novo. E, quando chegar em casa mais tarde, você vai dizer pra sua babá o que sabe e fazer o que puder pra proteger essa garota.

Vinte

Na segunda-feira de manhã, a casa dos Chamberlain estava vazia e repleta de possibilidades. A Sra. Chamberlain e Catherine estavam em outro estado, e depois de ouvir todo o discurso chato de Peter, agradecendo por ela ter ido ao jantar de Ação de Graças e por cuidar tantos dias de sua filha naquela semana, Emira se sentou ao lado da cadeirinha de Briar. Na mão, ela segurava os 40 dólares que Peter havia deixado na bancada da cozinha. Emira se inclinou para a menininha de 3 anos e disse:

– Quer fazer alguma coisa diferente hoje?

Emira levou Briar para andar de metrô pela primeira vez e elas viajaram entre passageiros com sacolas, papéis de presente e enfeites de Natal. Na rua, elas deram as mãos e andaram mais dois quarteirões, até Emira abrir a porta da casa de chá House of Tea. Diante de uma parede com centenas de chás do mundo inteiro, em uma mesa minúscula para dois, Emira pediu à garçonete que trouxesse vários saquinhos diferentes, mas disse que não precisava de canecas (a garçonete disse: "Hmmm, que estranho, mas tudo bem"). Por mais de uma hora, usando um casaco Michelin roxo e galochas, Briar organizou os chás em uma ordem que fazia sentido para ela, colocando-os sobre o tampo da mesa e em cima das pernas.

– Esse é o chá-bebê. – Briar mostrou um saquinho de chá preto. – Não, não, você tem que esperar – disse ela a um chá preto com canela descafeinado. – E você tem que ir usar o banheiro feito uma mocinha.

Emira bebericava uma água gelada e observava a menina.

Na terça-feira elas andaram de trenó. Depois de vários trajetos subindo e descendo uma colina pouco inclinada e cheia de neve – Briar dando gritinhos de felicidade por todo o caminho –, a menina adormeceu sobre uma xícara de chocolate quente que Emira serviu de uma garrafa térmica que carregava em sua bolsa. Emira a acordou para que elas fizessem anjinhos na neve, o que era muito fofo, mas não tão divertido. Briar estava deitada na neve com uma expressão confusa e falou:

– Mira, isso não é uma festa de dormir, tá?

Ela insistiu em puxar o trenó por todo o trajeto de volta para casa.

Na quarta-feira, Briar e Emira foram ao shopping que ficava ao lado do hospital onde Zara trabalhava. De uniforme e segurando uma sacola plástica do Subway, Zara correu para o início da fila do Papai Noel, onde Emira e Briar estavam. Ao pular o cordão de veludo, Zara sorriu para Emira e disse "Você tá parecendo uma idiota aí". Elas foram embora com três porta-retratos diferentes que diziam PAPAI NOEL E EU! em vermelho na parte superior. Uma foto mostrava o Papai Noel e Briar; outra, o Papai Noel, Emira e Briar, todos sorrindo magicamente; e a terceira, Emira, Zara e o Papai Noel. Sentada ao lado do Papai Noel, Emira cruzou as pernas e colocou as mãos nos cabelos, uma expressão inocente no rosto. De costas para a câmera, Zara se agachou na frente do Papai Noel com as mãos nos joelhos e o rosto de perfil (ao postar a foto no Instagram, Zara usou a legenda Ho ho ho, no clima de inverno). A cabeça de Briar podia ser vista no canto enquanto ela esperava e perguntava a uma elfo se ela às vezes tinha medo do Papai Noel.

Na quinta-feira, Emira levou Briar até um aquário marinho em Camden, Nova Jersey. Naquele momento, ela nem pensou em pedir permissão. Ela e Briar eram uma só, a Sra. Chamberlain não estava lá, e Briar amava peixe *pra cacete*. No Adventure Aquarium, Briar se esforçou para manter a boca fechada, porque lá havia muitas coisas maravilhosas e admiráveis. Emira se lembrou de quanto era louco ser criança: ver todas as coisas que você aprendia em livros só que de verdade, bichos respirando e nadando bem na sua frente. Briar ficou encantada com os hipopótamos, os tubarões, os pinguins e as tartarugas. E, magicamente, o Papai Noel apareceu no aquário para dar oi e falar sobre reciclagem. Emira pediu para Briar falar baixinho quando ela começou a perguntar sem parar "Quem tirou o Papai Noel do shopping?".

Em um corredor azul de vidro e água, Emira e Briar andaram sob peixes-anjos e barrigudinhos, enguias e tubarões que se alimentam do que encontram em seu habitat. Briar parou em um dos lados e bateu levemente no vidro com as mãos, os dedinhos apontando para as algas neon e as rochas.

– Mira, olha, olha, olha.

Emira se abaixou ao lado dela.

– Ei, fofinhaaa. Ê-êi, eu te amo.

Briar riu, fazendo barulho pelo nariz – era quase como se ela estivesse tentando explodir alguma coisa – e apoiou a bochecha no ombro de Emira. Naquele momento, as luzes se apagaram no final do corredor para sinalizar que estava quase na hora de fechar. Briar gritou:

– Mira, não dá pra ver eu!

– Eu ainda tô te vendo – garantiu Emira, abraçando Briar.

As luzes se acenderam novamente.

Elas voltaram de ônibus e, quando chegaram, às seis da tarde, Briar parecia sonolenta, o que significava que Emira precisava se apressar. Ela gostava de servir o jantar às 18h15, para que não houvesse o risco de Briar ter um novo pico de energia antes do banho às 18h45. Emira preparou torradas com ovos mexidos. Ela usou um garfo para amassar metade de um abacate em cima do pão, enquanto Briar cantava sentada no chão da cozinha, cheirando de tempos em tempos um adesivo em sua blusa (Emira não teve coragem de dizer que aquele não era dos que tinha perfume). Na última divisória do pratinho de Briar, Emira colocou pedaços alaranjados e brilhantes de pêssego. Pelo que devia ser a centésima vez, as duas se sentaram lado a lado na mesa da cozinha.

Emira olhou para o relógio no micro-ondas – eram 18h46 – e, quando estendeu a mão para abrir o velcro na parte de trás do babador de Briar, ela se pegou pensando: "Peraí. Eu também não quero abrir mão dessa parte."

Sozinha e em seus melhores momentos, Briar era única e encantadora, extremamente inteligente e divertida. Mas havia algo sobre o trabalho em si, o ato de cuidar de uma pessoa ainda tão pequena e dependente, que fazia com que Emira se sentisse inteligente e no controle. Era muito gratificante ser boa em seu trabalho, e melhor ainda ter a imensa sorte de poder trabalhar em algo em que ela queria ser boa. Sem Briar, todos aqueles horários perderiam o sentido. O que Emira faria sozinha às 18h45? Existiria, apenas, mesmo sabendo que em outro lugar era a hora do banho de Briar? Quando Emira precisasse se despedir de Briar, ela também deixaria para trás a alegria de ter um lugar onde estar, o prazer de entender as regras, o conforto de saber o que está por vir e o privilégio de encontrar um lar dentro de si.

Emira adorava o fato de se perder com facilidade no ritmo dos cuidados infantis. Ela não precisava se preocupar em ter hobbies interessantes. O fato de ela ainda dormir em uma cama de solteiro não significava nada para Briar nem interferia em quaisquer dos planos delas. Cada dia com Briar era uma pequena vitória da qual Emira não queria abrir mão. Sete da noite sempre era uma vitória. Aqui está sua filha. Ela está feliz e viva.

PARTE QUATRO

Vinte e um

Assim que chegou de Nova York, Alix pôs Catherine para dormir, distraiu Briar com algo no iPad e deu uma rapidinha com o marido no banheiro do terceiro andar. Peter ainda estava com a roupa do trabalho, e seu rosto refletido no espelho revelava uma imensa euforia enquanto a fivela do cinto tilintava contra a parte de trás da coxa de Alix. Ela tinha conseguido dar um jeito de ir ao salão pela manhã em Manhattan, antes de pegar o trem, e gostou do jeito que seus cabelos loiros balançavam enquanto Peter metia por trás. Eles terminaram segundos antes de ouvirem Emira chegar e fechar a porta da frente, o que fez Alix abrir um sorriso e colocar um dedo na frente dos lábios.

Nova York era como um ex-namorado que tinha malhado o verão inteiro. Alix tinha passado os últimos cinco dias de um lado para outro pela cidade com Rachel, Jodi e Tamra – e às vezes só com Catherine – indo a todos os seus lugares preferidos. Ela tomou sorvete de casquinha na rua 7, parada sob um poste de luz e a neve. Comprou um gorro florido para Catherine. E usou salto alto pela primeira vez em dez meses, durante o evento organizado para a campanha de Hillary. A candidata em si não compareceu, mas havia outras centenas de mulheres mordazes, inteligentes e sexy no local. Assim que seu trem chegou à Filadélfia, ela recebeu um e-mail de uma professora de comunicação da New School em sua caixa de entrada:

"Gostaríamos muito de conversar a respeito do próximo semestre. Vamos marcar um papo assim que possível!" Alix respondeu na mesma hora e voltou a legendar as fotos que havia tirado em Nova York e que futuramente postaria no Instagram. Ela tinha conteúdo suficiente para várias semanas, e assim poderia continuar fingindo que ainda morava lá.

– Oi! – Já recomposta, Alix desceu as escadas correndo, e o movimento dos cabelos exibiu as pontas loiras recém-descoloridas sobre seus ombros.

Ao lado da mesa da cozinha, Emira estava ajoelhada na frente de Briar, e o peito de Alix pareceu se expandir quase até a altura de seus olhos. Ah, como ela tinha sentido falta das duas! Sua filha tagarela e nervosa, e a pessoa quieta e atenciosa que ela pagava para amar a menina. Foi encantador ver que nada havia mudado, afinal. Briar ainda precisava de ajuda para colocar as luvas. Emira ainda usava meias neon emboladas por baixo da legging preta.

– Não acredito que faz uma semana que a gente não se vê! – exclamou Alix.

– Pois é, bem-vinda de volta – disse Emira no momento em que Peter descia as escadas.

Ele jogou um casaco por cima dos ombros e deu um beijo em Alix e outro em Briar. Depois saiu, e ficaram apenas as três.

– E vocês? Têm se divertido?

– Sim – respondeu Emira. – A mesma coisa de sempre, eu acho.

Alix se virou para pegar um café na bancada. Com a xícara nas mãos, ela se virou, ajeitou o cabelo atrás da orelha e falou:

– Emira...

Nova York havia lembrado Alix de que, se ela era capaz de conversar com mais de quatrocentas mulheres sobre como pedir uma promoção no trabalho, ela definitivamente conseguia conversar com Emira sobre Kelley Copeland. Os últimos cinco dias tinham reafirmado a confiança que ela tinha em si mesma, além de terem lhe trazido entendimento em relação àquela conversa. Seria muito mais simples do que ela havia imaginado. Ela não iria com muita sede ao pote: apenas se ateria aos fatos. E não tinha a expectativa de que Emira fizesse algo de imediato. Alix sabia como era ter 25 anos e também sabia muito bem como era o efeito Kelley Copeland, mesmo passado tanto tempo. De todo modo, Alix protegeria sua babá. O Dia de Ação de Graças deveria servir como uma oportunidade de mudar o relacionamento entre elas, e ela continuava desejando que isso acontecesse. Ela sairia em defesa de Emira Tucker o tempo todo, e não apenas às segundas, quartas e sextas-feiras. Alix sorriu, olhando para a xícara.

– Tudo bem se a gente conversar um minutinho?

– Hmmm, sim…? – Emira se levantou do chão. – Bem, na verdade eu tava pensando em fazer alguma coisa diferente hoje e levar a Briar ao cinema.

– Ah, cinema! – Alix arregalou os olhos para a filha. – Que demais.

– Por que essas têm todos os dedos… – disse Briar, apontando para as luvas de Emira – e as minhas não?

– Pra ficar mais quentinho, por isso tem um espaço para os quatro dedos de cima e um só pro polegar – explicou Emira.

– Bem, já vou te avisar que ela não presta atenção direito – disse Alix. – Não consigo imaginar ela sentada no cinema por muito tempo.

– Ah, sim, mas é aquela sessão especial pra crianças ao meio-dia que você sugeriu há um tempão. Então as luzes vão estar acesas e ela vai poder andar pela sala ou algo assim.

– Massa! – Alix tinha mesmo acabado de dizer "massa"? Alix manteve um sorriso largo, mas por dentro se perguntou "Como assim a gente tá falando sobre sessões de cinema nesse momento?". Emira e Briar precisavam ficar em casa. Alix havia colocado Catherine para dormir mais cedo por isso: ela e Emira tinham muito o que conversar. – Eu tenho pensado em ir com ela um dia, mas acho que essa sessão é só às terças. Então… se vocês quiserem ficar em casa e ver um filme por aqui mesmo eu posso dar a senha da Amazon pra vocês…

– Posso conferir aqui rapidinho?

Emira sempre perguntava a Alix se podia usar o computador ("Posso ver se o metrô ainda tá funcionando?", "Posso ver se deve chover?"), mas, naquele momento, Alix viu sua babá agitar o mouse e digitar no teclado com tanto traquejo que sua cabeça se inclinou com força para o lado. Emira clicou mais duas vezes.

– Excelente – falou ela. – Começa às quinze pra uma.

– Ah, maravilha!

– Vou só mandar o endereço pro meu e-mail rapidinho.

– Mamãe? – chamou Briar, segurando o rabo de cavalo loiro nas mãos. – Alguns peixes não têm pés nem rabos, né? E é assim… é só assim que eles são.

– É isso mesmo – respondeu Alix. – Emira, parece uma ótima ideia. Acho que vai ser muito divertido. Mas você se importa se a gente conversar rapidinho?

Alix observou Emira clicar mais uma vez e enviar um e-mail antes de se virar.

– Não, o que foi?

Aquela resposta fez Alix cruzar os braços em uma reação defensiva. Como que aquilo havia se tornado algo tão distante para ela? Seria assim quando suas filhas fossem adolescentes? Alguém morrendo de vontade de sair da sua casa e ao mesmo tempo dando a entender que aquele espaço não é seu?

– Bem… Eu vou direto ao assunto – disse Alix, dando uma leve risada no final que a fez recuar um pouco constrangida. Ela respirou fundo e colocou a xícara na bancada para marcar a transição entre os planos de Emira de ir ao cinema e as notícias que estava prestes a lhe dar, algo que ela havia ensaiado ao longo dos últimos sete dias. – O jantar de Ação de Graças foi ótimo, e a gente ficou muito feliz por vocês terem vindo, mas… eu tenho certeza que foi um pouco estranho pra você também. Antes de mais nada, obrigada por ter sido a heroína da noite. Eu sei que já falei isso, mas você salvou a nossa vida de novo.

– Ah, sim – falou Emira. Ela olhou para Briar e completou: – Não é divertido passar mal.

Briar ficou séria e falou para Emira:

– Eu vomitei.

Emira assentiu e disse:

– Eu lembro.

– E, em segundo lugar... – Alix voltou as palmas das mãos para Emira. – Eu não quero que você se sinta *nem um pouco* constrangida em relação ao fato de eu e o Kelley termos namorado.

Emira riu.

– Não, óbvio que não. – Por um momento, ela olhou para a parede cheia de janelas e colocou as mãos nos bolsos acolchoados do colete. – Foi tipo... na época da escola, né?

Aquela resposta foi como se Emira tivesse tentado adivinhar a idade de Alix e chutado muitos anos a mais. Aos pés de Alix, Briar começou a pular em um pé só e se manifestou:

– Mamãe? As abelhas não gostam quando você faz ginástica na cabeça delas.

– Sim, isso mesmo. – Alix retomou o assunto. – Eu só queria deixar isso bem explicado. Mas... Bem, Emira, você pode se sentar um segundo?

Alix pegou Briar nos braços e se sentou à mesa da cozinha; a criança começou a brincar com um fio de lã descosturado em uma das luvas.

– Tá... – Emira se sentou na cadeira ao lado delas. Ela manteve as costas eretas, como se estivesse com receio de que a cadeira tivesse sido pintada recentemente e não soubesse ao certo se a tinta havia secado.

– Então, é... Vocês me parecem muito contentes juntos, e se você tá contente, eu tô contente...

– Se você está contente e quer mostrar pra toda gente – declamou Briar –, não lava o pé porque não quer.

– Mas o Kelley que eu conheci lááá atrás, bem... – Alix suspirou com o peso da má notícia. – Bem, ele não era muito legal.

Alix tomou a frente de novo. Ela conseguia perceber Emira sendo envolvida por suas palavras, e que a postura resistente e entediada dela começava a exprimir uma leve curiosidade, o que era bastante coisa em se tratando de Emira.

– Emira, você é muito inteligente – prosseguiu Alix –, e eu sei que você, melhor do que qualquer outra pessoa, sabe o que espera de um relacionamento, e também sei que as pessoas podem mudar. Eu só... – Alix bagunçou o cabelo de Briar e beijou a nuca da menina. – Eu não acho certo não contar pra você a minha experiência com o Kelley, principalmente por achar que você pode acabar passando pelas mesmas questões.

– Olha... – Emira cruzou as pernas e enfiou as mãos entre as coxas. – Eu sei que o término de vocês não foi muito legal... Não sei de detalhes nem nada, mas tá tudo bem. Acontece.

"Ahhh, então ele não te contou", pensou Alix. "Óbvio que não, porque ele sabe que tava errado."

– Bem, eu queria poder te dizer que foi só isso – afirmou ela. – Eu e o Kelley... a gente não namorou muito tempo, mas... sendo muito sincera com você... eu tive alguns problemas por ele não ter respeitado a minha privacidade, o que acabou fazendo com que eu fosse perseguidíssima por outras pessoas na escola. Mas o principal, e é esse ponto que pode acabar afetando você, é que todo mundo sempre soube que o Kelley tinha o hábito de tratar a cultura e as pessoas afro-americanas como um fetiche. Eu não vou entrar em detalhes... mas eu ficaria completamente arrasada se descobrisse que o Kelley tá fazendo isso com você.

O recado de Alix havia sido dado no tom leve que ela tinha praticado mentalmente ao longo de toda a última semana dentro do táxi, no chuveiro e enquanto passava rímel. Ela estava apenas fornecendo informações para o bem de Emira, de mais ninguém, e tinha dito as palavras *cultura* e *pessoas afro-americanas* sem sussurrá-las de um jeito constrangido. E sim, ela seguiu o conselho de Tamra de não mencionar o que Kelley havia feito com a sua carta, mas a amiga não tinha dito nada sobre Alix não poder comentar que ele fizera algo terrível. Alix esperava que Emira perguntasse – era o que Alix teria feito – o que Kelley tinha feito ou dito, e quando. Mas Emira manteve as mãos entre as pernas. Ela jogou os cabelos para trás e disse:

– Isso foi, tipo… dezesseis anos atrás, né?

– Meu Deus, foi há tanto tempo assim? – Alix riu. Fazia quinze anos, mas tudo bem. – Eu sei, é uma vida. Também tô dizendo isso pra você saber por que eu reagi tão mal quando abri a porta e vi ele lá. – Alix se remexeu, inquieta. – Primeiro, eu fiquei totalmente surpresa. Mas conhecendo ele tão bem quanto eu conheço, comecei a ficar um pouco preocupada com os motivos dele pra namorar você.

Emira se encolheu e olhou para o chão.

– Sei lá. Eu acho que sou tipo… muito de boa, e namorável.

– Ah, Emira. Não, não, não. Não foi isso que eu quis dizer. – Alix usou a mão direita para balançar os dedos e afastar suas palavras pelo ar. A sensação de "Merda, merda, merda" do Dia de Ação de Graças foi mais uma vez pungente em sua casa e em seu estômago. – Não tenho dúvida de que ele tá apaixonado por você, só tô me certificando de que seja pelas razões certas.

– Entendo… – Emira suspirou. – Olha, eu sei muito bem do que você tá falando. E já conheci caras assim, mas até agora o Kelley não me passou essa impressão, de verdade. Então sei lá. Eu também fazia umas coisas bem bizarras na época da escola. Tipo, sim, é muito constrangedor, mas eu realmente achava que pessoas asiáticas eram mais inteligentes. E eu costumava dizer coisas tipo "Isso é muito gay". E isso é superofensivo e horrível, e hoje em dia eu mal consigo acreditar que já falei coisas desse tipo. Então tudo bem. Eu te agradeço por me dizer isso, mas seria estranho eu criar um caso com isso agora, já que nunca foi um problema pra gente.

Alix com certeza também tinha dito que coisas eram "muito gay" na época da escola. Ela usava a palavra *japa* até entrar na faculdade e só parou porque uma colega de quarto pediu. E houve uma época em que Alix não via problema em usar expressões como "programa de índio" e "dia de branco". Mas aquilo era diferente, como Emira não conseguia ver? Kelley tinha uma tendência a se apropriar da cultura negra, era algo que havia começado durante o ensino médio e *continuou* na idade adulta. Ele ainda não entendia que o que estava fazendo era errado. O que Kelley dissera a Emira para fazê-la ignorar aquela informação? Na época da escola, a admiração de Kelley por Robbie e seus amigos era evidente e angustiante. Ele vinha tratando as pessoas negras como fetiche há tanto tempo que por fim aquilo havia se tornado plausível? Alix sabia que estava fazendo *a coisa certa*, mas de alguma forma se sentiu exatamente igual a quando sua colega de quarto a olhou por cima de uma tigela de macarrão para dizer: "Cara, você não pode falar *japa* nem se tiver certeza que a pessoa é japonesa."

– Com certeza – disse Alix, e abraçou Briar bem forte. – Era exatamente isso que eu queria ouvir. Se isso não é um problema, então ótimo. Eu só queria…

– Desculpa. – Emira mordeu a lateral do lábio inferior e tirou o celular do bolso. Olhando para a tela, continuou: – O cinema só tem uma sessão hoje e eu não queria que a gente perdesse.

– Ah, sim! – Alix colocou Briar no chão. Ela se levantou e imediatamente se sentiu tonta, como se estivesse desidratada. Enquanto Briar cantarolava "Brilha, brilha, estrelinha", Alix pegou o celular em cima da bancada pensando: "Como que eu… O que foi que ela… Que merda foi essa?"

Mas você tá tranquila com isso, né? – perguntou Emira e se levantou também. Ela ficou um tempinho com o joelho apoiado no assento da cadeira, enquanto Briar fazia agachamentos embaixo da mesa. – Eu entendo que isso é superaleatório e esquisito. Só quero me certificar de que… você tá de boa com isso, né?

Por um segundo, Alix pensou: "Se eu dissesse que não, você terminaria com ele?" Mas ela balançou a cabeça violentamente e respondeu:

– Sim, cem por cento!

– Mira, olha! – Briar estendeu a mão debaixo da mesa. – Isso são as minhas articulações?

– Mais ou menos. As articulações são isso aqui.

Alix se abaixou e beijou as bochechas de Briar.

– Divirtam-se, hein! – falou ela.

Emira vestiu a jaqueta, mas continuou ali parada. Alix ficou do outro lado da mesa e atualizou seu feed no Instagram pela terceira vez em dez segundos. Emira continuou de pé. Alix finalmente ergueu o olhar.

– Desculpa... – disse Emira. – É que o Peter deixava o dinheiro na bancada.

Minutos depois, Alix estava de pé perto da janela vestindo um casaco e observando sua babá com 30 dólares no bolso e de mãos dadas com sua filha mais velha. Ela passou batom no banheiro das meninas, acima da pia com escovas de dentes infantis, pasta de dente e hidratante para bebês. Jogou os cabelos para a frente, cobrindo os ombros, e depois saiu levando apenas as chaves e o celular.

Respirou fundo no alto da escada e logo estava na calçada coberta de neve, usando luvas e botas de salto que faziam barulho ao tocar o chão. Desde que havia voltado de Nova York, a Filadélfia parecia igual, mas agora ela sabia o que queria fazer. Eram 12h16, tempo suficiente para chegar lá. Tinha fuçado as mensagens de texto de Emira o bastante para saber onde ele trabalhava e a que horas ia almoçar (Rittenhouse Square, 12h30).

Havia várias pessoas entre 20 e 30 e poucos anos vestindo camisas sociais e sobretudos de lã, andando em grupos e carregando sacolas de papel com comida para viagem. A calçada era imensa na frente dos edifícios colossais, e Alix, recostada numa fonte congelada e cheia de sujeira, observava as pessoas passarem de um lado para outro. Por um instante, ela chegou a se preparar para entrar no escritório e pedir para falar com ele ali mesmo. Provavelmente seria um daqueles escritórios modernos idiotas, com paredes pintadas de cores vivas e mesas sem divisórias, e eles não teriam muita privacidade, mas ela daria um jeito.

E talvez o choque por ela estar ali e a calma com que ela falaria fossem suficientes para fazer com que Kelley entendesse que havia sido pego. Mas não demorou muito para que ela o visse. Ele não estava saindo de seu local de trabalho, mas indo em direção a ele, e rápido. O estômago de Alix se revirou e ela sentiu a necessidade de proteger sua barriga da mesma maneira que fazia quando estava grávida. Em vez disso, ajeitou a postura e se levantou. Manteve as mãos nos bolsos, tentando parecer tranquila enquanto caminhava.

Kelley usava calças cor de ardósia, um casaco preto e uma adorável camisa de cambraia por baixo. Ele vinha ao lado de dois homens negros, também vestidos de maneira informal, embora com peças caras, e Alix deu um sorriso malicioso, pensando: "Ah, que surpresa." Se Kelley se sentia melhor consigo mesmo se cercando de seres humanos desavisados, tudo bem. Mas ele não ia fazer aquilo com Emira.

Kelley e os homens junto dele carregavam recipientes de plástico com coloridas saladas montadas e garfos. Ele finalmente a notou, e, pela segunda vez naquele dia, Alix sentiu como devia ser ter filhos adolescentes. Ela o observou registrar sua presença e depois sua expressão mudar para o que parecia uma sensação de choque e vergonha. Seu corpo inteiro parecia estar dizendo: "Mãe, o que você tá fazendo aqui? Eu tô com os meus amigos. Vai pra casa."

Ele diminuiu o passo e Alix foi na direção dele.

– Ei, ei, ei. O que você tá…

– Eu preciso falar com você. Agora.

Os dois homens ao lado de Kelley deram um passo para trás, como se ela tivesse alguma doença contagiosa.

Alix apontou para um prédio ao lado.

– Vamos ali.

Dentro de um prédio revestido de vidraças, havia uma escada rolante dupla que levava a um corredor com elevadores brilhantes, e, no saguão ao lado dele, havia uma dezena de mesas e um café. O lugar inteiro irradiava uma luz azul. Uma peça metálica gigantesca e horrenda do escultor Jeff Koons pendia do teto, refletindo a decoração de fim de ano nos ladrilhos brancos. Alix encontrou uma mesa para dois e Kelley puxou a cadeira na frente dela, que puxou as luvas, dedo por dedo, e falou para si mesma "Respira".

– O que houve, Alex? – Kelley se sentou com muito cuidado, como se sentisse dor e estivesse com medo de fazer movimentos bruscos. – Como você sabe onde eu trabalho?

– Oi, gente! – Uma mulher de cabelos curtíssimos apareceu ao lado da mesa deles. – Então, essa água é com gás e essa é sem. O garçom já vai vir aq...

– A gente não vai ficar, desculpa – interrompeu Kelley.

Ela disse "Tá bem" com a mesma inflexão, mas mesmo assim colocou os copos sobre a mesa e saiu.

– Você tá mesmo me perguntando por que eu tô aqui? – A encenação de Alix começou e sua voz soou suave e centrada. Por dentro, no entanto, estava em pânico. Ela realmente tinha decidido ir até Kelley e vinte minutos depois estava ali? Talvez tivesse sido um erro, mas ela estava lá naquele momento, e ele estava esperando que ela prosseguisse. – Tô aqui porque estou *preocupada*, Kelley.

Ela pronunciou a palavra *preocupada* como se não tivesse certeza se Kelley sabia o que isso significava.

– *Você* tá preocupada? Uau. – Kelley riu. – Eu adoraria ouvir mais sobre o motivo da sua preocupação.

"Meu Deus, como ele é charmoso. Mesmo quando tá sendo um babaca. Ele tava charmoso assim no Dia de Ação de Graças?" Havia pequenas mechas grisalhas e brilhantes em algumas partes das têmporas dele que ela não havia notado antes. Alix engoliu em seco e se concentrou na água borbulhante à frente dela.

– Eu não acho razoável que você namore a minha babá e espere que eu fique quieta em relação a isso.

– Alex, por favor. – Kelley colocou a salada em cima da mesa. – O fato de ela trabalhar pra você também não me agrada nem um pouco. Mas a questão é que faz mais de uma *década* que a gente namorou, e ela tem que ganhar o próprio...

– Meu Deus, não, isso não tem nada a ver com o nosso *namoro*, supera isso. – A oportunidade de dizer isso a Kelley, de fazer aspas com os dedos ao pronunciar a palavra *namoro*, com o cabelo escovado e pesando quase três quilos a menos do que pesava antes de Catherine nascer... Alix podia praticamente saborear aquilo tudo, e as palavras eram salgadas e quentes. – Na verdade, eu *preferia* que isso tivesse a ver com aquele namoro. A gente podia muito ter namorado e terminado como pessoas normais. Teria sido ótimo. Mas como você não entendia o conceito de privacidade e enxergava atletas negros como o seu passe pra se tornar uma pessoa popular, é difícil não julgar o fato de você ter filmado a Emira num mercado e depois achar que era uma boa ideia sair com ela.

Kelley olhou para ela como se estivesse sentindo cheiro de fumaça.

– Alex, do que você tá falando?

– Eu ainda não terminei. – Alix ergueu a mão no ar. – Você tá maluco se acha que eu vou ficar sentada enquanto você tenta parecer legal com alguém que eu considero parte da minha família. – Alix fez uma pausa para causar um efeito dramático. – Se você ainda gosta de fetichizar pessoas negras como fazia na escola, tudo bem. Só não vai fazer essa merda com a minha babá.

Alix ficou observando Kelley processar tudo aquilo. Ela estava possessa, mas não conseguia parar de pensar em como ele ficava atraente quando estava confuso. Como era possível odiar tanto uma pessoa e ao mesmo tempo querer que ela a achasse sexy? Ainda mais naquele lugar espalhafatoso que em tese era um restaurante? Naquele momento, outro garçom apareceu e colocou os cardápios na mesa. Quando ele perguntou se queriam pedir uma entrada, Kelley vociferou:

– Nós *não* estamos juntos.

O garçom respondeu só com um "Tá beeem".

Depois que o garçom se retirou, Kelley pressionou as mãos na borda da mesa e soltou o ar.

– Beleza, vamos voltar um pouquinho, porque tem muita coisa pra gente falar aqui.

Por alguma razão, aquela frase fez Alix querer jogar a água com gás pelo saguão inteiro. Ela cruzou as pernas e observou Kelley se preparar para falar, passando a língua sobre os dentes da frente.

– O seu último ano na escola não foi dos melhores, e isso sem dúvida ainda te afeta. Mas o grande problema foi que eu terminei com você. – Ao dizer aquilo, ele apoiou a palma das mãos na mesa. – É isso.

Alix balançou a cabeça.

– Isso não tem nada a ver com...

– Deixa eu concluir – interrompeu Kelley. – Eu terminei com você. Foi só isso. E tenho certeza que você também terminou com outras pessoas e agora entende como isso funciona. Não é fácil pra nenhuma das partes envolvidas.

A mente de Alix não conseguia focar no que ele estava dizendo. Era muita coisa ao mesmo tempo – ela sabia que analisaria tudo mais tarde –, mas aquilo parecia impedi-la de reter qualquer informação. Por um lado, ele parecia exausto e não com raiva, o que a fazia querer vomitar no próprio cachecol. Por outro, ele presumia que ela tinha terminado com outras pessoas. Mais de uma? Aquilo significava que ele ainda a achava atraente? Será que o momento era apropriado para ela perguntar "Isso quer dizer que você ainda me acha bonita?"?

– Esse foi o único crime que eu cometi contra você – continuou Kelley. – Eu sei que você discorda de mim, e eu não entendo como, depois de todo esse tempo, você ainda não consegue levar em consideração que talvez não precisasse ter chamado a polícia naquela noite – observou Kelley. – Mas em relação a nós dois, eu tinha 17 anos e a gente terminou.

Alix olhou para o teto de vidro.

– De novo. Eu vim aqui pra falar sobre a Emira.

– Tá, tudo bem. O que a Emira faz... – Kelley olhou para a mesa como se ainda estivesse tentando juntar todas as peças. – Olha, sinceramente, eu tô impressionado com o fato de a palavra *fetichizar* fazer parte do seu vocabulário... mas Alex, eu tô apaixonado pela Emira.

Aquela declaração soou como se ele tivesse esticado a mão até o peito dela e estapeado seu coração, como quem espanta um inseto que pousou muito perto.

– E obviamente... – continuou Kelley. – Eu achava os garotos negros da escola muito mais legais do que os brancos. E duvido que eu fosse o único a achar os atletas, os rappers e a galera rica, incluindo você, mais legais do que todo mundo. Mas o Robbie e eu somos amigos até hoje. Eu fui na porra do casamento dele. Não importa como a gente virou amigo. E também não importa como eu conheci a Emira.

Alix odiava que naquele momento seu pensamento imediato fosse: "Que casamento?! Como eu não vi nenhuma foto? Meu Deus, o Robbie me bloqueou?"

– E no meu relacionamento com a Emira – disse Kelley arregalando os olhos – não tem ninguém sendo usado. E, o mais importante, a Emira é adulta. Então, talvez você não goste muito da ideia, mas você não deveria estar *preocupada* com quem ela escolhe passar o tempo dela.

Alix congelou quando Kelley fez aspas com as mãos ao dizer a palavra *preocupada*.

Alix queria gritar, e queria que sua voz ecoasse por todo aquele lugar cafona e pretensioso. "Como você ousa ser tão equilibrado em relação a tudo isso?!", pensou ela. "Beleza, a gente não tem mais nada, mas não namora a porra da minha babá. E não aja como se eu fosse maluca. A gente tava apaixonado. De que outra maneira eu deveria reagir? Como você achava que ia ser quando eu te visse de novo?" Quanto mais Kelley falava, mais calmo ficava, e mais dava a impressão de que iria se safar. Alix queria que ele ouvisse as coisas que ela não estava dizendo, mas ela também se recusava a ir para casa em bons termos com a pessoa que tinha arruinado o verão do seu último ano na escola. Nova York ainda corria em suas veias. Alix sabia que seu cabelo e sua pele estavam incríveis. Se Kelley achava que ia conseguir sair daquela mesa ileso, se Emira achava que podia simplesmente pedir dinheiro e chamar Peter pelo primeiro nome, então ambos a haviam subestimado demais.

– Então o que você tá dizendo é que... – Alix sorriu. – Bem, você não contou pra Emira o que fez comigo?

Kelley levou as mãos à testa e disse:

– Meu Deus, Alex. Eu não fiz *nada* com você...

– Você pode achar o que quiser, mas a Emira tem o direito de saber quem realmente é o namorado dela. E se você não contar pra ela o que fez comigo, sobre tudo o que levou o seu melhor amigo Robbie a ser preso, eu com certeza vou fazer isso.

Kelley deu uma gargalhada. Alix tinha ido longe demais? Tamra dissera a Alix para não contar a Emira o que ele havia feito, mas não falou nada sobre Alix fazer com que Kelley contasse tudo a Emira.

– Alex... – Kelley suspirou. – Você chegou aqui dizendo que o problema é você achar que eu tô usando a Emira. Mas aí agora tem a ver com uma carta que eu nunca recebi?

– As duas coisas estão *relacionadas* – falou Alix entre os dentes. – Se isso não importa e você não fez nada de errado, por que não contou pra ela o que fez comigo?

– Por que você não contou pra ela o que *você* fez com o Robbie?

– Tudo o que *eu* fiz foi proteger a minha irmã e a minha babá.

– Meu Deus, Alex. Você ainda acha isso? "Eu preciso proteger a minha babá negra"? Só pra você saber, o Robbie tem 1,65 metro até hoje...

– Quer saber? – falou Alix. – Que tal você contar pra Emira o que aconteceu, como o Robbie acabou sabendo onde eu morava e qual era o código de segurança do portão da minha casa? Aí a gente deixa ela decidir sozinha. Já que ela é tão adulta e madura, eu tenho certeza que vai chegar a alguma conclusão.

Kelley manteve a cabeça abaixada, mas levantou os olhos para dizer:

– Se você vai começar a fazer insinuações em relação à idade dela, eu vou adorar falar sobre a diferença de idade entre você e o seu marido.

"Filho da puta", pensou Alix. Ela costumava esquecer que, só porque Peter parecia jovem para a idade dele, isso não significava que ele também tinha uma aparência jovem. Mas ela não ia se deixar abater.

– A Emira merece saber com quem ela tá namorando.

– Não, sabe de uma coisa, Alex? – Kelley se inclinou para a frente com um braço apoiado na mesa. – A Emira merece um emprego no qual ela use as próprias roupas. Que tal você começar por aí?

Alix se recostou na cadeira. Ela sentiu a espuma do casaco sendo pressionada e soltando ar com um leve apito.

– Como é que é?

– Você age como se o que aconteceu com você fosse pior do que o que aconteceu com o Robbie, mas acho melhor a gente nem entrar nesse mérito. Se você ama a Emira tanto assim, deixa ela usar a roupa que ela quiser – zombou Kelley. – Eu sei muito bem que eu mandei mal na época da escola. Eu tinha 17 anos, era um idiota. Mas pelo menos eu não exijo *até hoje* que as pessoas que trabalham pra mim usem uniforme, pra que eu possa fingir que sou dono delas.

– Meu Deus! – Alix bateu com os punhos cerrados na mesa. – Você não faz a menor ideia do que tá falando. Ela me pediu! Eu empresto as camisas pra ela!

– Você empresta sempre a mesma camisa pra ela? Todo dia? No mundo corporativo a gente chama isso de uniforme.

– Você passou totalmente dos limites. – Alix havia começado seu dia em Manhattan, pronta para dizer a Kelley "Eu sei muito bem quem você realmente é", mas naquele momento ela estava na Filadélfia, participando de um jogo infeliz chamado "Qual de nós dois é mais racista no fim das contas?". Alix estalou o pescoço virando a cabeça de lado e apoiou as mãos na mesa, apontando-as como punhais na direção dele.

A Emira é como se fosse da família. A gente nunca a forçou a fazer nada que ela não quisesse. Eu conheço a Emira há mais tempo do que você e tô pronta pra fazer o que for preciso pra protegê-la.

– Isso só pode ser uma piada! Você é inacreditável.

– Eu não tô brincando, Kelley. Se você não…

– Alex, presta atenção no que você tá dizendo! – sussurrou Kelley, irritado. – Você é exatamente a mesma pessoa da época da escola. Meu Deus, eu vi você no Dia de Ação de Graças e pensei "Porra, como foi que isso aconteceu?", mas era óbvio que isso ia acontecer. É óbvio que você contrata pessoas negras pra criar as suas filhas e elas precisam usar um uniforme com o brasão da família. Do mesmo jeito que os seus pais, de quem você sentia *tanta* vergonha. E obviamente você achou que não tinha problema nenhum em mandar a Emira pra um mercado de gente branca à meia-noite.

– Aaaah! – Alix inclinou a cabeça para trás. – Então agora a culpa é minha se a polícia enquadrou a Emira? Isso não tá fazendo o menor sentido.

– Ah, é? E por quê?

– Ela não teria se metido em confusão naquela noite se estivesse usando uniforme, não é?

Alix observou Kelley fazer uma coisa com a mandíbula, como se estivesse tentando pegar uma pipoca no ar. Seu coração começou a bater três vezes mais rápido e ela sentiu vontade de levar as mãos ao rosto. Se ela tivesse dito o que estava pensando, teria havido vários momentos de "Espera, o que eu quis dizer é que... O meu ponto é... Tudo bem, mas você disse... Não foi isso que eu quis dizer".

Kelley se levantou e enfiou a mão no bolso do casaco.

– Fala pra Emira o que você quiser.

– Kelley, peraí.

Ele jogou 2 dólares em cima da mesa.

– Kelley. – Alix ficou sentada, na expectativa de que ele não fosse embora diante de sua resiliência. – A gente... A Emira é muito importante pra gente e...

– A-hã, é como se ela fosse da família, né? – Kelley pegou sua salada em cima da mesa. – É por isso que você tá fazendo ela trabalhar no dia do aniversário dela? *Bom te ver*, Alex.

Alix rezou para que tivesse se lembrado de levar seus fones de ouvido, mas também sabia que qualquer música que ouvisse para tirar Kelley da cabeça a faria pensar nele pelo resto da vida. Alguns passos rápidos e barulhentos sobre a neve e ela logo chegou em casa. Entrou e bateu a porta com força.

Alix foi direto até o computador da cozinha e pensou: "Talvez uma das mulheres da campanha da Hillary tenha entrado em contato. Talvez aquela mulher simpática tenha me escrito enquanto eu estive fora." Alix não precisava ser a melhor amiga de sua babá. Ela só precisava da sua família e da sua carreira. Sua respiração ainda estava agitada quando ela clicou no ícone de e-mail na parte inferior da tela do computador. Havia quatro novas mensagens.

Entre uma mensagem divulgando uma aula de spinning na SoulCycle e outra com uma promoção de calças jeans da Madewell, o nome da editora de Alix aparecia duas vezes. Alix sussurrou: "Merda." Ela estava absurdamente atrasada com o manuscrito. Mas, segundo Rachel, aquilo acontecia o tempo todo e os agentes já se programavam para o caso de seus autores solicitarem mais prazo. E Alix tinha acabado de ter um bebê. O que é que as pessoas esperavam, afinal?

O assunto do primeiro e-mail era "Você está em Nova York???".

"Merda", pensou ela novamente. Era por isso que as redes sociais eram terríveis às vezes. Ela deveria ter bloqueado a editora? Não, isso seria estranho, não seria? "Porra, o que será que o Kelley vai dizer pra Emira? Não pensa nisso. Só lê o e-mail."

Alix!
Vi que você e sua filha estavam no Prospect Park! Que demais! Eu sei que é final de ano, mas eu queria saber como andam as coisas e principalmente se você precisa de mais tempo. Me avisa se por acaso eu tiver deixado passar algum e-mail seu com as cinquenta primeiras páginas. Beijos, Maura.

"Tá, não foi tão ruim assim." Alix escreveria de volta dizendo que estava tudo muito confuso, que estava dedicando muito tempo à família e que enviaria as primeiras cinquenta páginas do livro o mais rápido possível. Ela só precisava escrevê-las primeiro. Nada de mais. É óbvio que ela tinha planejado escrevê-las durante as visitas a todos os seus cafés e restaurantes favoritos de Nova York, mas ficou ocupada fuçando a vida de Kelley no Google. E da família dele. E dos amigos em comum do tempo da escola. E ela estava de férias.

Mas então Alix passou para o segundo e-mail de Maura, enviado uma hora após o primeiro.

Alix? Querida, vamos marcar uma conversa. Estou ficando preocupada por não ter visto nada seu, principalmente porque a maior parte do trabalho nesse caso já está concluída. Eu sei que escrever um livro é desafiador, ainda mais com duas crianças pequenas, mas quero ter certeza que estamos na mesma página (perdão pelo trocadilho) antes de seguirmos em frente. Eu ia odiar ter que fazer ajustes no nosso contrato, mas quero fazer o que for melhor para nós duas. Nos falamos em breve. Maura.

"Ajustes no nosso contrato?" Será que eles poderiam pedir a devolução do adiantamento? E se ela já tivesse gastado tudo? Aquela reprimenda de Maura a fez ter a mesma sensação de quando sua mãe a pegou bebendo vinho gaseificado no carro de uma amiga, abriu a porta do passageiro e disse: "Alex. Vamos embora." Em quanto tempo ela conseguiria escrever cinquenta páginas? Ou trinta? Ela já não tinha feito um rascunho daquilo tudo? Isso era para ser tranquilo e divertido! "O que será que o Kelley vai falar pra Emira?!"

E foi quando ela ouviu. Com o queixo apoiado na palma da mão enquanto se inclinava na direção da mesa, Alix ouviu Catherine emitir os ruídos típicos de um bebê incomodado com alguma coisa. Alix se virou para a bancada e segurou a tela do monitor preto e branco da babá eletrônica. Lá estava Catherine no berço, chutando seu saco de dormir.

Era como se todos os seus órgãos tivessem subido e se espremido no espaço ao redor de seus ouvidos. "Mas o Peter não tinha só...

Como que eu… Mas eu achava que a Emira tinha… Ela não pode ter…" Alix correu e abriu a porta do quarto das meninas, e lá estava Catherine, que, por ter se assustado com a porta se abrindo tão rapidamente, havia começado a chorar. Alix a agarrou em seus braços e a segurou contra o peito, o coração aos pulos. Será que ela havia gritado ou chorado? Tinha engolido alguma coisa por acidente? Os vizinhos tinham ouvido ela chorar? Será que ela estava completamente traumatizada? Alix havia deixado sua filha em casa. Sozinha. "E se tivesse acontecido alguma coisa?!"

Não se deixa um bebê sozinho em hipótese nenhuma. É improvável que algo aconteça com ele, mas e com você? Alix mal conseguia se lembrar da volta para casa. E se ela tivesse sido atropelada? E se ela tivesse tido uma convulsão e ficado inconsciente? Emira e Briar estariam no cinema e Deus sabe onde mais por horas, e Catherine ficaria sozinha dentro de um saco de dormir de fleece? Como ela podia ter se esquecido da pessoa que havia passado os últimos cinco dias amarrada a ela? O que ela teria dito? Kelley tinha mesmo feito com que ela se esquecesse de seu próprio bebê? Seu bebê recém-nascido, que já parecia uma réplica dela mesma? Quando foi a última vez que Alix havia chorado tanto daquele jeito? Provavelmente quando Kelley terminou com ela. Alix pressionou a mão na boca e disse: "Me desculpa." Catherine se acalmou e bocejou suavemente em seu ouvido.

Alix andava de um lado para outro na cozinha, dando voltas pela mesa, ninando Catherine nos braços. Na terceira volta, ela olhou para a tela do computador e avistou as palavras "Caixa de entrada" em uma aba que não havia sido aberta por ela. Era possível ler "EmiraCTucker@" antes do corte. Alix deslizou Catherine para seu braço direito.

Foi muito fácil achar o endereço dele. Bastou digitar "Kell", e foi o primeiro nome a aparecer. Foi ainda mais fácil encontrar a mensagem com data de setembro de 2015; foi o primeiro e único e-mail que eles trocaram. E depois de baixar o anexo, Alix o arrastou para uma pasta chamada "Posts de primavera do blog", que ela não usava desde a primavera anterior. Sem assistir ao vídeo, Alix rapidamente o enviou por e-mail para si mesma também – agora ela o tinha em dois lugares – e depois apagou o e-mail da pasta Enviados e deslogou do e-mail de Emira. Alix limpou o histórico do navegador, fez duas novas pesquisas antes de sair do computador – "artesanato de inverno para crianças" e "biscoitos orgânicos para dentição" – e depois pegou o celular.

– Oi, Laney, você tá ocupada? – Alix bufou alto e fez questão de que sua voz tremesse ao cumprimentar a colega de Peter. Ela beijou a bochecha da filha e continuou a niná-la. – Bem, acho que eu preciso da sua ajuda… Mas você pode guardar segredo?

Vinte e dois

Sentada sob letreiros de neon cor de pêssego e folhas de palmeira de acrílico, Emira usava uma tiara de plástico na cabeça, um vestido preto decotado e uma meia-calça grossa da mesma cor. A suposição de que aquele era o "lugar favorito" de Emira a incomodava um pouco. Sim, o DJ era excelente e tocava o melhor reggaeton na opinião dela, mas Emira amava o Tropicana 187 pelos mesmos motivos que a faziam gostar de fazer brownie, de ir ao cinema nas sessões mais cedo e de tomar vinho de caixa gelado: os preços baixos – dois por um, promoção para mulheres, cerveja a três dólares, drinques paloma a 6 dólares). Não era nem de longe tão chique quanto os lugares onde Zara, Josefa e Shaunie comemoravam seus aniversários, mas os drinques e a música eram muito bons.

As três amigas de Emira estavam sentadas ao redor da mesa, em poltronas vermelhas estofadas, usando vestidos justos e maquiagem carregada no iluminador. A mesa estava coberta de piñas coladas, tacos de peixe, salsa de abacaxi e frango ao *jerk*. Tudo cheirava a *mai tais* açucarados e camarão frito com coco, e cada música que começava era melhor do que a anterior. Quando ela abriu o último presente, uma nova capa de celular para substituir a sua encardida e descascada, Emira levantou os saltos do chão e disse:

– Ah, meu *Deus*, obrigada, Z.

Ela começou a rasgar a embalagem com a unha pintada de esmalte preto.

– Sim, a gente não aguenta mais você andando por aí com essa. – Zara pegou o celular de Emira e começou a remover a capa de borracha rosa toda desgastada. – Meu Deus, essa capinha tá acabada. Não tava te favorecendo em nada.

Zara colocou a nova capa, dourada e fosca, no celular de Emira. Emira colocou seus outros presentes em uma sacola (de Josefa, fones de ouvido metálicos e um vale-presente do iTunes, de Shaunie, duas camisas de seda "para ir às entrevistas de emprego") e anunciou ao grupo:

– A próxima rodada é por minha conta.

Josefa tirou a boca do canudo e mergulhou a cabeça com tanta força que o rabo de cavalo girou.

– Oooooi? Isso foi o quê, um derrame?

Shaunie riu e limpou o lado da boca com um guardanapo.

– Mas Mira, o aniversário é *seu*!

– Nãããão, eu quero pagar essa. – Emira chamou um garçom e pediu quatro doses de tequila. Elas chegaram com as bordas dos copos cobertas de sal e fatias de abacaxi ao redor. Ela observou as amigas levantarem suas doses e sorverem o excesso. Por um momento, ela se sentiu como quando Briar via a foto de uma flor, a cheirava e dizia "Que delícia", mas afastou esses sentimentos para poder falar. Ela se ajeitou na poltrona e levantou a voz para ser ouvida acima do som do baixo e dos tambores de aço. – Tá... Entããão... Eu tenho andado meio mal-humorada e tipo... tava meio sem grana nos últimos meses. E eu fico muito feliz por vocês terem me aguentado. O ano que vem vai ser diferente e eu tô muito agradecida por vocês me ajudarem a dar um jeito na minha vida. Sefa, obrigada por me ajudar a imprimir meu currículo num papel *tão* legal.

– Imagina!

Josefa estalou os dedos quatro vezes.

– Shaunie. – Emira se virou para ela. – Obrigada por me mandar todos aqueles e-mails com vagas de emprego. Todos os dias. Várias vezes por dia... Mal posso esperar pra deixar de receber tudo isso...

– Você disse que queria ajuda!

– E Zara, obrigada por me ajudar a escrever aquelas cartas de apresentação idiotas e por fazer de tudo para que eu não parecesse idiota nelas. – Emira se inclinou na direção da amiga. – E graças a vocês, senhoritas... Eu tenho uma entrevista semana que vem, é oficial.

Zara e Josefa disseram juntas "Aaaaaaah!". Shaunie pareceu muito feliz com a notícia e ao mesmo tempo arrasada por suas mãos não estarem disponíveis para bater palmas.

– Ai, meu Deus, que foda! Emira, que demais!

– Tá, tá, então é isso. Chega de falar de trabalho.

Emira ergueu o copo. As amigas fizeram o mesmo.

– Um brinde à Mira, que em 2016 vai deslanchar na carreira! – sugeriu Zara. – Saúde, piranhaaaaa. Parabééééns!

Emira tocou o peito ao virar o copo. Josefa pegou o celular e disse:

– Dá um sorriso, Mira. – Emira apertou os lábios. – Ah, que fofa! – Josefa examinou a foto. – Você tá *muito* linda. Vou postar essa.

Mais cedo naquele dia, quando Emira voltou para deixar Briar em casa, ela não devolveu à Sra. Chamberlain os 16,25 dólares que tinham sobrado e estavam no bolso da sua jaqueta. Ela tinha gastado 6,50 dólares no ingresso do cinema (o de Briar acabou sendo grátis), 5 dólares em uma pipoca pequena e depois 2,25 dólares em um cupcake *red velvet*. Ela e Briar dividiram o doce sentadas uma de frente para a outra em uma confeitaria cheia de gente branca e paredes repletas de fotografias vintage de galinhas emolduradas.

– Ei, B, adivinha só? – disse Emira entre duas lambidas no glacê. – Hoje é meu aniversário.

Briar pareceu ao mesmo tempo encantada e indiferente com aquela informação.

– Tá. Então você... você é grande agora.

– Eu *sou* grande.

– Bom trabalho, Mira.

– Obrigada.

Emira *havia feito* um bom trabalho. Naquela semana, ela tinha se dedicado a proporcionar a Briar os melhores dias da vida dela, levando a menina a novos lugares (ela tinha quase certeza que Briar nunca tinha ouvido falar em shopping) e ensinando a ela o significado das palavras *curiosa*, *alarme* e *covinhas*. À noite, ela pesquisava no Google por oportunidades de emprego como babá e em funções administrativas, tinha enviado seis currículos e entregado outros dois pessoalmente. A futura entrevista de Emira era para um cargo de gerente da creche na academia Body World Fitness, em Point Breeze, em período integral. Ela não havia mencionado às amigas que o salário era uma merda, 4 dólares por hora a menos do que ela ganhava naquele momento. E também não comentou sobre a leve depressão que sentiu quando deixou o currículo na sala colorida, porém desbotada, que cheirava a desinfetante e vômito de criança. (Uma das funcionárias de lá, uma garota alguns anos mais nova que Emira, tinha saído correndo atrás de uma mãe e seu filho, rindo e dizendo "Ele esqueceu o copinho". Havia algo no modo como ela trotava e segurava o copo sujo que deixou Emira surpreendentemente triste.) Mas, quando ligaram para ela mais tarde naquele dia, ela disse que estava muito interessada na oportunidade e que adoraria ir até lá para uma entrevista na semana seguinte. Emira mal podia esperar para contar a Kelley, que tinha enviado flores para o apartamento dela naquela manhã, que mandou um parabéns assim que deu meia-noite, que estava trabalhando até tarde, mas que iria encontrá-la depois para dançar e beber alguma coisa.

Depois do jantar, as meninas foram para o bar sem janelas no andar de baixo. Os amigos de trabalho da Shaunie se juntaram a elas, alguns colegas de Josefa foram também, algumas garotas com quem todas elas estudaram na Temple apareceram e nenhum dos colegas de trabalho de Zara foi. Quando Emira disse a Zara que podia convidá-los, Zara falou: "Eca, não. Eu trabalho com eles, pelamor. Mas fala pro Kelley levar o cara do cabelo *fade*."

Kelley levou o cara do *fade* e mais dois. Emira já tinha tomado três drinques e estava sentada em um banquinho na frente do bar quando ele chegou. Tudo parecia absurdamente divertido e maravilhoso. "Eu tenho um namorado? No meu aniversário? E ele é branco? Opa! Então tá!" Kelley avançou no meio da multidão e, ainda meio de lado, olhou para ela e disse:

– Ei, linda.

Emira sorriu durante o beijo.

– É meu aniversário.

– Nossa, é mesmo? Que loucura. Feliz aniversário – falou Kelley de forma casual. – Como foi… Como você tá? Como foi o trabalho?

– Bem. – Emira colocou o copo vazio no balcão e se virou para olhar para ele de frente. – A gente foi ao cinema ver um filme. Depois vimos outro filme. E depois comemos cupcake.

– *Dois* filmes? – questionou Kelley como se fosse um pai meio bobo preocupado com alguém estar se divertindo demais.

– O cinema tava vazio e a gente conversou o tempo todo.

Isso tinha sido muito especial. Briar parecia extraordinariamente pequena na cadeira do cinema. Quando os trailers começaram, ela cobriu as duas orelhas e olhou para Emira como se ela tivesse se esquecido de trancar a porta da frente. Mas a menina logo se acomodou e, no meio do primeiro filme, deu um tapinha na coxa de Emira e sussurrou "Tô sentada aqui com você agora, shhh".

– Foi por isso que a senhorita não me ligou de volta, é?

– Ah, foi mal. – Emira tocou o próprio pescoço. – Desculpa, eu tento não mexer no celular quando tô com ela. E depois eu tava com pressa de sair de lá e chegar na casa da Shaunie… Eita, isso me lembrou que… – Enquanto tagarelava, Emira sentiu que estava bêbada, mas não pôde deixar de contar para ele. – Sua queridinha do ensino médio veio de novo com aqueles papinhos hoje.

Kelley assentiu e colocou as duas mãos nos bolsos da frente.

– Sim, eu quero conversar sobre isso com você, e sobre várias outras coisas, mas acho que aqui não é o lugar…

– Ah, não, eu posso te contar. Foi superesquisito. Eu cheguei e ela tava tipo, "Eu só quero te dizer que eu não me importo *nem um pouco* que você namore o Kelley". – Emira fazia uma vozinha suave com um tom urgente quando imitava a Sra. Chamberlain. – Eu fiquei tipo, "Tá, eu não te perguntei nada, mas tudo bem". Ela tentou me dizer que você era um babaca na época da escola e eu só pensando "Primeiro de tudo, isso foi há séculos. E segundo, estou prestes a fazer uma entrevista de emprego, então não vamos entrar nesse assunto".

– Peraí, o quê? – interrompeu Kelley. – Você tá com uma entrevista marcada?

– Eu esqueci de te contar! – Emira colocou as mãos nas bochechas. – Eu tenho uma entrevista na segunda-feira!

Emira tentou parecer mais animada do que de fato estava, mas sentiu que tinha valido a pena acrescentar um pouco de emoção quando Kelley disse:

– Mentira! Emira, isso é ótimo!

– É um cargo de gerente numa creche e talvez eu nem consiga. Mas sim, tem benefícios e tudo mais.

– Aff, eu esqueci. Você tá fazendo 26 anos. – Kelley tocou os dois ombros dela como se eles pudessem se quebrar a qualquer segundo. – Será que a gente devia arrumar um capacete pra você usar enquanto estiver sem seguro-saúde?

Ela deu um empurrãozinho nele.

– Eu vou ficar bem. Ainda tenho trinta dias ou algo assim.

– Ei, parabéns. E você acabou de começar a procurar, então isso é realmente muito bom... – A boca de Kelley ficou aberta, como se ele fosse dizer mais alguma coisa, e Emira pensou: "Sim, eu também não só *gosto* de você". – Ei, não volta com as suas amigas hoje, não. Fica comigo.

– É?

– É. Eu preciso conversar algumas coisas com você, mas mais tarde, agora não.

– Coisas boas?

— Hmmm... — Kelley cutucou os lábios de uma maneira que a encantou e revirou seu estômago. Ele ergueu as sobrancelhas e continuou: — Coisas... interessantes? Mas é o seu aniversário. Deixa eu pedir um drinque pra você.

Minutos depois, Zara, Josefa e Shaunie foram até Kelley, em meio a *ooooooois* e abraços laterais. Zara apontou para a capinha dourada no celular na mão de Emira e perguntou:

— Você viu que eu fiz um upgrade na sua namorada?

Kelley riu e respondeu:

— Uau. Muito melhor.

— Vocês são ridículos — comentou Emira.

Zara imitou a cara que Emira fez e disse:

— Perdão se a gente se importa com você.

— Kelley, a Mira tá bombando no meu Insta. — O celular de Josefa ainda estava na frente do rosto dela. — Ela ganhou cento e cinquenta likes em tipo duas horas.

— Aí, é *isso* que a gente devia ter te dado de aniversário — comentou Shaunie. — Uma conta no Instagram.

— Que presente péssimo é esse? — perguntou Zara.

— É um presente *carinhoso* pra *registrar memórias*.

— Ninguém usa o Instagram pra "registrar memórias".

— Ei, a próxima rodada é por minha conta — anunciou Kelley ao grupo. Ele disse que elas poderiam pedir o que quisessem e Zara e Shaunie gritaram "Champanhe!".

— Você vai tomar champanhe, né? — perguntou Shaunie a Emira. — É seu aniversário, você não tem escolha.

Emira não teve escolha, mas Josefa recusou.

— Vou pular essa rodada — disse ela sem erguer os olhos, e continuou rolando a tela do celular.

Shaunie insistiu em tirar uma foto de Emira e Kelley espremidos no balcão do bar. Depois, ela fez um vídeo um tanto sem graça de um bartender desanimado estourando a champanhe e distribuindo seu conteúdo igualmente em três taças.

– Z, vem aqui rapidinho – chamou Josefa.

Zara pegou sua taça e se afastou do bar.

– Isso foi muito fofo. Obrigada, Kelley – disse Shaunie. – Você conhece o meu namorado? Ele vem hoje e você precisa conhecer ele.

– Acho que não conheço, não, mas vai ser ótimo.

– Não vai, não – murmurou Emira por trás de Shaunie.

Foi quando Zara agarrou o braço de Emira e disse:

– Você tá sangrando!

– O quê? – disse Emira.

– Ah, não! – exclamou Shaunie.

Josefa segurou o rosto de Emira com as duas mãos e falou:

– Vamos no banheiro dar um jeito nisso.

Kelley, abrindo uma comanda com o barman, virou a cabeça na direção delas.

– Você tá bem? – perguntou ele.

– Ela tá bem, eu sou enfermeira! – respondeu Zara puxando o braço de Emira com ainda mais força. – A gente já volta!

Emira permitiu que Josefa e Zara a arrastassem em direção ao banheiro.

– Garota, cuidado – alertou Emira, enquanto Zara empurrava Shaunie e ela para a cabine reservada para pessoas com deficiência. Josefa trancou a porta. Emira olhou para o braço e viu que não havia nenhum vestígio de sangue. Ela piscou quatro vezes e pensou "Nossa, eu devo tá doidona". – Não tô vendo nada.

– Tá tudo bem com você – afirmou Josefa pegando o celular.

– Peraí, como assim? – Na mão esquerda de Shaunie havia um Band-Aid e na direita uma bisnaga de Neosporin tamanho viagem.

– Que porra é essa? – perguntou Zara.

– Você não disse que ela tava sangrando? – perguntou Shaunie.

– Peraí, o que que tá acontecendo? – disse Emira, interrompendo todas elas.

Shaunie devolveu os itens de primeiros socorros à bolsa. Zara e

Josefa trocaram um olhar que deixou Emira bastante irritada. Josefa cruzou um braço sobre o peito.

– Gente, o que houve, porra? – ralhou Emira. – Isso não tá maneiro. O Kelley acabou de chegar.

– Tá bem – disse Zara. – Você compartilhou aquele vídeo?

Um bolo gigantesco se formou no fundo da garganta de Emira. Ela sabia a que vídeo Zara estava se referindo, mas ficou sem reação e disse:

– Que vídeo?

– Não surta. – Josefa parecia prestes a contar, mas não conseguia fitar Emira nos olhos. Ela clicava e rolava a tela com suas unhas brancas ao dizer: – Alguém comentou na sua foto que eu postei, tipo "Essa é a garota do vídeo do mercado?". E eu fiquei tipo "Quê?". Então eu procurei no Google *garota negra mercado vídeo* e... apareceu isso aqui.

Emira pegou o celular de Josefa e ficou boquiaberta. Em meio à embriaguez causada por três drinques e meio, Emira se viu na tela, dizendo para a câmera "Meu Deus. Você pode sair daqui?" na seção de aves e carnes do Market Depot. Briar não aparecia, mas era possível notar uma mecha de cabelos loiros na parte inferior do quadro. Aquela imagem partiu seu coração.

– Não, não, não, não, não.

Emira se encostou na parede de placas de madeira coberta de adesivos, pichações, nomes e números. Seus olhos e seu peito imediatamente ficaram sóbrios, mas seus membros e quadril demoraram um pouco mais para chegar lá. Parte dela ainda não tinha conseguido se perguntar "Como foi que isso aconteceu?!" e ainda estava impressionada com a tecnologia, que permitia que ela estivesse dentro daquele banheiro e na tela ao mesmo tempo. Como se estivesse vindo de outro universo, Emira ouviu sua voz novamente. Zara tinha pegado seu celular e mostrava o vídeo para Shaunie.

– Tá, ééé... – fez Shaunie. – Emira, não entra em pânico.

– Mas não tem como... – sussurrou. – Sério, o que é isso? *Quem* tem isso?!

– Sim, que site é esse? – O tom de Shaunie passava a impressão de que toda aquela situação era na verdade uma brincadeira de mau gosto, que alguém estava sendo muito babaca. – Não parece confiável, talvez esteja só aí.

Zara e Josefa trocaram outro olhar que fez Emira querer arremessar o celular na pilha de papel higiênico encharcado no chão.

– Anda! – exigiu ela. Seus dedos tremiam. – Me fala quem mais postou isso!

– Amiga, tá no Twitter – respondeu Josefa. – Então tipo... Meio que todo mundo.

– Como é que é?

Josefa pegou o celular, clicou e virou a tela para Emira. Como não tinha conta no Twitter, Emira tentou rolar para a esquerda e para a direita. As três amigas disseram "Rola pra baixo".

Estava tudo lá. *Jovem negra quase é presa enquanto fazia serviço de babá. Garota negra arrasa com segurança que a acusa de sequestro. Mais uma jovem negra tentando fazer seu trabalho e tendo problemas por causa disso. Babá da Filadélfia acusada de sequestro. #AcrediteNasMulheresNegras. #LivresPraIrEVir. Jovem negra corajosa dá o troco em guarda.* Um trecho do vídeo havia sido cortado e compartilhado inúmeras vezes com palavras digitadas na parte de cima. Sob legendas como *Quando o Departamento de Segurança me diz que minha bolsa é grande demais, Quando me dizem que o banheiro é apenas para clientes, Quando me dizem que eu só posso levar seis itens para o provador*, Emira gritava: "Você nem é polícia de verdade, então se afasta você, meu filho!"

– Eu preciso me sentar – afirmou Emira, encostando-se na parede da cabine.

– Eca, não, não, não, não – falou Shaunie segurando-a pelo cotovelo. – Você não pode se sentar aí. Se encosta em mim.

Josefa pegou o celular da mão de Emira e Shaunie soprou ar fresco na nuca dela.

Emira via tudo embaçado. Ela estava naquele banheiro nojento e ao mesmo tempo tinha voltado para o corredor de congelados do Market Depot. Ela também estava no banheiro dos Chamberlain, onde dava banho em Briar, e depois no quarto de Briar, enquanto a colocava para dormir.

– Acho que vou vomitar – avisou ela.

Josefa se aproximou dela.

– Mira, quem fez isso?

Zara também chegou perto.

– Pra quem você mandou essa merda?

– Eu não... – Emira fechou os lábios com força. – Só eu tenho esse vídeo.

– Alguém roubou o seu celular?

Emira fez que não para Josefa. Ela enfiou a mão na bolsa e puxou o celular, agora em sua nova capinha dourada; o plástico novíssimo lhe deu vontade de chorar. Quando olhou para a tela, havia quatro chamadas perdidas e doze novas mensagens, que iam desde Feliz Aniversário! a Emira, essa é você?. Havia uma mensagem de sua mãe, que dizia Emira liga pra gente assim que puder. Outra da irmã dizia Por que você não atende o telefone?!.

– Meu Deus do céu – falou Emira se encostando novamente na parede e respirando fundo.

– Gata, concentra – pediu Josefa. – Olha pra mim. O seu celular foi hackeado?

– Como que eu vou saber?

Zara colocou as mãos na cintura e ficou parada em pé com os calcanhares separados na largura dos ombros. Mais para si mesma do que para qualquer outra pessoa, ela disse:

– Ela ia saber se tivesse sido hackeada.

– Você mandou esse vídeo pra alguém? – insistiu Josefa. – Ele tá na nuvem? Ou em algum drive ou pasta compartilhada?

– Eu não... – Uma lágrima se formou no canto do olho esquerdo de Emira. – Eu nem sei o que é isso. Não... só eu tenho esse vídeo, mais ninguém.

— Você e o Kelley, né? – corrigiu Zara levantando a voz. – O Kelley filmou no celular dele, não foi?

Aquilo interrompeu as perguntas de Josefa e, na verdade, toda a conversa. Emira levantou os olhos e viu Shaunie, Zara e Josefa esperando que ela respondesse.

Possivelmente pela primeira vez, Emira se sentiu julgada por suas amigas. Ela não desconfiava de Kelley porque... Bem, por que ela desconfiaria? Por outro lado, ela percebeu que as amigas não estavam sentindo firmeza nela. E havia inúmeras razões para isso – ela era péssima com dinheiro, nunca tivera um emprego de verdade e estava empacada numa vida confusa pós-faculdade –, mas Kelley era diferente. Talvez Emira não tivesse um celular corporativo, férias remuneradas ou um endereço de e-mail com o domínio da faculdade, mas ela tinha um namorado confiável que se lembrava do aniversário dela, jogava basquete às terças-feiras e sempre pagava bebida para ela e as amigas, uma das quais Shaunie ainda tinha nas mãos.

— O Kelley não tem esse vídeo – afirmou Emira num tom de voz que mal reconheceu.

— Tem certeza? – perguntou Zara.

— Ele deletou naquele dia mesmo.

— Você tá certa disso?

— Eu sei que ele apagou. Eu *vi* ele apagando. Inclusive olhei o álbum dele pra ver se ainda tava lá.

Como Zara, Josefa colocou as mãos na cintura.

— Você viu ele apagar dos Enviados também?

Da cabine do banheiro, Emira ouviu garotas gritando eufóricas ao se encontrarem na pista de dança. Uma delas disse "Quando você voltou?" e outra "Gata, você tá ótima!".

— *Emira!* – gritou Josefa. – Ele apagou o vídeo dos Enviados? Você conferiu?

— É óbvio que eu não *conferi*, né? – Emira sentiu o rosto se preparar para as lágrimas. – Eu tava na merda aquele dia, mas isso não significa que ele tenha o vídeo.

– Gente, o Kelley nunca faria isso – concordou Shaunie. – Talvez ele tenha esquecido de tirar dos Enviados e *ele* tenha sido hackeado e aí...

– Mas ele não trabalha com informática? – questionou Josefa cruzando os braços. – Você tá me dizendo que ele fez o vídeo, mostrou que não tava mais no álbum dele, e foi isso? Mas podia estar em um *milhão* de outros lugares. Não é isso que o Kelley faz da vida, trabalha com iPhone?

– Josefa... – tornou Emira, e talvez aquela fosse a primeira vez que dizia o seu nome completo desde que estudaram juntas na Temple. Quando Emira olhou para Zara, soube que era tarde demais. Elas trocaram olhares rápidos, carregados de informações ("Não faz isso comigo." "Se você não fizer, eu faço."), antes de Zara abrir o trinco da porta e sair da cabine. Emira gritou:

– Z, *volta aqui*!

Josefa disparou atrás dela.

A música estava mais alta naquele momento e alguns grupos de pessoas dançavam na pista. Kelley ainda estava no balcão do bar, mas acompanhado de dois amigos. Zara tocou no braço dele e disse:

– Ei, eu perdi o meu celular. Você pode ligar pra ele rapidinho?

Kelley enfiou a mão no bolso.

– Com certeza, qual é o seu número?

Emira se aproximou dela e sussurrou:

– Zara, para com isso.

Um dos amigos de Kelley disse "Ei, parabéns" e outro "Você perdeu seu celular? É aquele que tá ali no bar?". Nem Zara nem Emira responderam. Assim que Kelley digitou o código de quatro dígitos, Zara pegou o celular e se virou de costas para ele. Com os dedos ainda flutuando, como se segurassem um aparelho imaginário, Kelley falou:

– Zara, que porra é essa?

Josefa se posicionou entre eles, com uma mão levantada para Kelley.

– Ei, tá tudo bem. Relaxa aí um segundo.

– O quê? – fez Kelley, e olhou para Emira.

Ela não conseguia respirar e sentia seu corpo borbulhar por dentro. Ela tinha saído daquele balcão com uma taça de champanhe, comemorando seus 26 anos. Havia voltado parecendo muito mais com a mulher enfurecida do vídeo que naquele momento viralizava na internet. Parada ali, bêbada e confusa, Emira pensou "Ele não faria isso", e depois "Meu Deus, por favor, não". Ela tentou imaginar o que havia no celular dele antes que Zara pudesse descobrir, mas sua cabeça rodopiava com pedaços de informações que de alguma forma se misturavam: Kelley dizendo que ela devia enviar o relato dela para algum jornal. Kelley dizendo que as famílias mais ricas da Filadélfia a contratariam. Kelley dizendo "Você não quer que ele seja demitido?" e "A Alex não merece se safar dessa merda". E, por alguma razão, Briar também estava naquela confusão, segurando sua mão no cinema naquele dia e dizendo "Você é só um peru, olá".

Kelley olhou de Josefa para Shaunie, depois para Emira. Ele passou a língua nos lábios e disse:

– Que merda é essa que tá acontecendo?

– Dá só um segundinho pra ela – pediu Josefa.

Ela inclinou o corpo parcialmente para olhar para a tela do celular dele enquanto Zara procurava. Esticou um dos braços na frente do corpo de Emira como se ela estivesse no banco do carona de um carro logo após uma freada brusca.

Shaunie apertou o braço de Emira. Ela olhou para o chão e disse:

– Mira, pergunta logo pra ele.

– Perguntar o quê? – quis saber Kelley. – Você pode me devolver meu celular, por favor? O que tá acontecendo?

– Você... – Emira olhou para o teto. – Você compartilhou aquele vídeo?

Emira percebeu que, assim como aconteceu com ela, ele sabia de que vídeo ela estava falando, que não havia nenhum outro que fosse relevante. Para piorar a situação, Kelley respondeu "Não", seguido de "Que vídeo?". Um dos amigos dele riu, um copo de bebida na mão, e falou:

– O Kelley hoje tá atraindo problema, impressionante.

Ele passou na frente de Emira e o outro cara foi atrás dele.

– O vídeo da noite em que a gente se conheceu – disse Emira mais alto e com mais ênfase. – Você compartilhou o vídeo da noite em que a gente se conheceu?

– Óbvio que não. Eu apaguei o vídeo naquele dia.

– Você tem certeza?

– Sim!

Josefa pegou o celular e virou a tela em direção a Kelley.

– Então por que nesse momento ele tá viralizando por aí?

– Opa, opa, opa, o quê? – Kelley franziu a testa na direção da tela. – Gente, como… Quando foi isso?

– Então você não tem o vídeo? – Shaunie ainda estava calma. – Nem no seu celular, nem no computador, nem em lugar nenhum?

– De jeito nenhum, eu nunca nem assisti a esse vídeo. Que merda, Emira. – Kelley abaixou suavemente o braço de Josefa para se aproximar. – Eu não… Eu não faria isso.

Emira respirou fundo.

– Você apagou o vídeo?

– Sim.

Zara aproximou o rosto do de Josefa.

– Você não tem esse vídeo em lugar nenhum? – perguntou ela.

– De jeito nenhum.

– Tá, então o que é isso aqui? – Zara virou o celular dele de frente para o grupo. Na tela do celular de Kelley, Emira cobria o rosto. Pela terceira vez naquela noite, Emira ouviu como sua voz soava quando ela estava cansada e assustada, dizendo "Você pode sair daqui?". Ouvir aquilo pela terceira vez foi como ouvir uma mensagem de voz deixada por ela mesma bêbada ou continuar cantando uma música depois de alguém desligar o rádio. Zara clicou no vídeo e lá estava a pasta de Enviados de Kelley. Quando Emira olhou de volta para Kelley, ela pensou: "A gente tava indo tão bem…"

– Vai se foder – sussurrou ela.

– Não, não, não. Emira, espera.

Os passos seguintes convergiram numa sequência confusa que consistiu na logística referente a ir embora do Tropicana 187 e a terminar o namoro. Zara disse a Shaunie para pegar as coisas de Emira, e depois Josefa informou que estava chamando um Uber. Kelley continuou implorando para Emira parar, ouvir o que ele tinha a dizer, olhar para ele, mas Zara pegou a mão de Emira e a guiou pela multidão, o que fez com que ela se sentisse ainda mais jovem e a lembrou da época da faculdade. Shaunie apareceu do nada na escada que dava acesso à rua com o casaco e os presentes de Emira, como se fosse um namorado que lhe fizera companhia num dia de compras. Do lado de fora, tinha começado a nevar.

"O meu namorado vazou um vídeo meu?" Emira segurou com mais força a mão de Zara na calçada recém-coberta de neve. Kelley ainda estava atrás dela e disse "Emira, espera", ao que Zara respondeu "É melhor você ficar longe, porque eu não sou obrigada". Josefa desceu para a rua primeiro. Um carro encostou e o motorista perguntou "Ei, você é a Molly?" e ela respondeu "E eu lá tenho cara de Molly? Mete o pé!".

"Ele realmente não só *gosta* de mim?" Emira chegou ao asfalto. "Ele mais do que gostava de mim quando compartilhou o vídeo? Eu sou uma idiota de merda? Quem será que viu isso? Ai, meu Deus." Pensar que a Sra. Chamberlain poderia ter assistido ao vídeo fez Emira sentir repulsa, algo que subiu pela sua coluna até chegar aos ombros. "Nesse momento, estou ganhando dinheiro e aposto que estou ganhando mais do que você." "Ele é um cara velho e branco, então tenho certeza que todo mundo vai se sentir bem melhor." "Que porra é essa? Tira a mão de mim!" Era assim que Emira se comportava quando a Sra. Chamberlain saía de casa e deixava as filhas com ela. Quando Kelley chegou à calçada e implorou "Emira, conversa comigo, por favor, não faz isso", Emira olhou para ele e se perguntou "Será que eu vou conseguir me despedir da Briar do jeito que eu queria?".

– Sefa, preciso saber em quanto tempo chega esse Uber – disse Zara.

– O motorista se chama Derrek. Um Honda, em dois minutos.

– Emira, olha pra mim! Porra, eu não fiz isso! – gritou Kelley.

– Meu Deus, Kelley, chega!

Emira tremia sob a neve quando finalmente falou com ele. Shaunie tentou colocar a jaqueta sobre os ombros dela, mas Emira recusou.

– Sério, só você queria que isso acontecesse, mais ninguém.

– Querer que o vídeo fosse compartilhado e de fato compartilhar o vídeo são duas coisas muito diferentes.

– Ótimo, mas mesmo assim você queria que eu compartilhasse, né? – Como Kelley não disse nada, Emira continuou: – Exatamente. Você quer que eu seja uma pessoa completamente diferente. Tipo… Você odeia o fato de eu morar em Kensington e nunca nem foi no meu apartamento.

– Opa, opa, opa, você nunca me convidou!

– Você faz piadas sobre eu não ter seguro-saúde quando é óbvio que tô tentando ter essa merda.

– Isso não é verdade. *Você* faz piadas sobre isso!

– Você odeia o fato de eu trabalhar como babá, o que tudo bem, dane-se. Mas porra, ia ser bem mais fácil se você admitisse isso.

Kelley deixou os braços caírem ao lado do corpo.

– Emira, a única pessoa que odeia o fato de você ainda trabalhar como babá é você.

Emira deu dois passos para trás.

Houve uma época em que ela teria aceitado aquilo de Zara, talvez de Kelley se eles estivessem namorando há um pouco mais de tempo e se ela tivesse bebido um pouco menos. Mas Zara nunca teria usado a palavra *ainda*, ressaltando o fato de que, sim, Emira estava um pouco atrasada para a idade adulta, deveria estar trabalhando com outra coisa e naquele momento tinha um emprego confiado a garotas de 13 anos. Um pouco bêbada de tequila e champanhe, assistindo a si mesma puxando a saia para baixo no vídeo e vendo aquilo acontecer por conta do que havia na pasta de Enviados do e-mail de Kelley, Emira não conseguiu enxergar mais nada além do porteiro de Kelley, dos ingressos de basquete que ele recebia de graça no trabalho e do momento em que ele disse "neguinho" na frente dela, o que de repente não pareceu mais tão banal. Emira olhou Kelley de cima a baixo.

– Que ótimo – disse ela, os lábios formando uma linha reta.

– Peraí, eu não... isso é... – Kelley bufou. – Emira, eu juro por Deus que eu não fiz isso... eu acho que foi a Alex.

Emira riu e falou:

– Meu-Deus-do-céu.

Zara puxou Emira na direção do Honda, que se aproximava. Shaunie pulou no banco da frente do SUV e Josefa deu a volta para entrar pelo outro lado.

– Eu tô falando sério, Emira. Ela fez isso. Eu não sei como, mas ela foi no meu trabalho e...

– Meu Deus do céu! Sério, chega! Vocês dois são obcecados um pelo outro e isso é bizarro. Na real, quer saber? Obviamente você quer estar com alguém que tem muito dinheiro, um excelente emprego e um contrato com uma editora, então talvez devesse voltar a namorar com ela.

Depois que Emira entrou no carro, Zara estendeu a mão por cima do colo dela e fechou a porta.

No banco de trás, Emira colocou uma mão em cada lado do rosto. Zara afivelou o cinto de segurança de Emira e Shaunie cobriu as pernas dela com um casaco.

– Me dá seu celular – pediu Josefa.

Quando elas chegaram ao apartamento de Shaunie, havia duas chamadas perdidas de Kelley no telefone, embora seu novo nome na lista de contatos do celular dela fosse "Não atender".

Vinte e três

No sábado à tarde, Alix teve dificuldades em encontrar uma velocidade de caminhada que ficasse entre se sentir segura e parecer assustada de um jeito ofensivo. Até onde sabia, Emira não morava mais no endereço que constava em seu currículo. Mas Alix não ligou para Emira para confirmar, porque não queria que ela acabasse se recusando a receber sua visita. Pediu ao taxista que a deixasse a dois quarteirões de distância.

Alix preferia usar o patinete em vez do carrinho porque esquecer o primeiro em algum lugar não significava perder 1.300 dólares (e em tese ela poderia usá-lo como uma arma). Com Catherine amarrada à frente de seu corpo, Alix segurava o guidão com Briar de pé no patinete infantil verde-limão e um capacete desnecessário, mas adorável, preso à cabeça. Alix guiava Briar com uma mão e segurava o celular com a outra, usando o Google Maps para navegar entre os prédios com grades brancas na frente das janelas. Por trás de algumas delas, era possível ver gatos empoleirados. O prédio de Emira – havia duas antenas parabólicas presas na lateral dele – ficava do outro lado da rua, em frente a uma quadra de basquete naquele momento coberta por uma fina camada de neve. Alix levantou Briar e seu patinete até o alto da escadinha na frente do prédio, usando a mão esquerda e o quadril. Ela apertou o botão em que se lia 5b.

– Alô?

Aquela era definitivamente a voz de Emira, e ela não estava em um bom dia. Alix se curvou, para aproximar mais a boca do interfone.

— Emira? É a Alix. Oi. É a Sra. Chamberlain.

— Hmmm... Sim?

Um homem negro um pouco mais velho passou na calçada com as mãos nos bolsos do casaco. Ele deu uma olhada para Alix por baixo da aba de um boné azul como se ela estivesse perdida. Briar apontou para ele e disse:

— Aquele moço dirige o metrô.

— Querida, shhh. Emira, eu sei que isso é estranho. A gente só queria deixar uma coisa pra você... dar um oi.

Briar manteve os olhos no homem e gritou:

— Piuííí!

Sob um denso ruído de estática, Emira falou:

— Peraí... a Briar tá com você?

O homem estava quase na rua seguinte, mas Briar colocou as mãos em concha na frente da boca e gritou:

— A porta vai fechar! Fica longe da porta, faz favor!

— A Briar tá aqui, fazendo novos amigos. Você tem caixa de correio? Eu posso só deixar lá.

— Não, não, eu vou descer. Só um segundo.

A conexão barulhenta foi interrompida e Alix se endireitou. Briar desistiu do condutor do metrô e olhou para a mãe.

— Mamãe? Mamãe, o que... o que é isso aqui?

Ela encostou a palma da mão três vezes na porta de entrada do prédio.

Alix lambeu o polegar e limpou iogurte seco dos lábios de Briar.

— Isso aqui é uma pequena aventura, tá bem? — disse Alix enquanto pegava álcool em gel e esfregava nas mãos de Briar, depois nas dela.

Pelo vidro da porta, Alix viu as calças de moletom felpudo rosa champanhe descendo as escadas, e depois o restante de Emira apareceu. Seu cabelo estava preso em um coque enrolado sob um turbante preto de seda. Ela vestia uma camiseta e uma jaqueta jeans, o que parecia uma escolha curiosa de roupas para um fim de semana em casa, mas de fato aquele não era um fim de semana qualquer. Emira estava completamente sem maquiagem e suas pálpebras pareciam inchadas e sensíveis.

– Oi.

– Desculpa aparecer de surpresa. Oi.

Briar olhou para cima e apontou, dizendo:

– Mira não tem cabelo.

– Ah, oi – disse Emira com um sorriso. – Eu ainda tenho cabelo. Só tá preso.

– Eu sei que isso parece estranho – falou Alix levantando uma mão no ar como se estivesse fazendo um juramento em um tribunal. – E se você estiver ocupada, a gente não precisa…

– Não, não, entra. Só tem que subir quatro lances de escada.

– Não tem problema. Posso deixar isso aqui embaixo?

– Hmmm… – Emira mordeu o cantinho da unha e olhou para o patinete. – Olha, eu não deixaria, mas você que sabe.

A escada cheirava a poeira e mofo, mas, quando chegaram ao quinto andar, Alix começou a sentir os cheiros de Emira. Esmalte, limão, aromas artificiais de coco e grama molhada. Quando Emira abriu a porta e seu apartamento surgiu, Alix pensou "Tá, tudo bem, eu vou conseguir" e logo em seguida "Nossa, que deprimente".

O apartamento de Emira parecia um daqueles dormitórios de faculdade onde todos os quartos são exatamente iguais, exceto os que ficam nos fundos do corredor, que são um pouco maiores ou talvez tenham uma janela a mais. O piso do corredor e da cozinha eram revestidos com um linóleo corrugado, imitando madeira. Em cima da geladeira, cuja porta estava repleta de cupons de desconto, ficava um micro-ondas vermelho brilhante. Havia duas portas que davam para a sala acarpetada, e Alix logo soube qual delas era do quarto de Emira.

No cômodo havia fotos de meninas negras em um quadro de cortiça, no qual, pendurado em uma tachinha, estava o arco de orelhas de gato que Emira comprara para o Halloween. Havia uma estante alta de plástico com roupas pretas empilhadas, uma colcha estampada sobre a cama desfeita com um vestido preto triste e amarrotado jogado por cima, e no chão ao lado da cama estava uma tigela rosa contendo uma poça rasa de leite açucarado. A sala tinha uma televisão, uma mesa de centro preta, uma cadeira *butterfly* preta e um sofá futon roxo coberto por uma capa pequena demais para ele. (Uma vez Alix havia feito uma postagem no blog que era uma carta direcionada aos futons. Nessa carta, ela se referia a eles como a maior falcatrua do universo mobiliário da geração dela e os chamava de "sacas de feijão superestimadas apoiadas em uma estrutura bamba, mas colorida". A intenção era que o post fosse engraçado, mas ver a configuração da sala de Emira fez a carta de Alix parecer bullying.)

Mas, ao se sentar no sofá de Emira, Alix bateu os olhos em outra coisa. Na parede oposta ao futon havia um aquário de 40 litros no chão. Não havia tampa, nem peixes, mas cerca de uma dúzia de vasos de plantas – samambaias, palmeiras, espadas-de-são-jorge e clorofitos –, e as folhas verdes emergiam por todos os lados. Aquilo era completamente inesperado, e Alix ficou agradecida por Briar ter corrido na direção dele, para que ela conseguisse descobrir como um futon desajeitado e aquele adorável aquário poderiam coexistir no mesmo espaço.

– Você quer uma água?

– Ah, sim, seria ótimo. Obrigada. Briar, não toca aí, querida. Você quer tirar o capacete?

– Não, brigada – respondeu a menina, e apontou para o aquário. – Não tem peixe aqui.

– Mas olha que lindas todas essas plantas, querida. – Alix desfez os nós do sling e deitou Catherine sobre as coxas, a cabecinha apoiada em seus joelhos. – Emira, que ideia incrível.

– Ah. – Emira fechou a porta da geladeira. – Bem, os antigos inquilinos deixaram esse aquário aqui. E era muito pesado pra levar lá pra baixo... e foi isso. Virou isso aí.

Emira retirou cubos de gelo de uma fôrma de plástico azul e encheu um copo com água da pia.

– Por que... por que não tem peixe aqui? – perguntou Briar.

Emira colocou o copo d'água na mesa de centro e se sentou na cadeira *butterfly*.

– Só tem plantas, fofinha. Eu sei que é meio esquisito – falou Emira. – Mas eu acho que antes tinha peixe aí.

Enquanto Emira explicava isso a Briar, Alix espiou pela porta do banheiro que dava para a cozinha. Havia quatro sutiãs coloridos e molhados pendurados no chuveiro e Alix pensou: "Ah, é por isso que você tá de jaqueta. Entendi." Lavar os sutiãs também parecia algo que Alix faria se estivesse muito inquieta e chateada. Um dos sutiãs pingou duas vezes na cortina, e, por algum motivo, aquilo fez Alix ter certeza que Emira e Kelley não estavam mais juntos.

– Então, espero que a gente não tenha te assustado muito – falou Alix. Catherine olhava para o teto até então desconhecido e dizia "Dadadada". – Mas eu só queria dar uma passada aqui e...

– Não, sim. Ééé... – Emira parou de falar. Ela se inclinou para a frente e apoiou os cotovelos nos joelhos. – Desculpa... eu posso falar primeiro?

Alix apoiou Catherine no ombro e cruzou as longas pernas. Ela notou uma caixa de DVD na prateleira embaixo da mesa de centro, e aquilo, associado ao pedido de Emira para falar primeiro, a encheu de afeto. "Eu adoro essa garota", pensou Alix. "Ela ainda assiste a DVDs? Que filme é esse? *O diabo veste Prada*? Meu Deus, eu adoro essa garota. Vai ficar tudo bem entre a gente."

– Sim, sim, por favor.

– Então, ééé... Eu tenho certeza que você viu o vídeo, porque, tipo... todo mundo viu. Mas só pra você saber, eu com certeza não costumo falar daquele jeito na frente da Briar. Bem, eu obviamente falo assim perto das minhas amigas e tal, mas nunca na frente da Briar, e aquela com certeza foi a única vez. Eu tava morrendo de medo que eles tirassem ela de mim ou algo assim, então eu gritei e disse algumas coisas meio impróprias pra uma criança ouvir.

Briar estendeu a mão por baixo da mesa de centro e pegou uma garrafa de água vermelha escrito TEMPLE em letras brancas.

– Abre isso – pediu ela.

– Briar, não, não – disse Alix.

Emira deu um tapinha no ar.

– Tudo bem, tá vazia, pode brincar. Mas sim... Você tá aqui, então talvez já tenha se decidido e eu entendo. – Emira enfiou as mãos entre os joelhos. – Eu só queria poder contar a minha versão e, hmmm... É, eu acho que é isso.

Na noite anterior, Alix assistiu ao vídeo em seu iPad cinco vezes, sentada na banheira, enquanto Peter dormia, logo após receber uma mensagem de Laney que dizia Já foi. A cada reprodução, era como se ela estivesse sendo apresentada a Emira pela primeira vez. Ela nunca tinha visto sua babá falar tanto, nunca se dera conta de quanto era bonita e nunca tinha visto Emira ser tão ágil e sagaz. Alix sabia o final da história. Ela sabia que tudo acabava bem. Mas ver tudo aquilo acontecendo e ouvir a voz de Emira ganhar um tom de medo fez seu coração bater mais rápido, como se estivesse assistindo a um filme de terror. Alix se pegou pensando "Isso, Emira. Fala pra ele" e "Cuidado, ele tá bem atrás de você!". Mas, na maioria das vezes, ela só pensava "Minha nossa, isso foi só uns meses atrás? Como assim a Briar era tão pequenininha?".

A maior parte das publicações no Twitter e em sites toscos era de elogios ao comportamento de Emira, mas alguns deles não seguiram o mesmo caminho. Essas reações eram a preocupação de Emira ao falar sobre seu comportamento naquela noite de setembro.

Por que ela não quis deixar o policial falar com o pai da criança no telefone? Tecnicamente isso configura resistência.

Desculpa, mas ela NÃO tem cara de babá.

Se ela se comporta assim na frente de uma câmera, eu me pergunto o que ela fala pra essa criança quando não tem ninguém por perto.

Ao ouvir Emira dizer aquelas coisas, Alix se sentiu exatamente como quando pesquisou a letra de uma música que tinha visto no celular da babá: encantada e intrigada. O maior medo de Alix era que Briar se comportasse não como Emira, mas como ela mesma. Será que ela queria que Briar fosse como Emira? Nos melhores momentos dela, sem dúvida. E o principal: ela queria uma babá capaz de se defender? "Com absoluta certeza", pensou Alix. Ela estreitou os lábios e colocou Catherine novamente sobre o ombro.

– Emira, você achou que o Peter e eu íamos ficar chateados com você?

Emira olhou para cima e deu tapinhas na parte de trás da cabeça. Estava nítido que ela tinha passado algum tempo chorando.

– Bem, eu me sinto mal por ter chamado o Peter de velho, porque ele sempre foi legal comigo e nem é tão velho assim.

Alix não conseguiu segurar o riso enquanto ajeitava a meia de Catherine no tornozelo.

– Ele ia gostar de saber disso, mas, de verdade, não precisa se preocupar. Bem, em primeiro lugar... Eu sei que tivemos nossos momentos, você e eu. Mas Emira, eu tenho uma sensação muito forte de que conheço você muito bem. O Peter e eu somos gratos demais por você cuidar das nossas filhas e por você estar lá pra oferecer proteção quando a gente não pode. E dou muito valor ao cuidado que você tem com as meninas, e também à sua privacidade, por isso não consigo nem imaginar o que você tá passando nesse momento.

Emira cruzou uma perna sobre a outra e disse:

– Não tem o que fazer.

– Bem, a gente com certeza não tá nem um pouco chateado com você, pelo contrário. Ficamos muito impressionados com o seu comportamento naquela noite e muitíssimo agradecidos por você fazer parte da nossa vida... E, só pra constar, eu com certeza já disse muitas coisas na frente delas que são impróprias pra crianças, então, por favor, nem se estressa com isso. Bem... – Alix pegou sua bolsa na outra extremidade do sofá e a colocou entre os tornozelos. – Eu tenho muitas coisas pra te dizer, então... Briar, meu amor, vem cá.

Briar olhou para cima e puxou o capacete de volta para a cabeça. Alix segurou Catherine com uma mão e enfiou a outra na bolsa. Ela pegou uma pequena caixa embrulhada para presente, com um barbante vermelho e branco amarrado em volta.

– Isso é pra Emira, lembra? Vai lá, dá pra ela.

– O que é isso? – quis saber Emira.

Briar pegou o presente e foi entregá-lo.

– Eu quero... Eu quero abrir isso. Eu abro.

– Isso é pra Emira, meu amor – disse Alix.

– Você quer me ajudar? – perguntou Emira.

Alix observou Briar e Emira abrirem o pequeno pacote para revelar um calendário do ano de 2016 com uma capa floral.

Emira arregalou os olhos, confusa, mas mesmo assim disse:

– Ah, obrigada.

Alix penteava os cabelos de Catherine com as pontas dos dedos e falou:

– Por que você não olha dentro?

Naquela manhã, Alix havia escrito "EMIRA" em todas as segundas, terças, quartas e sextas-feiras dos primeiros seis meses do calendário. Ela viu Emira abrir a página do mês de janeiro; Briar apontou para a imagem da flor em destaque e disse:

– Quero cheirar isso agora.

Emira virou para fevereiro, aparentemente esperando alguma coisa aparecer.

– Emira, esse é o meu jeito meio torto... – começou Alix – de pedir pra você passar mais tempo com a gente.

Emira foi para março.

– Eu não sei se entendi o que você quer dizer.

Briar bateu no capacete.

– Mamãe, quero tirar isso.

– Vem aqui que eu te ajudo. – Alix olhou para Emira e sorriu. –

Assim... A mamãe teve uma oportunidade muito legal, né? – Com uma mão, ela soltou o capacete de Briar. – E parece que vou dar aulas na New School no semestre que vem. E é toda terça à noite, mas as meninas obviamente não podem ir comigo, então... A gente ia gostar muito que elas ficassem com você. Então, seria... – Alix levantou um dedo indicador para contar – segunda-feira, horário normal, de meio-dia às sete. Terça você chegaria ao meio-dia e passaria a noite, até o meio-dia do dia seguinte. A gente arrumaria o quarto de hóspedes especialmente pra você, garantindo que não faltasse nada. E depois na sexta seria o horário normal, de meio dia às sete.

Emira pareceu tão atordoada com aquela proposta que começou a segurar o calendário como se ele fosse um item muito caro e não quisesse que suas impressões digitais provassem que ela havia tocado nele.

– Uau – disse ela.

– E assim, eu sei que você tem o trabalho de digitação nos dias em que não tá com a gente e não sei quanto você tá presa a ele... Briar, querida, as tiras do capacete estão muito sujas e não pode colocar na boca, tá bem? Mas sim, é óbvio que a gente te contrataria em tempo integral, já que você estaria abrindo mão do outro emprego. A carga horária seria de 38 horas por semana, mas a gente aumentaria pra quarenta pro caso de algum trem chegar atrasado um dia ou coisa do tipo. E assim a gente poderia incluir seguro-saúde, férias e toda essa parte boa... E não marquei o verão só porque sei que você deve visitar a sua família em algum momento, e a gente pode combinar como fica isso... – Alix suspirou e sorriu; seus ombros caíram cerca de 5 centímetros. – Eu marquei todos os dias no calendário pra você porque sei que são muitos. E você não precisa dar a resposta agora, mas se por ora você quiser tirar alguma dúvida... Ah, não... Emira, querida, você tá bem?

Na cadeira mais desconfortável e vagabunda que Alix já tinha visto, Emira levou as mãos ao rosto e começou a chorar. Não havia lenços de papel na mesa de centro (apenas dois controles remotos e um protetor labial), então Alix foi junto com Catherine até o banheiro e pegou um rolo de papel higiênico. Ainda com Catherine no colo, Alix se ajoelhou na frente de Emira e, ao lhe entregar um montinho de papel, manteve a mão sobre a dela.

– Você tá passando por um momento superdifícil e eu tô aqui jogando tudo isso em cima de você, me desculpa. – Emira estava com uma expressão tão docemente constrangida e dramática que Alix achou que ela própria poderia acabar chorando. – Eu achei que poderia ser o timing perfeito, mas talvez a gente precise lidar com esse vídeo primeiro e depois começar a pensar no ano que...

Mas Emira balançou a cabeça, quase como se estivesse feliz e exausta ao mesmo tempo, e falou:

– Não, desculpa, sim. Sim, parece ótimo.

– Jura?! – Alix não queria ter dito aquilo tão alto. Ela colocou a mão sobre a boca, pois tinha certeza de que os vizinhos de Emira haviam escutado através das paredes chapiscadas. – Sim? Ah, meu Deus, a gente ficaria tão feliz, você tem certeza?

– Ah, sim, com certeza. – Emira riu. – Sim, eu, ééé... Com certeza eu ia gostar de trabalhar mais horas.

– Ah, meu Deus, que boa notícia! Tá, tá. – Alix sorriu. – Bri, meu amor, adivinha só? – Briar tentou, sem sucesso, prender o capacete na parte mais larga da barriga. – Bri, você e a Emira vão fazer festa do pijama ano que vem. Não é demais?

– Mira? – Briar pegou a garrafa da Temple e a levou para Emira. – Mira, vamo colocar... vamo colocar passas aqui e aí a gente guarda pra mais tarde, tá bem?

– É uma excelente ideia – respondeu Emira.

Alix se sentou nos calcanhares e falou:

– Tá, então tá. A partir do ano que vem?

Emira secou os olhos com os dedos mindinhos e falou:

– Sim, tá ótimo.

– Eu prometo que a gente vai acertar os detalhes e definir tudo antes disso. Mas quero dizer só mais uma coisa.

Na verdade, havia muitas coisas que ela queria dizer. Alix mal podia esperar para chegar a um ponto do relacionamento em que não precisaria mais deixar passar nenhuma oportunidade de ensinar coisas a Emira, lições que a babá levaria consigo para o resto da vida. "Esse vídeo que te deixou constrangida? Sinceramente, não é tão ruim assim, e ele mostra quanto você ama a minha filha", Alix queria dizer a ela. "E essa garrafa d'água que você usa? Pode causar câncer, então vamos comprar uma nova de aço inoxidável ou de vidro. E isso aí você fez por engano? Com as plantas e o aquário? É muito, muito lindo, sua intuição foi certeira. E eu sei que um sofá é um grande investimento, mas é uma daquelas coisas na qual você vai querer gastar dinheiro. E esses são os itens básicos que você precisa ter no seu armário. E esse é o tipo de prato que parece chique, mas na verdade não é. E é assim que se quebra um ovo com uma mão só: você tem que treinar com uma moeda e duas bolinhas de pingue-pongue." Não era a hora de falar aquelas coisas, mas, com Emira trabalhando em período integral, Alix definitivamente teria sua chance.

– Se ainda for muito cedo pra gente conversar sobre esse assunto, é só falar – disse Alix. – Mas eu e o Peter queremos ajudar você com esse vídeo.

Mais uma vez, Emira falou que sim.

E assim, na segunda-feira de manhã, Laney Thacker e sua equipe de filmagem chegaram à casa dos Chamberlain às sete da manhã. Tamra pegou o trem e chegou com café e croissants. Emira entrou com Zara logo depois, segurando dois vestidos nas cores recomendadas por Laney (verde-menta e azul-cobalto). Os cabelos dela estavam alisados e enrolados nas pontas de uma maneira que Alix nunca tinha visto antes, e ela não tinha aplicado o delineado grosso. Usava uma simples correntinha dourada e, quando Alix viu o item, pensou "Boa menina".

Enquanto Alix se preparava para sua primeira aparição no noticiário local, abotoando a blusa rosa nude no espelho, ela olhou para Tamra em busca de uma última confirmação.

– Eu fiz a coisa certa, né? – sussurrou ela. Alix jogou os cabelos para a frente dos ombros. – Desculpa, só... Só me diz que eu fiz a coisa certa.

Tamra estreitou o olhar, em uma expressão excessivamente confiante.

– Ah, querida, sim. Com toda certeza. Esse vídeo é provavelmente a melhor coisa que já aconteceu na vida da Emira.

Vinte e quatro

Quando a Sra. Chamberlain abriu a porta, Emira ouviu Zara sussurrar: "Eita, porra, então tá, né." Além da grandiosidade da casa dos Chamberlain, que também já tinha chocado Emira em outro momento, havia luzes e câmeras instaladas na sala, junto com vasos de vidro com hortênsias cor-de-rosa nas mesinhas.

– Oi, querida. Você já acordou de vez? Se não, temos bastante café. Oi, Zara, que prazer revê-la! – A Sra. Chamberlain parecia alerta e desperta. O *querida* pegou Emira de surpresa, mas elas tinham acabado de atravessar um fim de semana difícil, e Emira disse a si mesma que a simpatia da Sra. Chamberlain ficaria mais natural. Emira e Zara seguravam copos de café da Dunkin' Donuts, mas Zara colocou o seu em cima de uma mesa e aceitou o café gelado que Tamra ofereceu.

Laney Thacker recebeu Emira na sala de estar. Ela deu um abraço na garota, com os braços excessivamente esticados e um guardanapo branco enfiado na gola do vestido, para não sujar o tecido de maquiagem.

– Uma graça – disse ela ao pegar os vestidos que Emira tinha levado; ela segurou um em cada mão. – Vamos com esse aqui. – Ela levantou a peça brilhante azul-cobalto. – Só um batom rosinha e uma finalização bem natural nas maçãs do rosto, tá?

– Emira, o banheiro das meninas é todo seu – avisou Alix.

Laney assentiu como se tivesse participado daquela decisão.

– Nos reunimos de novo em vinte minutos e às nove estamos no ar, popstar.

Emira tentou ficar tão entusiasmada quanto elas. Subiu as escadas com Zara, querendo muito perguntar onde estava Briar – ela estava muito curiosa para ver o que a menina ia vestir. Logo, logo estaria com a pequena, e as duas passariam bastante tempo juntas em um futuro próximo.

No banheiro das meninas, Zara aplicava uma camada de pó no rosto de Emira, que estava sentada no vaso sanitário.

– Então... – sussurrou Zara. Emira sentiu o cheiro do café gelado no hálito da amiga. – Rola uma vibe pesada de casa-grande aqui, hein.

– A-hã, é. – Emira abriu os olhos. Ela pegou a embalagem de pó e olhou seu reflexo no espelhinho. – Eu vou passar muito tempo aqui, então relaxa. Dá uma ajeitada no meu *baby hair*?

– *Tsc*. Cadê sua escovinha?

Emira se esticou tentando espiar dentro da bolsa de maquiagem.

– Não tá ali? – Ela pegou a bolsa em cima da pia e a segurou no colo. Depois de afastar embalagens e pincéis de um lado para outro, ela disse: – Deve tá na minha mochila. – E olhou para Zara.

– Ah, é assim? – disse Zara fazendo um bico.

– Você pode só ir lá embaixo buscar pra mim?

– Uoooou, tá bem, tá bem. – Zara foi até a porta, falando para ninguém em especial: – Ela acha que tá arrasando agora que arranjou um emprego, mas tudo bem.

– Obrigada! – exclamou Emira, e Zara fechou a porta.

Sozinha, ela se levantou e se olhou no espelho. Nele, acima de um imenso pacote de lenços umedecidos e um pote de talco de bebê, estava a versão de si mesma que ela preferiria mostrar diante das câmeras, em vez da que circulava cada vez mais pelo Facebook e pelo Twitter.

Durante todo o fim de semana, Emira não fizera nada além de pesquisar no Google comentários e postagens sobre o vídeo do Market Depot. Em meio a imagens violentas de ataques brutais da polícia e de manifestações do Vidas Negras Importam, o vídeo de Emira era, de alguma maneira... engraçado? As pessoas que assistiam e compartilhavam o vídeo faziam comentários como Isso é muito escroto, mas eu não consigo parar de rir e MEU DEUS, essa garota é minha heroína. Alguém havia feito uma captura da tela no momento em que Emira gritava com o guarda com uma mão apoiada na cintura, e deram um zoom no rosto de Briar olhando impotente para a câmera. A legenda dizia: Sim, essa sou eu. Você deve estar se perguntando como eu cheguei nessa situação. As pessoas faziam comentários como Não tô aguentando essa neném, A garotinha não aguenta mais e Tô pronto pra um spin-off com a garotinha e a babá. Quanto mais o vídeo era compartilhado, mais leve aquilo parecia, o que tornava a situação melhor e pior ao mesmo tempo.

Emira acreditava que aquele era o ponto de vista geral por conta de alguns fatores. Em primeiro lugar, ninguém se machucou. Briar era fofa e boazinha, e estava de saco cheio da situação, e as respostas rápidas de Emira mascararam seu medo. Aquele era um vídeo sobre racismo que não tinha sangue nem estragava o resto do seu dia. Emira não pôde deixar de pensar em como as pessoas reagiriam na internet se soubessem que ela e Kelley estavam namorando... *tinham namorado*. (Emira ignorou as quatro ligações de Kelley nos últimos dois dias. Zara atendeu a última tentativa dele dizendo: "Tá bom, conseguimos acalmar os ânimos, né? Mas ainda não estamos prontas pra falar com você. Por favor, respeita o nosso momento.")

Kelley não foi o único a ligar. Durante todo o fim de semana, Emira manteve o celular no carregador, porque ele tocou o dia inteiro com pedidos de entrevistas e com um convite para participar de um programa de entrevistas chamado *The Real*. Emira atendeu a todas as ligações usando as respostas prontas que a Sra. Chamberlain havia sugerido. "Responde pra todo mundo que você não tem nada a falar por enquanto, e é só isso que você precisa dizer nesse momento." "A gente pode dar um jeito nisso, eu garanto. A gente se pronuncia, explica qualquer coisa que possa ter sido mal interpretada, e você vai sair dos holofotes mais rápido do que entrou."

No final das contas, Kelley estava certo a respeito da notoriedade que aquele vídeo alcançaria, mas provavelmente imaginava que seria em uma escala muito menor. Nos dois dias seguintes à divulgação do vídeo, Emira recebeu três mensagens em seu correio de voz com propostas de emprego. Uma era de uma família negra abastada da cidade que estava em busca de uma babá para os três filhos. A outra era de uma revista on-line convidando Emira para escrever uma série de três ensaios sobre proteção dos direitos das babás na Filadélfia. E a última era do seu atual empregador, o Partido Verde. A supervisora de Emira às terças e quintas, uma mulher chamada Beverly, ligou para o celular dela três vezes e deixou duas mensagens: "Queria conversar sobre ter você mais tempo por aqui, pode ser?" Depois de gastar dinheiro em uma resma de papel bacana e passar noites escrevendo cartas de apresentação, Emira ficou mais irritada do que satisfeita pelo fato de um vídeo viral parecer torná-la mais qualificada do que cartas de referência e um diploma de graduação. Mas nada disso importava, porque ela não precisava mais daquilo. Os pais de Emira – que pareciam mais preocupados com a roupa dela no vídeo do que com qualquer outra coisa – entraram em pânico ao presumir que ela estava sem emprego e sem casaco. "Mãe, isso foi no verão", explicou Emira. "E eu tenho um emprego. Eu sou babá."

O convite para o jantar de Ação de Graças não fez com que ela se sentisse parte da família. No entanto, fez com que recebesse da Sra. Chamberlain um contrato e um formulário sobre algo relacionado ao imposto de renda. A partir de 2016, embora Emira tecnicamente passasse a ganhar menos por hora por conta dos impostos, ainda assim ganharia mais do que jamais ganhou na vida, quase 3 mil dólares por mês. Ela não se mudaria para o antigo quarto de Shaunie, mas se em algum momento fosse parada de novo por um guarda, poderia dizer que tinha carteira assinada sem forçar nenhuma barra. Ela teria uma desculpa válida para não sair porque estaria trabalhando em turnos de 24 horas. E, na futura escola de Briar, em suas aulas de natação na ACM e de balé na Luluzinha, o nome e o número de Emira constariam no topo da lista de contatos de emergência de Briar.

Então, prestes a iniciar uma nova carreira e já uma personalidade da internet, Emira achou inacreditável, absurdo e até um pouco engraçado quando Zara voltou com sua mochila, entrou no banheiro, fechou a porta e sussurrou:

– Então, a gente tem um problema.

Zara deixou a mochila cair no chão e contraiu os lábios. Ela uniu as mãos como se estivesse em oração e encostou os dedos na boca.

Emira pegou a mochila e disse:

– Tenho certeza que caiu lá no fundo.

Mas Zara pareceu não escutar. Ela fechou o punho da mão direita e o girou, fazendo um pequeno círculo no ar. Pressionou os nós dos dedos na boca e sussurrou:

– Mira, eu não tô brincando. Olha pra mim. – Zara respirou fundo. – Você não pode mais trabalhar aqui.

Emira riu e ficou imóvel, a escovinha na mão. Ela deixou a mochila escorregar entre os tornozelos e apoiou o quadril na bancada.

– Como é que é?

– Você precisa prestar atenção no que eu vou te dizer.

– Eu *tô prestando*, qual o seu problema?

– Então, eu tava lá embaixo, fazendo o favor de pegar essa porra dessa sua mochila pesada, e ouvi a sua chefe entrar no banheiro. – Zara sussurrava enquanto apontava para o chão, no ponto onde, logo abaixo delas, ficava o banheiro de hóspedes. – Tava lá pegando essa merda, e aí ouvi ela perguntando pra outra se ela tinha feito a coisa certa. – Zara fez aspas agressivas com as mãos ao dizer "a coisa certa". – E aí aquela tal de Tamra pela-saco de branco disse pra ela que "com toda certeza", que esse vídeo é a melhor coisa que já aconteceu na sua vida.

Emira segurou a escovinha com as duas mãos e esfregou o polegar quatro vezes nas pontas das cerdas brancas e azuis. Ela a colocou na bancada, produzindo um som seco.

– Tá, não... Peraí. – Ela baixou a voz também. – Ela provavelmente tava falando do jornal. Tipo, *esse* vídeo que a gente vai gravar agora. – Mas, ao dizer aquilo, Emira percebeu que, se era a isso que a Sra. Chamberlain se referia, a afirmação já era dolorosa por si só. Emira costumava apontar a instabilidade de sua situação atual especificamente para que outras pessoas não precisassem fazer isso por ela. Emira levou um tempo para consolidar na mente as implicações da alegação de Zara e, por um momento, tudo em que ela conseguiu pensar foi: "A Sra. Chamberlain estava falando alguma merda sobre mim? Eu achava que a gente tinha um acordo."

Zara balançou a cabeça e levantou o indicador.

– Nã-nã-ni-nã-não. Você *concordou* com esse lance do jornal. Você não concordou com a merda do vídeo do mercado. Essa mulher fez alguma coisa. Mira... – Zara parou de falar, os olhos voltados para o rosto de Emira. – Essa mulher vazou o vídeo.

– O quê, não... – Emira dizia *não* àquela acusação, mas na verdade estava dizendo *não* à ideia de precisar ter outra conversa pra avaliar quem a amava menos: Kelley ou a Sra. Chamberlain. Ela cruzou um braço na frente da barriga e falou: – Z, não é possível. Como ela conseguiu esse vídeo?

– Sei lá. Você deixa seu celular por aí?

– Sim, mas ela não tem a minha senha.

– Você traz o seu laptop pra cá?

– Eu não levo o meu laptop pra lugar nenhum.

– Tá, você abre o seu e-mail no laptop dela? – Zara apontou para a porta do banheiro. – Ou naquele computador gigante que fica na cozinha?

Emira colocou uma das mãos sobre o ombro oposto. Por cerca de oito segundos, seu rosto ficou paralisado como se ela estivesse prestes a se lembrar de uma palavra simples que estava na ponta da língua. Sua mente voltou para três dias antes, no dia em que completou 26 anos, e para o breve momento em que esteve com a Sra. Chamberlain na cozinha. Ela tinha feito login no Gmail para enviar um endereço para si mesma, mas não se lembrava de ter deslogado. Lembrou-se de espiar a hora em seu celular para terminar logo aquela conversa que ela não queria ter, dolorosamente ensaiada pela Sra. Chamberlain. E tinha pegado o dinheiro da Sra. Chamberlain e retornado seis horas depois para trazer a filha dela de volta, feliz, paparicada e amada. Emira cogitou a hipótese de que, por não ter permitido que a Sra. Chamberlain acabasse com o namoro dos dois ou apenas fizesse Emira cogitar a possibilidade de terminar com Kelley, a mãe de duas filhas tivesse feito o serviço por conta própria. Mas elas não estavam de boa agora? Não era por isso que a Sra. Chamberlain tinha feito aquela proposta de trabalho para ela? Mas, espera, merda... *aquele* era o motivo de ela ter recebido aquela proposta? Emira respirou fundo pelo nariz. De repente, se lembrou da primeira vez que havia ficado lá até mais tarde para tomar um drinque com a Sra. Chamberlain. O vinho caro que ela ganhou de graça. Ela tinha perguntado à Sra. Chamberlain se vinha um evento por aí. A Sra. Chamberlain deu uma piscadinha e disse: "Quando meu livro for lançado, sim."

Emira olhou para Zara e sussurrou:

– Merda.

– Tá, a gente pode falar sobre isso depois, mas o seu nível de conhecimento em tecnologia é *muito* problemático.

– *Você* falou que foi o *Kelley*! – sussurrou Emira em tom de urgência. Ela estendeu a mão e empurrou o ombro de Zara com mais força do que pretendia. – O que você queria que eu pensasse, porra?

Zara lentamente trouxe o corpo à posição inicial.

– Tá, olha só, eu fiz merda. – Ela ficou com os dois indicadores levantados ao explicar: – Eu tinha tomado mojitos demais e talvez tenha me precipitado, mas, de verdade, eu tava só tentando te proteger. E quando você conhecer outro cara ou voltar com o Kelley, ou sei lá o quê, eu juro por Deus que vou pegar mais leve, mas...

– Tá, tá, tudo bem, tudo bem – interrompeu Emira. Não só Zara começou a falar um pouco alto, como ouvir o nome de Kelley ainda lhe doía. – Você tem *certeza* que foi isso que ela quis dizer?

– De verdade? – Zara olhou para o teto como se estivesse jurando a Emira e a Deus. – Foi isso que eu ouvi aquela mulher dizer, e foi assim que eu ouvi ela dizer isso.

Emira e Zara ficaram paradas no banheiro branco e brilhante. Zara mordeu o lábio e disse:

– Gata, você não pode trabalhar aqui.

Emira deu de ombros, ciente de que tudo aquilo tinha sido bom demais para ser verdade, e falou:

– Eu sei.

– Então, foda-se essa merda – continuou Zara. Ela começou a colocar a maquiagem de Emira de volta na nécessaire. – Vamos embora. Você não deve porra nenhuma pra ela. – Uma lasca de lápis de olho caiu de um apontador, e Zara rapidamente a jogou no lixo. Era como se ela estivesse tentando esconder o fato de que ela e Emira tinham estado lá em algum momento.

– Peraí... Zara, espera. – Emira agarrou o antebraço da amiga. Seu coração disparou quando as consequências ecoaram em sua mente. – Eu vou ficar sem emprego, e não tenho direito nem a aviso prévio. Eu não posso ficar sem emprego.

Zara cobriu o lábio superior com o inferior.

– Você consegue viver do seu trabalho de digitação?

– Se eu conseguisse, você acha que eu ia ter esse aqui?

Zara ficou quieta, refletindo. Ela estendeu a mão e bateu o polegar na boca.

– Tá. Então a gente precisa arrumar outro emprego pra você rápido.

– O quê?

– A gente arruma um emprego temporário – afirmou Zara. – Não precisa ser perfeito. Só precisa funcionar por enquanto. Então, quem te ligou no fim de semana? Espero que você não tenha recusado nenhuma proposta.

– Não recusei. De repente, ela tinha voltado à estaca zero. A ideia de pesquisar na internet, fuçar a Craigslist e ver crianças nojentas na rua e pensar "Será que eu conseguiria aprender a amar você?"

provocou um nó tão grande no peito de Emira que ela curvou os ombros para a frente.

Emira respirou fundo.

– Tá, ééé… Teve uma família que me ligou e disse que queria me contratar como babá.

– Não, isso não. – Zara sacudiu o dedo indicador em negativa. – Nada dessa merda de ser babá de novo. Próximo.

– Tinha uma proposta idiota de escrever uns ensaios, mas eu nunca daria conta disso. E a minha chefe no Partido Verde disse que queria aumentar minha carga horária.

– A do trabalho de digitação?

– Sim, mas seria como recepcionista.

– Tá… Você conseguiria trabalhar lá?

– Sim…? – Seria chato, mas ela conseguiria. E, naquele momento, a maior vantagem em que ela conseguia pensar era o fato de que ela não precisaria comprar roupas novas, porque os funcionários de lá sempre usavam jeans. – Tipo, sim, eles são bem de boa lá.

– Tá, ótimo, isso é suficiente. Não precisa ser pra sempre. Quanto eles vão te pagar?

– Ela não disse.

Do lado de fora, no corredor, Laney chamou:

– Cinco minutos, mocinhas!

– Liga pra eles – falou Zara.

Emira se abaixou e pegou o celular na mochila. Naquele momento, foi um alívio ter alguém dizendo o que fazer. Ela ficou sentada no vaso sanitário enquanto digitava o número da sala de Beverly, que começou a chamar enquanto Zara continuou arrumando a bolsa de maquiagem.

– Não aceita ainda. Só pergunta os detalhes. – Zara fechou a nécessaire de Emira e a jogou dentro da mochila. – Fica tranquila. A gente vai conseguir, não se estressa.

No quinto toque, ela atendeu.

– Oi, Beverly? É a Emira. – Emira tentou soar o mais natural possível enquanto sussurrava dentro do banheiro ecoante. – Eu vi sua mensagem e queria conversar sobre a sua proposta...

Beverly explicou que tinha acabado de chegar ao escritório e pediu desculpas se parecia meio esbaforida. Ela continuou falando sobre como não fazia ideia do que Emira havia passado, que aquele poderia ser o timing perfeito, que a pessoa que trabalhava na recepção ia voltar a estudar e que eles adorariam que ela ocupasse a vaga. Então Laney bateu na porta.

– Últimos retoques por aí? – perguntou ela.

Zara correu para a porta e a abriu um pouco. Enfiou o rosto pela fresta e sorriu:

– Sim! Só mais um minuto – informou antes de fechar a porta novamente.

– Você pode esperar dois segundinhos? – pediu Emira. Ela colocou o celular no mudo. – Eles querem me pagar 16 dólares por hora, 35 horas por semana.

– Aaaaah, nã-nã-não. – Zara balançou a cabeça e pegou seu celular. – Eles fazem isso pra não ter que dar os benefícios.

– Tem certeza?

– Pergunta pra ela.

A respiração de Emira acelerou dentro de sua caixa torácica quando ela clicou no celular para retomar a chamada.

– Desculpa, Beverly? Isso significa que eu não teria seguro-saúde? – Emira ouviu Beverly confirmar que não teria. Ela olhou para Zara e murmurou: – *Merda*.

– Tá, agora a gente vai negociar – sussurrou Zara. Ela se ajoelhou na frente de Emira e começou a digitar furiosamente na calculadora do celular. – Fala pra ela... – Zara levantou a mão no ar enquanto formava a frase. – Fala pra ela que você tá muito interessada na vaga e que gostaria de falar sobre a inclusão de cobertura de saúde.

Emira repetiu lentamente aquelas palavras ao celular.

– E... – sussurrou Zara enquanto digitava – que você está disposta a receber menos por hora.

Emira queria perguntar à amiga "Eu tô? Eu tô disposta a receber menos por hora?". Atualmente, ela ganhava 16 dólares por hora. E Briar não estaria lá, então, sinceramente, que sentido fazia? Emira percebeu então que jamais teria de fato trabalhado como gerente da creche da Body World Fitness, mesmo que eles tivessem lhe oferecido a vaga. Ela teria ficado com Briar pelo tempo que os Chamberlain a quisessem lá. Mas a Sra. Chamberlain tinha ultrapassado todos os limites e aquela tinha deixado de ser uma questão de escolha. Emira ouviu a Sra. Chamberlain perguntar no corredor: "Elas já estão terminando?" Emira repetiu as palavras de Zara: "Eu também tô disposta a receber menos por hora."

No ouvido de Emira, Beverly disse: "Tudo bem, vamos conversar sobre isso... De quanto a gente tá falando?"

– Hmmm... – Emira olhou para Zara. – De quanto a gente tá falando?

Zara olhou de volta para o celular e sussurrou:

– Então, se você reduzir pra 14 a hora é a mesma oferta de 2.250 por mês, mas com os benefícios incluídos.

– Tá, por vocês tudo bem fechar por... – Emira sabia que suas palavras não correspondiam ao profissionalismo da situação, mas passou por cima de sua falta de experiência e do constrangimento e disparou o valor. – Catorze a hora?

– Emira, só um minuto – solicitou Beverly. Emira ouviu vozes ao fundo antes de Beverly retornar. – Eles tão me dizendo aqui que a gente pode pagar 13 por hora se incluir os benefícios. Sei que é puxado, mas, depois de uns seis meses, tenho certeza que posso conseguir mais.

Pela maneira como ela disse aquilo, Emira percebeu que Beverly queria mesmo que ela aceitasse o trabalho, e que teria oferecido mais se pudesse. O profissionalismo de Emira havia se transformado em necessidade, e ela sentiu um alívio esquisito ao ver que o mesmo tinha acontecido com Beverly. Emira cobriu o fone e disse:

– Eles só podem pagar 13.

Zara franziu os lábios.

– Inclui seguro dental?

Emira estremeceu.

– Isso não inclui o seguro dental, né? – Ela ouviu Beverly dizer que não e balançou a cabeça. – Quanto que dá isso? – sussurrou Emira para Zara.

Zara virou o celular e mostrou a ela o número 1.820: algumas centenas de dólares a menos do que ela estava ganhando naquele momento. Zara assentiu e disse:

– Fala pra ela que você aceita. – Emira hesitou, e Zara estendeu a mão para ela. – Mira! É só por enquanto. É um emprego de verdade. *Esse* é o tipo de coisa que você quer ter no currículo – disse Zara apontando para o celular no ouvido de Emira. – Você não quer isso. – Zara apontou para a porta atrás dela e balançou a cabeça.

Havia um desespero feroz nos olhos de Zara, e aquilo dizia a Emira que sua amiga estava preocupada com ela e que já sentia isso havia algum tempo.

Naquele momento, a Sra. Chamberlain bateu na porta e disse: "Meninas?"

– Eu aceito – falou Emira ao celular.

Enquanto Zara fechava a mochila, Emira se ajoelhou ao lado do vaso sanitário e colocou a mão em concha em volta do fone ("Tá bem, muito obrigada, Beverly... Certo, obrigada!"). No momento em que desligou e se levantou, Zara abriu a porta e se protegeu atrás dela.

– Tá tudo bem com vocês? – A Sra. Chamberlain espiou dentro do banheiro. – Ah, Emira. Você tá tão bonita! A gente precisa descer porque eles estão quase prontos. Você tá bem?

Emira respirou fundo e disse:

– Eu tô ótima.

Laney apareceu ao lado da Sra. Chamberlain, bateu palmas abaixo do queixo e cantarolou:

– Todas a postos!

Laney se virou para voltar ao andar de baixo, e nisso a Sra. Chamberlain olhou para Emira com olhos arregalados que diziam "Nossa, ela é um pouco demais, né?". Esse gestual furtivo foi feito de forma muito precisa e aguçada, e a facilidade da execução revelava anos de prática. Emira engoliu em seco quando a Sra. Chamberlain revirou os olhos antes de seguir Laney escada abaixo.

Zara lentamente fechou a porta do banheiro mais uma vez, com uma expressão de urgência.

– Se a gente vai embora, tem que ser agora.

Mas aquela alfinetada da Sra. Chamberlain em Laney mexeu com alguma coisa nas veias e nas articulações de Emira, que então, ao se olhar de novo no espelho, falou:

– Não. – Ela virou o rosto de um lado para o outro, para se certificar de que a base havia sido perfeitamente aplicada no arco de sua mandíbula. Jogou os cabelos para trás e verificou a brancura dos dentes. – Eu vou lá.

– Como é que é?

– Me escuta. – Emira se virou para ela. – Eu vou lá, tá? Mas assim que eu olhar pra você, quero que você faça um escarcéu.

Zara balançou a cabeça em relutância, obrigação e confirmação irrefutáveis.

– Mira, não brinca comigo, porque você sabe que eu alopro.

– Faz isso. Tô falando sério. – No espelho, ela enfiou a mão pela gola do vestido para levantar e centralizar os seios. – Confia em mim, e, quando eu der o sinal, preciso que você faça um escândalo. Mas amiga, peraí... Cara, eu tenho benefícios agora? – Emira abriu um sorriso.

Enquanto Zara e Emira davam pulinhos, Emira de repente percebeu que haveria um dia, provavelmente muito em breve, em que Briar não se lembraria mais dela.

Vinte e cinco

Naquela manhã, Laney tinha sido a primeira a chegar à casa dos Chamberlain. Ela também foi a primeira pessoa a quem Alix perguntou "Eu fiz a coisa certa?".

Com o rosto já cheio de maquiagem às sete da manhã, Laney pegou as duas mãos de Alix.

– Querida, me escuta. Quando eu tava no último ano do ensino médio, o meu técnico de futebol foi fazer uma demonstração no vestiário e chegou perto demais de uma das meninas do time, e fez algo que hoje em dia eu entendo como assédio. Mas eu sabia que aquilo tava errado. Nós todas sabíamos que aquilo tava errado. Mas a menina, Mona… Monica? Monica. Bem, ela pediu pra gente não falar nada. E na época nenhuma de nós soube o que fazer, então a gente não fez nada. Mas eu aposto que, se a Monica estivesse aqui agora, ela ia achar melhor que a gente tivesse feito alguma coisa. Você entende o que eu tô querendo dizer, Alix?

Alix contraiu os lábios e assentiu.

– Sim, com certeza – disse ela, tentando libertar os dedos presos nas mãos de Laney.

Alix aguardaria para receber uma confirmação mais confiável de Tamra. Enquanto isso, ela fez de tudo para agradecer a discrição e a perspicácia de Laney. Três dias antes, Laney, com sucesso e destreza, havia dado um jeito de deixar o vídeo do mercado chegar às mãos erradas, e depois rapidamente conseguiu cavar a primeira entrevista.

– Todo mundo ganha com isso – garantiu Laney. – Emira consegue limpar a barra dela. O pequeno mal-entendido envolvendo o Peter vai ser amenizado. E você volta um pouco pros holofotes. E não se preocupa, eu sei exatamente como promover o seu livro *sem* promovê-lo. Você sabe o que eu quero dizer.

E aquele foi o momento em que Alix percebeu que teria que morar de fato na Filadélfia, tanto pessoal como virtualmente. Mas, no fundo, já era hora. Alix havia aceitado o cargo na New School; Emira havia aceitado trabalhar em sua casa como babá em período integral; sua editora, Maura, tinha aceitado seu pedido de desculpas e as trinta páginas que Alix dera um jeito de providenciar no fim de semana. Aquela era a hora de Alix aceitar que não morava mais em Manhattan. Alix, de alguma maneira, havia saído ilesa da confusão envolvendo Kelley Copeland, e a futura confissão de que agora vivia na Filadélfia seria como uma punição secreta. Quando Emira e Zara finalmente emergiram do banheiro do segundo andar, Emira parecendo encantadora e nervosa de um jeito que ela nunca tinha visto, Alix sentiu que estava pronta não só para assumir que morava na Filadélfia como também para deixar que Emira a representasse.

Enquanto caminhavam, Zara e Emira trocaram algumas palavras importantes antes de Emira entrar na sala e se tornar o centro das atenções.

– Vamos dar uma olhada – disse Laney.

Briar, em um vestido roxo-escuro com colarinho, apontou para Zara e falou a Emira:

– É a sua amiga.

Tamra apertou a mão de Briar e afirmou:

– Essa é a amiga da Mira. Tá quase na hora de você se sentar com elas, tá bem?

Emira sorriu para Briar e falou:

– Ei, fofinha.

Havia dois cinegrafistas e um técnico de áudio posicionados no meio da sala. A televisão, uma poltrona e dois caixotes com brinquedos infantis estavam alinhados à parede atrás deles. Laney estava no comando. Ela deu uma volta na sala, verificando cada ângulo e luz. Não demonstrou nenhum constrangimento em dizer à equipe "Não, não tá bom ainda" e observou enquanto eles tentavam mais uma vez. Alix se sentiu ingênua ao ver que Laney não era apenas uma apresentadora de TV, mas a produtora executiva daquela reportagem, que seria transmitida ao vivo pelo *WNFT Morning News*. Usando uma blusa de um verde vivo que tinha um laço amarrado na lateral do pescoço, Laney foi até Alix e Emira e as puxou para a sala.

– Vamos trazer a Srta. Briar pra cá também? – pediu Laney. Com Catherine balbuciando em um de seus braços, Tamra entregou a mão de Briar para Alix.

– Mamãe? – disse Briar apontando para um dos cinegrafistas. – Eu quero... Eu quero... Esse moço tá de óculos.

– Então, Emira, vamos colocar o cardigã creme por cima, acho que vai ficar bem bonito – sugeriu Laney. – E Alix, vamos passar um pouco mais de pó aqui. Só um pouquinho.

Laney apontou com os dedos mindinhos para a parte de dentro de suas próprias pálpebras.

– Pode deixar – disse Tamra, e saiu para buscar a maquiagem.

Quando Zara percebeu que a função de ir pegar o cardigã era sua, ela murmurou "Ah, é comigo, óbvio" e correu para resgatá-lo no vestíbulo. Ela passou na frente da luz da câmera, andando nas pontas dos pés, entregou o casaco de lã à amiga, depois recuou e se encostou no portal que ligava o hall à sala.

Depois que Alix e Emira fizeram os ajustes, Laney disse para elas se sentarem no sofá. De repente, a casa parecia um imenso cenário, e Alix desejou poder voltar no tempo e dar alguns toques a mais, acrescentando objetos adquiridos na Filadélfia que a fizessem se sentir mais conectada ao espaço. Mas agora que Emira passaria mais tempo ali, Alix teria um motivo a mais para transformar a casa em um lar. Alix se sentou ao lado de Emira no sofá enquanto Laney ajeitava o vestido de Briar nos joelhos de Emira. Briar apontou para Emira e disse:

– Seu rosto tá brilhando.

– Ok, mocinhas, ótimo. – Laney se sentou na cadeira destinada a ela, localizada diante da extremidade do sofá onde estava Emira. – Então, é como a gente conversou. Limitem as respostas a uma ou duas frases. Pernas fechadas, olhos abertos. E levem o tempo que precisarem, não tem problema. A gente tem quatro minutos, certo? Bri, querida? Olha pra mim. – Laney estalou os dedos duas vezes no ar e Briar olhou de volta como se tivessem gritado com ela. – Então, você precisa ficar aqui com a Emira e se comportar como uma mocinha hoje, tá bem? – Laney assentiu quatro vezes, respondendo à pergunta que ela mesma tinha feito. – Sim, senhora. Uma mocinha. Garret, quanto tempo pra gente entrar?

Um dos cinegrafistas desviou o rosto do equipamento para ajustar o fone de ouvido e respondeu "Dois minutos". Alix estendeu a mão e apertou a parte superior da mão de Emira, roçando na lateral do joelho da filha. Era a primeira vez dela também. Ela nunca tinha aparecido no noticiário local. Assim como na vez do Dia de Ação de Graças, Alix havia fantasiado que aquela reportagem de quatro minutos seria um momento que uniria as duas de uma forma irreversível. Alix se sentia atônita com a beleza de Emira, com a maneira graciosa de aceitar seus conselhos ao longo do fim de semana e com o fato de ela estar naquele momento em sua casa sem ser paga para isso. Alix ajustou sua postura uma última vez, enquanto Laney conduzia as mulheres em uma silenciosa respiração em grupo.

– Confiem em mim – sussurrou Laney dando um sorriso. – Vocês vão ouvir a Misty e o Peter primeiro e depois é comigo.

Do pequeno alto-falante preto equilibrado ao lado dos pés do técnico de som, Alix ouviu um zumbido e depois o som familiar da música tema da WNFT. O rapaz se inclinou para aumentar o volume e voltou a estender o microfone sobre a cabeça delas.

– Estamos de volta na WNFT. Você provavelmente está se perguntando onde a Laney está nesse momento – disse Misty –, e isso nos leva à nossa principal reportagem de hoje. Não é sempre que uma matéria é gravada tão perto de casa, mas essa está sendo realizada literalmente *dentro* da casa do Peter! – Houve uma pausa e, embora Alix não pudesse ver o marido, ela conseguiu imaginar que ele estivesse fazendo uma cara envergonhada, mas charmosa, de quem diz "O que você vai aprontar?", enquanto levantava uma das mãos admitindo a culpa. Misty continuou enquanto Alix passava a língua nos dentes da frente uma última vez. – No último fim de semana, um vídeo viralizou. Emira Tucker, de 26 anos, formada na Universidade Temple, foi acusada de sequestro por um guarda dentro do Market Depot. Emira não estava cometendo crime nenhum, estava apenas trabalhando como babá. E Peter, vou passar para você, porque você conhece muito bem Emira e a criança em questão.

– Isso mesmo – falou Peter, soltando uma risadinha. – Eu vou deixar a Emira falar porque ela pode explicar essa situação muito melhor do que eu, mas antes eu queria só dizer uma coisa…

Nesse momento, Briar olhou para Emira e falou:

– É o papai.

Emira assentiu e colocou o indicador sobre os lábios pedindo silêncio.

Briar pôs o dedo nos lábios, olhou para Alix e, no mesmo volume de voz de antes, sussurrou:

– Eu tô ouvindo o papai.

– Antes de mais nada, eu sou pai – afirmou Peter no estúdio da WNFT. Alix olhou para os sapatos enquanto a voz dele saía pelo alto-falante. – Minha esposa e eu contratamos a Emira no verão passado para cuidar das nossas filhas, e ela está com a gente desde então. Nós tentamos manter nossas meninas fora dos holofotes o máximo possível, mas, na noite do dia 19 de setembro, isso não foi tão fácil. Os últimos dias têm sido estranhos, e minha esposa e eu agradecemos todo o apoio que a nossa família, incluindo a Emira, tem recebido. Hoje, a minha esposa, a minha filha mais velha e a nossa babá, Emira, vão responder a algumas perguntas sobre aquela noite e, com sorte, vamos dar esse assunto por encerrado.

"Em 19 de setembro, uma das janelas da frente da casa dos Chamberlain foi atingida por pedras." Aquela era a voz de Laney, pré-gravada.

Ao ouvir a gravação, Laney se ajeitou na cadeira, olhou para Alix e Emira e murmurou: "Vamos lá." Alix não conseguia lembrar se Emira sabia se tinham sido pedras ou ovos, mas Laney havia assegurado a ela que pedras soariam melhor e endossariam a sensação de desespero que Peter e Alix tiveram, uma razão óbvia para entrar em contato com a babá. Todo aquele tempo depois, parecia quase bobo que a maior preocupação de Alix durante meses fosse o fato de Emira saber ou não por que os tais ovos/pedras haviam sido jogados. Mas Alix disse a si mesma que aquilo não importava e respirou fundo. "Em quatro minutos, tudo isso vai acabar", pensou ela, soltando o ar. A gravação de Laney continuou:

"Peter e Alix Chamberlain ligaram imediatamente para Emira Tucker, sua babá em meio período, para que ela tirasse a filha deles de casa enquanto chamavam a polícia, mas a própria Emira acabou passando por uma situação difícil. Um guarda e uma cliente do Market Depot a acusaram de sequestrar Briar, de 3 anos, e se recusaram a deixá-la sair da loja." O som da voz de Emira irradiou na sala por um pequeno alto-falante, e Alix sentiu o sofá se mover. O corpo inteiro de Emira se ergueu um centímetro. Alix tinha visto o vídeo várias vezes para se certificar de que, enquanto Emira dizia "Que crime está sendo cometido aqui? Eu estou *trabalhando*", era possível vê-la colocando a mão na lateral da cabeça de Briar. Alix ouviu o vídeo pular para o final, quando Peter chega correndo de um outro corredor e coloca a mão no ombro de Emira. Ela percebeu que eles haviam aumentado o volume da voz de Peter para que pudesse ser ouvida adequadamente por outras pessoas que não os espectadores comuns. "Nosso apresentador Peter Chamberlain", prosseguiu Laney, "foi chamado ao local para explicar o ocorrido. Hoje estamos ao lado de Emira Tucker, Alix Chamberlain e a filha mais velha da família, Briar".

No momento em que Alix ouviu seu nome, um dos cinegrafistas olhou para elas e deu início a uma dramática contagem regressiva com os dedos da mão direita. Enquanto ele passava do três para o dois, Alix começou a sentir seu batimento cardíaco acelerar, depois teve a sensação de que os dedos dos pés estavam ficando dormentes, e então ele apontou para Laney.

– Alix, Emira, obrigada por nos receberem.

Emira assentiu, e Alix disse "Imagina". Sua voz saiu um pouco ansiosa demais. Ela parecia estar sendo entrevistada para uma vaga de emprego, não por um telejornal. Ciente disso, ela tentou silenciosamente se recompor e voltar a voz ao seu registro regular. Briar, ainda presa à súbita contagem regressiva do cinegrafista, levantou as duas mãos e anunciou com um ar defensivo:

– Eu também sei contar.

– E obrigada a *você*, Briar – completou Laney. Ela fez uma expressão gentil de crianças-sempre-dizem-coisas-fofas e depois voltou ao trabalho. – Alix, vamos começar com você. Em algum momento você imaginou que tudo isso pudesse resultar da sua ligação para Emira naquela noite?

– Ah, meu Deus, de jeito nenhum. – Alix percebeu que sua respiração tinha voltado ao normal. Laney era delicada e curiosa de uma maneira que dava a entender que as quatro nunca haviam se visto antes, muito menos ensaiado. Sua convicção fazia a sala parecer menos um cenário, as palavras muito menos calculadas. – Estávamos há muito pouco tempo na cidade e pareceu uma decisão óbvia ligar para Emira para ver se ela poderia ajudar. Acho que outros pais conseguem entender que às vezes a vida fica confusa e que o mercado normalmente é um excelente lugar para passar o tempo com uma criança pequena.

– Então, Emira. – Laney ficou pensativa e séria. – Você e Briar estavam no Market Depot. O que aconteceu depois?

Sem ser chamada e com um ar triste, Briar colocou as mãos nas bochechas e disse:

– O que aconteceu?

Alix sorriu e acariciou os cabelos às costas de Briar.

– Bem... A gente tava só andando, quase chegando na seção de castanhas... – Emira se direcionava mais a Briar do que a Laney. – E então um guarda perguntou se ela era minha filha.

Como se Emira tivesse acabado de recitar um provérbio antigo, Laney apoiou o cotovelo no joelho. Ela cerrou os olhos, inclinou o queixo e entoou: "Hmmm."

– Eu disse pra ele que era babá dela, mas ele falou que eu não estava parecendo uma babá, e aí se recusou a me deixar sair.

– Eu acho importante ressaltar que a Emira estava numa festa de aniversário e saiu direto de lá para nos ajudar. – Alix transferiu a mão das costas da filha para o ombro de Emira. Aquele gesto não havia sido ensaiado, mas veio com tanta naturalidade que ela não quis contê-lo. – E como também parece ser um ponto de confusão, esse vídeo foi filmado em setembro. Emira estava vestida de forma muito apropriada para a noite que planejava ter.

– Então eu imagino que aquela não seja a roupa que você costuma usar enquanto está trabalhando – comentou Laney com uma risadinha.

– Ah, não, óbvio que não – respondeu Emira. Ela sorriu para Laney e Alix, e acrescentou: – Geralmente eu uso, tipo, um uniforme de babá.

Alix ficou com a respiração ofegante. Olhou dentro dos olhos verdes de Laney para tentar se recompor e disse a si mesma "Fica calma. Isso foi só modo de dizer. Ela tá falando de calça jeans ou legging". Alix apertou os tornozelos um contra o outro. "Ela escolheu você. Emira e Kelley não estão mais juntos. Foca nisso, Alix. Você tá quase lá."

– Então, eles começaram a fazer perguntas, depois se recusaram a deixar vocês saírem. – Laney repetiu os acontecimentos da noite. – O que passou pela sua cabeça na hora?

Alix virou a cabeça para olhar Emira enquanto a jovem tentava formular sua resposta. Alix já tinha tocado nela uma vez; não poderia repetir o gesto. Mas tentou lhe dar espaço e incentivo, pensando: "Vamos lá, Mira, você consegue." Emira pegou Briar por baixo das axilas e a ajeitou em seu colo.

– Hmmm, eu me senti muito confusa, e... chateada? – Emira levantou o tom de voz. – A gente não tava fazendo tanto barulho nem nada, então foi estranho eles aparecerem. E depois eu fiquei com muito medo de que eles tirassem a Briar de mim.

Dos braços de Tamra, Catherine soltou um bocejo muito fofo e levemente audível. Tamra caminhou na ponta dos pés até a entrada da sala, onde Zara estava, para o caso de o bocejo continuar e ela precisar ir para outro lugar. Quando Emira terminou de falar, Briar olhou para um dos cinegrafistas e disse:

– Eu não sou um bebê, tá bom?

– Pensando nas acusações que fizeram contra você lá atrás... – falou Laney para retomar a dianteira – Emira, você acha que o guarda precisa ser demitido para que a justiça seja feita?

Aquela não era uma das perguntas que elas haviam ensaiado. Laney havia feito de propósito? Alix não sabia dizer. Ela prendeu a respiração enquanto observava Emira reagir discretamente à surpresa, se recuperar e responder.

– Ah, não, não. – Emira balançou a cabeça casualmente, como se estivesse recusando a sobremesa após uma longa refeição. – Fiquei muito chateada, mas agora estou mais irritada com o fato de esse vídeo ter sido divulgado sem a minha permissão. Eu não queria isso e... hmmm, quem quer que tenha feito isso obviamente não dá a menor importância pra consentimento. E eu acho que isso é... muito triste.

Alix sorria de boca fechada, como quem apenas escuta, e seu rosto começou a parecer tenso e cansado. "É impossível", pensou ela. "É impossível que alguém saiba." Mas ainda mais importante que aquele vídeo e a maneira como ele chegara à internet era o fato de que, ainda que Kelley não tivesse traído a confiança de Emira até aquele momento, isso seria apenas questão de tempo. Briar tocou os dedos dos pés e olhou para Emira. Com um interesse profundo, ela perguntou:

– Alguém tá chorando?

– E Alix. – Laney se virou. Sua voz exibia um tom levemente alegre, e Alix podia dizer que ela estava se preparando para concluir. – Mulheres que sabem se defender não é um assunto novo para você. Coincidentemente, a sua carreira é baseada nisso!

– É verdade – concordou Alix, virando-se para Laney. Alix percebeu que aquela poderia ser a única circunstância em que ela teria a oportunidade de dizer abertamente que Emira era tudo para ela, e ela poderia fazer isso sem nenhuma reticência ou preocupação em atrasar Emira para outro compromisso. – Emira incorpora grande parte do espírito do meu negócio, o Deixa Ela Falar. Ela não apenas sabe se defender, mas também ouve a si mesma, e esse é exatamente o tipo de pessoa que Peter e eu queremos perto das nossas filhas, principalmente nessa fase tão importante da vida delas.

– E eu ouvi dizer que a Emira vai passar mais tempo por aqui ano que vem? – Laney buscou a confirmação de Emira e Alix. – Enquanto você escreve o seu primeiro livro, é isso?

Alix riu. Ora, Laney não estava sendo tão sutil quanto o esperado, mas aquilo fez com que Alix se sentisse uma mulher de negócios de um jeito que não se sentia havia meses.

– Isso mesmo – confirmou Alix. – Enquanto eu termino o livro e volto a trabalhar, a Emira vai passar a ficar com a gente em tempo integral. E, de verdade – Alix olhou para a filha –, a gente não poderia estar mais feliz.

Pelo canto do olho, Alix viu Emira morder a lateral da bochecha.

– E, por fim, Emira. – Laney suspirou. – Tem mais alguma coisa que você gostaria de acrescentar? Você tem algum conselho para outras babás que possam passar por uma situação semelhante?

A resposta ensaiada de Emira incluía frases como "Se defenda", "Fique firme" e "Mantenha o celular carregado, em qualquer situação". Mas quando Emira começou a balançar a cabeça muito devagar e disse "Então, a questão é a seguinte...", Alix nunca imaginaria que ela planejava alterar sua frase final.

– Bem... não. Eu não tenho mesmo nenhum conselho, porque hmmm... – Emira soltou o ar para cima e vários fios de sua franja se moveram. – Na verdade, eu não vou trabalhar para os Chamberlain em tempo integral. Nem, tipo... tempo nenhum.

Alix se endireitou e respirou fundo pelo nariz. Seu primeiro pensamento foi: "Ah, não. Ela está confusa."

Com um olhar doce e encorajador, Laney disse:

– Fala mais um pouco sobre isso, Emira. Você vai trazer para esse novo momento algo que tenha aprendido com isso tudo?

– Sim, hmmm. – Emira deixou a cabeça cair para o lado, e foi quando Alix reconheceu a Emira que frequentava a sua casa havia meses. O tom entediado na voz. O ar de irritação. O coração de Alix disparou, e ela sentiu a pulsação mais forte em seu pescoço. – Então, sim, tem sido divertido. Mas o vazamento desse vídeo definitivamente colocou algumas coisas em perspectiva e... por conta de algumas questões pessoais, eu não vou mais trabalhar aqui. Mas você pode me encontrar na recepção do escritório do Partido Verde, porque... sim. É lá que eu vou estar.

O primeiro instinto de Alix foi rir. Ela deixou os lábios deslizarem belamente sobre os dentes e colocou a mão no sofá no espaço entre ela e Emira.

– Não, Emira. – Alix sorriu. – Ela está falando sobre você ser nossa babá no ano que vem.

– A-hã. Sim, eu também. – Emira levantou Briar e a colocou no chão, um gesto com o qual ambas estavam nitidamente familiarizadas, e Alix congelou no sofá. – Então, eu não vou ficar aqui. Em vez disso, vou trabalhar em tempo integral no Partido Verde.

Alix riu de novo. Ela olhou para Laney como se estivesse se dando conta em tempo real de que havia sido vítima de um plano bem-elaborado, mas Laney estava igualmente tensa e perplexa.

– Desculpa – disse Alix, colocando uma mecha de cabelo atrás da orelha. – O que você...

– Bem, a questão é... – interrompeu Emira se virando para ela. – Basicamente... – Os olhos dela se encontraram com os de Alix. E, por um segundo, parecia que Emira tinha acabado de se lembrar de um sonho que tivera na noite anterior. – Eu só acho que vai ser melhor se cada uma seguir o seu caminho e... se esses caminhos não se cruzarem... nunca mais.

Foi como se Alix tivesse flutuado para fora do próprio corpo e estivesse observando a si mesma a um metro de altura. De repente, a sala parecia ter o cheiro de uma festa surpresa aterrorizante, e as câmeras pareciam duas vezes maiores, sugando-a pelas lentes escuras e redondas. Emira tinha soltado o tipo de frase que evocava não só constrangimento, mas também gritos de pavor, e a reação dela foi como a de alguém que tivesse dito "Desculpe, este lugar está ocupado". Mas a conclusão e a implicação de que sim, Emira e Kelley tinham rido da "emergente de merda" Alex Murphy, de que aquela pessoa ainda existia, parecia uma reviravolta de filme de terror. De repente, a ligação estava vindo de dentro da casa dela. Era ela que estava morta o tempo todo. Aquele era um sonho dentro de outro sonho. Pelo canto do olho direito, Alix pôde ver a mão de Tamra ir à boca. Ela cobriu metade do rosto, mas Alix conseguiu ouvi-la dizer: "Meu Deus do céu."

As câmeras continuaram filmando.

O sistema nervoso de Alix disse a ela para ficar o mais imóvel possível, para tentar continuar sorrindo. Ela sabia que parecia uma criança de 3 anos que acabara de levar um tapinha no ombro durante um amigável pique cola, empolgada, mas estranhamente insegura sobre quanto tempo elas teriam que ficar imóveis. Alix abriu a boca para dizer algo, qualquer coisa, mas sua língua pareceu bizarramente gigante.

– Mas sim, então, obrigada! – disse Emira, olhando para o chão. Ela se levantou e passou rápido por cima das pernas de Alix e das engrenagens da câmera. Briar correu atrás dela dizendo "Mira, me espera". Quando Emira saiu da sala, ela e Zara trocaram outro olhar, mas este levou Zara a prender o celular no cós da calça. Assim que Emira saiu de vista, Zara entrou em cena.

– Sim, é isso mesmo! – exclamou Zara para a câmera atrás de Laney. – Minha amiga *tá fora*, sacou?! Ela não precisa disso aqui! – Ao dizer *disso aqui*, Zara deu uma batidinha blasé com a mão na almofada branca em que Emira estava encostada. – Agora ela tá no Partido Verde, mano! Ela vai ganhar *dinheiro*!

Zara começou a balançar a cabeça em diferentes ângulos na direção das câmeras, gritando e aplaudindo todas as sílabas de "Isso se chama democracia!".

Quando Catherine começou a bater palmas junto com Zara, Laney, em pânico, disse para a câmera:

– O livro de Alix Chamberlain, *A quem interessar possa*, será lançado em maio de 2017. É com você, Misty.

Na altura da coxa, Laney fez um sinal desesperado de "corta".

Vinte e seis

— B, vem aqui rapidinho – chamou Emira, mas Briar já estava em seu encalço.

A voz de Zara ecoava pelo térreo da casa dos Chamberlain quando Emira segurou a mão de Briar e por um instante pensou: "E se eu te pegasse e saísse porta afora? Até onde a gente conseguiria chegar? O apartamento de Shaunie? Pittsburgh, será?" Em vez de fazer isso, Emira sentou Briar no vaso sanitário do banheiro de hóspedes e fechou a porta. Ela se agachou e colocou as mãos nos joelhos da menininha, mas quando notou que as palmas e os mindinhos estavam tremendo, se apoiou nas laterais do vaso.

– Ei. Olha aqui pra mim rapidinho. – Briar balançava as pernas violentamente, e a parte superior de seus sapatos quase batia no peito de Emira. Com uma mão, Briar afastou uma mecha dos cabelos loiros que havia caído no rosto. Emira sentiu o corpo inteiro começar a se despedaçar ao perceber que os rabos de cavalo que ela fazia em Briar Chamberlain, infelizmente, sempre tiveram seus dias contados. Briar olhou para cima e apontou para o colar de Emira.

– Eu quero isso – disse ela.

Emira pensou: "Merda, não vai ter jeito."

– Olha só – sussurrou Emira. – Lembra quando eu te disse que você não pode ter uma pessoa preferida na família?

Briar assentiu. Ela concordou com aquela afirmação e fez que não com o dedo para dizer:

– Não, não, isso não é legal.

Lá fora, era possível ouvir Zara gritando "As ruas são de quem?". Ela bateu três palmas e respondeu: "São *nossas*!" E bateu palmas de novo.

– Tá, mas adivinha só. – Emira sorriu. – Você é a *minha* preferida. Mais ninguém. Só você.

– Tá bem, Mira. – Briar arqueou as sobrancelhas de repente como se tivesse algo muito importante a dizer. – Eu acho – disse ela apontando para o colar de Emira novamente. – Eu acho que vou ficar com isso aqui por um tempo.

Emira percebeu que Briar provavelmente não sabia como dizer adeus porque nunca tinha feito isso antes. Mas, dizendo adeus ou não, Briar estava prestes a se tornar uma pessoa que existiria sem Emira. Ela participaria de festas do pijama com meninas que conheceria na escola e haveria determinadas palavras que ela sempre se esqueceria de como soletrar.

Ela seria uma pessoa que às vezes diria coisas como "Sério?" ou "Isso é *muito* engraçado", e perguntaria a seus amigos se a água era dela ou deles. Briar diria adeus ao assinar os anuários dos colegas de escola, em meio a lágrimas diante de um coração partido, em e-mails e ao telefone. Mas ela nunca diria adeus a Emira, o que dava a sensação de que Emira nunca estaria completamente livre dela. Por zero dólar a hora, Emira seria a babá de Briar para sempre.

Lá fora, era possível ouvir passos de um lado para outro. Zara botou para tocar uma versão acelerada de "We Shall Overcome", a música que se tornou hino da luta do movimento negro por direitos civis. Emira ouviu Tamra dizer "Garota, desce daí!" e Zara gritando de volta "Eu não estou resistindo, hein!". Laney pediu a todos que se acalmassem quando Catherine começou a chorar. A Sra. Chamberlain perguntou "Cadê a Briar?".

Emira colocou a cabeça ao lado da de Briar. Beijou a bochecha dela e a cheirou: sabonete de bebê, morangos e a doçura azeda de iogurte seco. Ela se sentou sobre os calcanhares. Em um gesto que ela esperava que fosse o mais triste dos seus 20 anos, Emira fez cócegas no pescoço de Briar e disse: "Te vejo mais tarde, tá bem?" Briar contraiu os lábios em um sorriso e mergulhou o queixo nos dedos de Emira. Ela deu de ombros, como se não soubesse a resposta para uma pergunta tão retórica e amável.

Emira ouviu passos rápidos e então a porta do banheiro se abriu. Zara se inclinou, apoiando as mãos nos joelhos e com a respiração bastante acelerada, e falou:

– Então... Elas tão possessas...

– Pede um Uber – instruiu Emira.

Ela beijou o topo da cabecinha de Briar, a colocou no chão e disse a si mesma para ir embora daquela casa. Ao se virar, Zara tinha sido substituída pela Sra. Chamberlain.

A pele sardenta do pescoço da Sra. Chamberlain estava tomada de placas vermelhas. Sua mandíbula estava estranhamente projetada para a frente e apenas os dentes inferiores estavam à mostra. Ela olhou para Emira como se a jovem estivesse horas atrasada, e esperasse que ela pedisse desculpas. "Tamra?", chamou ela. Foi possível ouvir o ruído das meias de Tamra no ladrilho à medida que o choro irregular de Catherine se aproximava. Assim que houve reforço suficiente, a Sra. Chamberlain voltou a encarar Emira.

– Emira? – disse Alix de algum lugar das profundezas de seu ser. – Se afasta dela.

Emira se mostrou impressionada. Era realmente daquele jeito que a Sra. Chamberlain queria encerrar aquele assunto, usando a carta da mãe excepcional que ela sempre segurava com tanta força contra o peito? A Sra. Chamberlain jamais havia demonstrado tanta preocupação em saber onde a filha estava, e, na opinião de Emira, aquele era o lugar mais seguro em que Briar poderia estar. "Se tem uma coisa em que sou realmente boa", pensou Emira, "é em cuidar da sua filha". Mas, mesmo assim, Emira riu e falou:

– Tá bem.

Emira passou por ela, e Tamra mergulhou em direção a Briar como se Emira tivesse acabado de libertar sua última refém. À direita, Zara segurava a porta da frente com o pé. A Sra. Chamberlain se manteve imóvel diante do banheiro de hóspedes e, de lá mesmo, chamou o nome de Emira tomada por uma autoridade petulante e perversa.

– Com licença, Emira?

Com as mãos no portal do vestíbulo, Emira olhou para os ganchos na parede e disse:

– Cadê a minha mochila? – Com o celular nas mãos, Zara olhou para as escadas atrás de Emira. Ela estremeceu e disse: "Putz."

– *Emira!*

Emira se virou e viu as mãos da Sra. Chamberlain levantadas à sua frente, com os dedos espaçados. Emira respirou fundo e passou por ela até as escadas. Ela se agachou sem graça, como se isso diminuísse as chances de ser vista, ou como se estivesse passando na frente de uma televisão enquanto um grande grupo de pessoas assistia a um jogo. Emira viu Tamra acariciando a nuca de Briar no sofá enquanto a Sra. Chamberlain subia as escadas atrás dela.

– Emira, para – pediu ela.

Emira acelerou o passo. Ela ouviu Briar perguntar: "Pra onde a Mira vai agora?"

Emira não parou até ver sua mochila no chão do banheiro do andar de cima. Ela pegou a alça e se levantou, colocando-a no ombro direito, mas a Sra. Chamberlain aproveitou essa pequena pausa de Emira e pôs os pés em frente à porta do banheiro.

Com os cabelos em volta do rosto e o colo ficando mais rosado a cada segundo, a Sra. Chamberlain fechou os olhos e falou:

– Você tá *de brincadeira* comigo? – Emira fechou a boca conforme a Sra. Chamberlain prosseguia. – Emira, isso não pode ser sério. Você tem ideia do que acabou de fazer? Você acabou de *humilhar* não só a mim, mas *todo* o meu trabalho.

– Hmmm... – Emira mal podia acreditar que já estava de novo

ouvindo problema de gente branca, tentando ficar numa boa, com dificuldade de fazer eles entenderem que tudo que ela queria era ir embora. – Eu tô só pegando as minhas coisas.

– Meu Deus, Emira! – As mãos da Sra. Chamberlain estavam diante do peito, e ela as apertou como se estivesse torcendo o pescoço de alguém. – Você acha que isso pegou bem pra você? Você entrou *mesmo* em contato com o Partido Verde só pra poder fazer isso comigo?

Emira cerrou os olhos, confusa.

– Hmmm... não?

– Ah, então eu digo que tô trabalhando para a campanha da Hillary e de repente você quer ir embora e trabalhar pro Partido *Verde*?

– Não...

– Não?!

– Não – repetiu Emira mais alto. – Eu trabalho pra eles há mais tempo do que trabalhava pra você.

Com a reação mais dramática que Emira já havia visto na vida real, a Sra. Chamberlain arregalou os olhos e falou:

– *O quê?*

Emira pensou em explicar com toda paciência que as maiores preocupações da Sra. Chamberlain pareciam ser quem Emira estava namorando, qual era seu drinque favorito ou o que ela costumava fazer nas noites de sexta-feira. Mas que sentido faria, mais uma vez, tentar provar que estava certa quando havia ao lado dela uma criança de 3 anos de quem Emira mais do que gostava? Então, em vez disso, ela disse apenas:

– Tô indo.

Emira respirou fundo, entre os dentes, ao passar pela Sra. Chamberlain e estendeu a mão para o corrimão da escada.

– Emira, você tá falando sério?!

A Sra. Chamberlain foi atrás dela. Emira disse a si mesma para não tropeçar enquanto segurava o corrimão e descia correndo os degraus. Lá embaixo, Laney estava de pé junto ao vestíbulo, com uma mão apoiada na parede e a outra no peito. Quando Emira chegou ao térreo, a Sra. Chamberlain gritou:

– Não ouse sair por essa porta desse jeito! – Parada à porta do vestíbulo, Emira se virou. – Tudo isso foi pra *você*! – A Sra. Chamberlain chorava. – A gente queria te ajudar a limpar a sua imagem, e aí você se revolta e faz isso? Seja lá o que o Kelley te disse, eu... Emira. Tudo o que a gente fez foi por você. *Tudo.* – Seu olhar vidrado parecia afirmar: "Eu sei que você sabe o que eu fiz, e eu não me importo." – Talvez você seja jovem demais pra entender isso agora, mas a gente sempre levou em consideração o que era melhor pra você. Emira, a gente... a gente ama você. – A Sra. Chamberlain levantou as mãos em sinal de rendição ao dizer isso, como se o fato de amar Emira estivesse acima de tudo que importava para a própria família.
– Eu não... – Ela balançou a cabeça. – Eu não sei o que dizer.

Emira olhou para o lustre do hall de entrada. Naquele momento, o fato de a Sra. Chamberlain entrar em seu e-mail e divulgar um vídeo privado parecia ser o menor dos problemas dela ou da própria Sra. Chamberlain. Emira entendeu que se a Sra. Chamberlain tivesse um vídeo de si mesma sendo destratada, ela também iria querer que alguém o divulgasse sem ela saber. Não havia como convencer a Sra. Chamberlain de que o que ela fizera na verdade não havia sido para o bem de Emira; no entanto, aquela era sua última chance de sugerir que a Sra. Chamberlain fizesse algo por outra pessoa. Emira esticou a mão em direção às costas e pendurou a outra alça da mochila no ombro esquerdo.

– Então... provavelmente agora não faz diferença, porque, sei lá, ela só tem 3 anos – começou Emira. – Mas você precisa agir como se gostasse da Briar de vez em quando. Antes que ela... acabe entendendo que não.

A Sra. Chamberlain pôs a mão no esterno. Suas clavículas ficaram perigosamente aparentes quando seu pescoço se curvou, e seu corpo se retesou em uma inclinação bizarra. Ela olhou para Emira e perguntou:

– Como é que é?

– Eu sei que não sou mãe nem nada, mas você precisa parar de olhar pra ela como se estivesse esperando que ela mudasse, porque, ééé… As coisas são como são, entende? Você é mãe dela.

Todas as pessoas na sala ficaram em silêncio.

Se alguém tivesse dito a Emira que ela não era boa em seu trabalho, ela provavelmente teria feito o que sempre fazia, dado risada e dito "Tá bem". Ela sabia que era uma excelente digitadora, que era uma babá ainda melhor e que ficaria secretamente grata por alguém considerar o que ela fazia um trabalho, e não apenas um bico. Mas o olhar da Sra. Chamberlain ficou vazio e constrangido, como se ela tivesse sido flagrada no meio da noite, em pé diante da geladeira, garfo na mão e rosto sujo de calda de chocolate. Os lábios dela se contraíram sob o nariz e Emira pensou: "Ela vai chorar mesmo?" Por um segundo, Emira tentou se convencer de que o que ela dissera não fora tão ruim assim, apenas necessário e, esperava-se, construtivo. Mas então ela ouviu às suas costas Zara puxando o ar sonoramente pela boca e dizendo baixinho: "Eita, agora sim."

Do lado de fora, aos pés da escada, um carro deu uma breve buzinada.

– Desculpa… isso é estranho. – Emira respirou fundo. Ela foi e voltou duas vezes antes de finalmente se virar para sair da casa dos Chamberlain pela última vez. Ela chegou a passar da porta, mas então se virou. Recostou o corpo na parede do vestíbulo e disse: – Foi mal, Laney.

Depois seguiu Zara até um Ford Focus prata.

Zara abriu a porta e disse:

– Você é o Darryl?

O homem assentiu, e as duas entraram no banco de trás.

Vinte e sete

Alex Murphy era uma das representantes dos alunos do último ano do Colégio William Massey, o que significava que ela se pronunciava em uma ou outra assembleia e usava uma camisa polo do conselho estudantil às sextas-feiras. Mas, depois da formatura, a impressão era de que Alex não havia conseguido nada com aquele título. O ensino médio parecia muito mais um pesadelo. Depois de se tornar o motivo pelo qual Robbie Cormier não iria para a Universidade George Mason com bolsa de estudos por ser atleta do time de vôlei, Alex passou os últimos dias do terceiro ano encontrando papeizinhos colados nas costas e em seus livros, onde era possível ler VALEU, DEDO-DURO e PIRANHA rica.

Uma das responsabilidades do conselho estudantil era a limpeza do salão após o baile de formatura. Alex implorou à sua orientadora que lhe atribuísse outra tarefa, para que ela não precisasse ficar junto com o resto do grupo enquanto todos catavam serpentinas do chão e diziam uns aos outros que não acreditavam que tinham terminado a escola. A orientadora devia saber do que havia acontecido – todo mundo sabia – e, portanto, deu a Alex a opção de limpar os escaninhos que ficavam no pátio principal. No dia seguinte à formatura, com um pano manchado e um frasco de desinfetante, Alex começou de trás para a frente, pelos sobrenomes iniciados por Z. Ficar em pé e limpar os armários da parte de cima não era tão ruim. Ajoelhar-se no concreto para limpar os de baixo, no entanto, começou a deixar seus joelhos machucados.

Quando chegou aos escaninhos com o sobrenome Johnson, ela precisou pedir outro pano a um funcionário da manutenção. Na altura dos Garcia, ela já havia enchido uma lata de lixo com cadernos de espiral abandonados, algumas meias, espelhos com ímãs na parte de trás e papéis de bala. Alex jogou fora pelo menos uma dúzia de fotos em tamanho de bolso que mostravam garotas em corpetes com as duas mãos na cintura, os times de futebol ou almoços no refeitório. Quanto mais perto Alex chegava do armário de Kelley Copeland, maior sua sensação de estar sendo observada. Ela começou a sentir como se todos os seus movimentos fossem artificiais, como se estivesse fingindo ler uma revista enquanto na verdade tentava entreouvir uma conversa.

Alex abriu o armário de Kelley. Estava vazio e muito triste. Aquele era o escaninho no qual ela havia deixado várias cartas para ele, e Kelley não teve a decência nem mesmo de largá-lo sujo para aquele momento. Ela não sabia o que esperava encontrar ali dentro, mas o fato de não precisar limpá-lo parecia um falso elogio. Ainda assim, Alex limpou o escaninho de Kelley como se ele tivesse uma fina camada das marcas do ensino médio. A porta do escaninho de Kelley rangeu ao se abrir totalmente, quando Alex começou a limpar o que ficava imediatamente abaixo do dele.

Alex começou na parte de cima e planejava ir até embaixo, mas sentiu e ouviu o pano prender em algo no canto superior. Havia uns papéis dobrados, imprensados entre as placas de metal que separavam esse armário do de Kelley, logo acima. Com a unha por baixo do pano, Alex inclinou mais o corpo, fazendo pressão nos joelhos, e tateou a parte de cima do escaninho, preparando-se para que algo nojento caísse, como um saco com um sanduíche esquecido ou as asas ressecadas de um bicho morto. Mas depois de passar os dedos pela última vez no que ela pensava ser uma revista pornô, escondida ali para fins de segurança, Alex deu um arquejo ao entrever sua própria caligrafia nas folhas de fichário dobradas que caíram no chão diante de seus joelhos. Na fenda que havia entre o armário de Kelley e o armário debaixo do dele estavam cinco de suas cartas. Elas estavam encardidas, envergadas e amareladas, mas, pior do que isso, os envelopes ainda estavam fechados, e era possível ler de: A.M. escrito à mão. Alex ficou ofegante. Olhou para trás e percebeu que felizmente estava sozinha, pegou rápido as cartas e as colocou dentro do sutiã. Ela limpou rápido o escaninho e o fechou com força, e foi quando ela viu outro conjunto de iniciais gravadas no metal enferrujado. No canto superior da porta, Alex viu um R e um C. O escaninho que ficava embaixo do de Kelley era de Robbie Cormier.

Alex tinha passado semanas pensando em Kelley e se perguntando: "Como ele pôde fazer isso?" Como acabou descobrindo, durante todo aquele tempo, na verdade ele não tinha feito nada.

Mas que diferença aquilo fazia naquele momento? O estrago já estava feito. Não importava o que acontecesse, os outros alunos a xingariam de vários nomes durante todo o verão, e a admissão de Robbie na faculdade não seria reconsiderada. Por um instante, Alex se perguntou se ela deveria tirar as cartas do sutiã por carregarem alguma poeira ou porcaria que poderia ferir sua pele. Mais uma vez, ela olhou para trás e viu que não havia ninguém ali. Alex estava sozinha, e a única coisa que ela ainda tinha era a liberdade de seguir a narrativa que mais lhe conviesse.

Nunca seria um alívio saber que um defeito em um escaninho, e não o próprio Kelley Copeland, era o culpado por sua ruína. Continuar acreditando que Kelley era o ponto de partida do antagonismo que ela sofria seria sempre mais fácil do que acreditar que ela tinha simplesmente se ferrado por uma maldita fenda num escaninho. A escolha de acreditar no contrário, de fingir que não havia envelopes marrons agora junto a seu peito, a manteria perto de Kelley, mesmo que ficar perto dele significasse guardar rancor por algo que ele não tinha feito. E, durante todo o verão, enquanto Alex enrolava talheres em guardanapos de tecido e recebia péssimas gorjetas, era mais fácil fazer isso sentindo raiva de Kelley do que acreditando que ele não tinha nada a ver com toda aquela situação.

E, quando Alex se mudou para Nova York, foi como se ela não tivesse mais que fingir.

Kelley era o cara que tinha arruinado seu último ano na escola, da mesma forma que a grafia do seu nome era A-l-i-x.

Vinte e oito

Seria equivocado dizer que Emira Tucker parou de trabalhar como babá. Ela trabalhou na recepção do escritório do Partido Verde, mas apenas por cinco semanas. Durante um evento de angariação de fundos, Emira estava enchendo uma grande jarra de café quando viu uma criança colocar um punhado de biscoitos em um prato de papel fino. "Ei", disse Emira a ela. "Que tal a gente colocar isso num copo?" O garotinho era filho da diretora regional da Agência do Censo dos Estados Unidos, uma mulher de pouco mais de 1,80 metro de altura chamada Paula Christi, que observava de longe. Paula contratou Emira como auxiliar administrativa, e Emira passou a maior parte de seu vigésimo sexto ano dentro de salas de reunião e de SUVs pretas.

Emira agendava os compromissos de Paula, pedia seus almoços e ficava nos bastidores dos comitês e discursos, mas também tranquilizava Paula e outros adultos de meia-idade quando eles choravam e praguejavam em ambientes privados (ela lhes dava lenços de papel e dizia que ia ficar tudo bem). A reportagem da WNFT havia sido a porta de entrada para o trabalho mais bem pago da vida de Emira (18 dólares por hora e almoço grátis, ainda por cima), e mais tarde ela passou a achar graça do fato de, em algum momento, ter considerado que sua aparição de quatro minutos no noticiário local da Filadélfia fora "um grande problema". A entrevista foi cortada logo após Zara anunciar "Sim, é isso mesmo!", e, a não ser em algumas compilações do YouTube do tipo *Entrevistas do jornal local que deram errado*, ninguém da idade de Emira tinha visto aquilo. Nem mesmo Shaunie ou Josefa; Emira fez Zara jurar.

Três dias antes de Emira completar 28 anos, sua chefe a chamou em sua sala. Emira se sentou na frente dela e abriu seu caderno, pronta para receber instruções ou anotar o pedido de almoço, mas Paula lhe pediu que o guardasse.

– Você está aqui há quase dois anos, não é? – confirmou Paula. Depois que Emira assentiu, ela acrescentou: – Quando você planeja ir embora?

Emira piscou três vezes e sorriu.

– Ir embora?

Se havia algo de que Emira gostava em Paula era sua franqueza, mas, em momentos como aquele, Emira ficava ao mesmo tempo agradecida e com medo, porque Paula sempre queria dizer o que de fato dizia. Emira cerrou os olhos e perguntou:

– Eu estou sendo demitida?

– Meu Deus, não. Mas Emira, eu nunca tive alguém que quisesse continuar sendo minha assistente por mais de dois anos. Basicamente, se você ficar por muito mais tempo, significa que eu estou fazendo algo errado.

Emira se ajeitou na cadeira e riu.

– Tá bem, então… – Ela olhou para a mesa de Paula e para uma foto de sua família. – Eu não acredito que estou dizendo isso… Mas na verdade eu acho que estou bem aqui.

Talvez ela não estivesse no mesmo patamar que suas amigas (Shaunie estava noiva, Josefa dando aula na Universidade Drexel, Zara ganhava dinheiro suficiente para morar em um apartamento de dois quartos e pagar aluguel para ela e a irmã mais nova), mas Emira *estava* bem. Ela tinha ido para o México no aniversário de Zara, por todos os cinco dias. Manteve sua resolução de ano-novo de fazer a cama todos os dias. Tinha uma poupança na qual mexia com frequência, mas não tanto a ponto de ela deixar de existir. E tinha acrescentado duas novas receitas ao seu repertório do jantar, ambas feitas na panela elétrica, mas ainda assim. Emira também gostava de Paula e de seu filho. Sua chefe era bastante dura com todo mundo, exceto com ela, e Emira ia para o trabalho se sentindo recompensada e protegida.

Mas Paula parecia decepcionada com a satisfação de Emira.

– Bons chefes não devem deixar você ficar feliz em um trabalho que eles próprios não gostariam de fazer – explicou ela. – É minha obrigação fazer você infeliz a ponto de se sentir forçada a procurar algo que te traga alegria, e aí eu ajudo você a fechar o acordo. Portanto... o seu objetivo pro ano que vem é aprender a odiar o seu trabalho e encontrar outra coisa que você não odeie fazer. Entendido?

– Entendido – falou ela, antes de voltar para sua mesa.

Emira continuaria sendo assistente dela até que Paula se aposentasse.

Ela levaria mais quatro anos para receber o salário inicial de Shaunie, de 4,5 mil dólares por mês, mas teve a oportunidade de sentir o raro alívio de ter uma chefe que estava tão consumida pelo sucesso de sua assistente que nunca desviou sua atenção para a ideia de tentar virar amiga dela. Naquele dia, depois que saiu da sala de Paula, Emira voltou para sua mesa e clicou em uma aba aberta do navegador. Depois clicou em Adicionar ao Carrinho e em Comprar. Era um sofá de dois lugares para seu apartamento, no qual ela e Zara passariam um fim de semana inteiro pintando as unhas e assistindo a duas temporadas completas de *America's Next Top Model*.

Depois da entrevista no jornal, Emira não teve notícias de Kelley por seis dias. Ela disse a si mesma que os dois eram muito diferentes, que bebiam demais quando estavam juntos, que no fim das contas nem entendia por que tinha tentado namorar um cara branco que morava em Fishtown. Tecnicamente, Kelley havia vencido. Apesar de ter se vingado publicamente da Sra. Chamberlain ao usar a clássica frase do término dos dois, Emira tinha receio de que ele pudesse usá-la novamente caso decidisse tentar ligar para ela mais uma vez. Mas, quando ele finalmente entrou em contato de novo, uma semana depois de ela pedir demissão, foi por meio de uma mensagem de texto desajeitada e clichê, cheia de frases de incentivo, da qual Emira não gostou nem um pouco.

Emira. Puta merda. Acabei de ver seu vídeo no jornal.
Eu sei que as coisas tão meio estranhas agora, mas tô muito orgulhoso de você. Eu sempre soube que você era capaz.

Apesar de estar mais sem dinheiro do que jamais estivera na vida e de ainda lamentar ter perdido Briar Chamberlain, essas congratulações prontamente colocaram um ponto final na história: não havia como ela e Kelley se recuperarem do fato de que ele sempre estivera certo a respeito da Sra. Chamberlain. Reatar o relacionamento implicaria que de alguma forma ele poderia estar certo sobre todo o resto, quando na verdade ele tinha muito a aprender. Emira nunca mais mandou mensagem para ele. O nome dele no celular dela continuou sendo "Não atender".

Emira chegou a ver Kelley novamente, mas ele não a viu. Em uma manhã de sábado de verão, quando já estava com 28 anos, ela foi com Shaunie à feira de produtores no Clyde Park. As meninas se separaram quando Shaunie viu uma caminhonete com gatinhos para adoção e Emira ficou vagando pelas barracas, absorvendo os cheiros e procurando a amiga. Por um momento, Emira pensou ter visto as costas de Shaunie. Mas, rapidamente, percebeu que não poderia ser Shaunie, porque aquela pessoa estava segurando a mão de Kelley Copeland. Ele estava ao lado de uma barraca com velas de soja e mel engarrafado, junto a uma mulher negra de pele clara e cabelo escuro, com cachos superdefinidos. A mulher se virou, e Emira olhou bem para ela. Sandálias tipo gladiadora nos pés, um pequeno piercing dourado no septo e uma cesta pendurada no braço, cheia de tubérculos e óleos essenciais.

– Baby, me dá dois segundos – disse ela, tocando o braço de Kelley.

– Vou ver se consigo me inscrever pra vender minha manteiga de karité aqui na semana que vem. Você pode segurar isso aqui rapidinho?

Emira a observou estender um smoothie para Kelley. Ao pegar o copo, ele sorriu e disse: "Sim, senhorita."

Em outra vida, Emira teria mandado uma mensagem para a Sra. Chamberlain para contar que tinha visto Kelley. Ela teria digitado, Você não vai acreditar em quem eu vi, e a Sra. Chamberlain teria respondido Me conta tudo. Porque, embora Kelley estivesse certo a respeito de Alix, ela também estava certa a respeito dele. Se as coisas tivessem acontecido de outra forma, Emira também teria enviado uma mensagem para a Sra. Chamberlain com uma foto de seu sofá novo, e a Sra. Chamberlain teria ficado em êxtase. Às vezes, Emira achava que, se tivesse aprendido a pronunciar o primeiro nome da Sra. Chamberlain, talvez a mulher tivesse ficado mais tranquila. Mas não foi assim que aconteceu. E, assim como Emira, a Sra. Chamberlain era uma pessoa adulta, com escolhas e decisões, e com dinheiro suficiente para pedir sushi pelo menos duas vezes por semana. Emira pensou na Sra. Chamberlain várias vezes no dia da eleição, e rezou para que ela tivesse espaço suficiente em seu coração para um fracasso devastador e para sua filha mais velha.

Naquele mesmo ano, quatro meses depois de avistar Kelley, Emira foi buscar um vestido de dama de honra para o que seria o primeiro casamento de Shaunie. Faltavam três dias para o Halloween, mas era um fim de semana, e as crianças andavam pelas calçadas com fantasias e máscaras, fronhas e baldes nas mãos. Estava tendo um desfile na Rittenhouse Square, e ao longo de uma mureta de tijolos que margeava a calçada havia miniabóboras decoradas com o que pareciam ser mãozinhas. Elas estavam cobertas de tinta e penas purpurinadas e secavam ao sol. Ao final da mureta de 1,20 metro de altura, Briar, agora com 5 anos de idade, estava vestida de hambúrguer, se esticando na ponta dos pés e se esforçando para alcançar uma abóbora encharcada de tinta verde.

Emira sussurrou "Merda", e se forçou a continuar andando.

– Mamãe? Mamãe, você pode pegar a minha pra mim?

– Só um segundo, Bri – disse a Sra. Chamberlain. Do outro lado da calçada, usando um gorro caro, um casaco cáqui e botas com borlas na parte de trás, a Sra. Chamberlain estava agachada diante de Catherine, então com 2 anos. – Esse zíper tá *preso*, não tá?

Catherine bocejou e lambeu um pirulito.

Emira observou Briar descer da ponta dos pés e olhar em volta. Atrás dela, duas babás negras empurravam carrinhos com bebês dormindo dentro deles. Emira observou Briar ir direto até uma delas, levantar a mão e dar um tapinha na coxa da que estava mais próxima.

– Com licença, moça simpática! Você pode me ajudar a pegar a minha abóbora?

A babá pareceu gostar muito da intervenção, como se ela não fosse chamada de *moça simpática* há anos. Ela disse:

– Com certeza, qual é a sua?

Emira desejou ter subido a rua um pouco mais rápido, desejou que Briar a tivesse chamado de moça simpática, que ela pudesse ter conversado com Briar sem a Sra. Chamberlain, só mais uma última vez. E então ela sentiu seu coração afundar quando Briar apontou para uma abóbora verde brilhante e falou com sua voz doce: "É essa aqui."

Emira prendeu a respiração ao abaixar a cabeça e passar em meio às babás, a Briar, Sra. Chamberlain e Catherine. Ela ouviu Briar agradecendo à mulher e a Sra. Chamberlain rindo e pedindo desculpas pela filha.

Quando entrasse na casa dos 30 anos, Emira teria dificuldades em tirar alguma lição do tempo que passou na casa dos Chamberlain. Por vezes, ela sentia um doce alívio ao pensar que Briar aprenderia a ser uma pessoa autossuficiente. Por outras, vivia o receio de que, se Briar em algum momento tivesse que se esforçar para descobrir quem era, provavelmente contrataria alguém para fazer isso por ela.

Agradecimentos

Minha família – Ron, Jayne e Sirandon Reid – é uma fonte de apoio e incentivo de longa data. Da série *Goosebumps* à pós-graduação, obrigada por manterem os livros em minhas mãos e por me permitirem fechar a porta do meu quarto.

Este romance veio ao mundo graças ao olhar afiado e ao talento editorial da minha incansável agente, Claudia Ballard. Claudia, foi uma honra imensa viver esse projeto com você, e é um alívio diário fazer parte da sua equipe. Sou muito feliz por termos nos conhecido.

Minha editora, Sally Kim, me inspira a dizer coisas que são muito clichês, mas nem por isso são menos verdadeiras, como "Você é a melhor!" e "Tinha que ser com você!". Sally, sou extremamente grata pela sua dedicação a cada linha deste livro, pela amizade tão sincera e pelo seu tranquilizador tempo de resposta aos meus e-mails.

A agência literária WME e a editora Putnam estão repletas de pessoas maravilhosas que não têm vergonha de se entusiasmar com personagens e enredos e que continuam a facilitar a minha vida todos os dias. Meus maiores agradecimentos a essa equipe incomparável, que conta com Alexis Welby, Ashley McClay, Emily Mlynek, Brennin Cummings, Jordan Aaronson e Nishtha Patel. Elena Hershey e Ashley Hewlett, por favor, não me abandonem jamais. Anthony Ramondo e Christopher Lin, muitíssimo obrigada por vestirem este romance tão lindamente. Sylvie Rabineau, obrigada por defender este livro e advogar de maneira tão gentil em meu nome. Gaby Mongelli e Jessie Chasan-Taber, eu adoro trabalhar com vocês e acho vocês duas maravilhosas.

Rascunhei os primeiros capítulos deste livro na cafeteria Arsaga, em Fayetteville, no Arkansas (a do Church & Center), e jamais haveria uma região mais ensolarada, silenciosa e livre de julgamentos do que essa. Concluí este livro no Iowa Writers' Workshop com o presente mais significativo que um escritor pode receber: intervalos inspirados de espaço e tempo. Agradeço à Fundação Truman Capote por me conceder estabilidade enquanto eu buscava o meu caminho em meio à neve e a estas páginas. E obrigada a dois professores incríveis, Paul Harding e Jess Walter, que continuam a me orientar em direção à verdade das minhas obsessões. É reconfortante ter a voz de vocês na minha cabeça, mesmo quando não estou no workshop.

O trabalho de Rachel Sherman em *Uneasy Street: The Anxieties of Affluence* foi uma brilhante fonte de inspiração, não apenas para este romance, mas para a minha jornada pela vida. Obrigada por captar uma experiência humana complicada, por conduzir seus estudos com empatia e por se debruçar no desconforto do capital americano. Estou muito feliz de ter seu nome na epígrafe deste romance.

Com frequência, parte do processo de escrita é ter trabalhos de meio período. Tive a sorte de ter chefes que foram os primeiros a aceitar que meu emprego era um meio para chegar a um fim, além de colegas de trabalho adoráveis que fizeram com que as horas passassem mais rapidamente. Um enorme agradecimento a Ingrid Fetell Lee, Ty Tashiro, Sarah Cisneros, Meg Brossman e a toda uma multidão de pessoas na IDEO Nova York. Obrigada, Lindsey Peers, por ser uma ótima chefe no melhor emprego que eu já tive. Você abriu um espaço no qual eu aprendi a resolver problemas como nunca e desenvolveu em mim um apreço duradouro pela alegria que é se sentir criança no dia do seu aniversário. Muito obrigada a todas as mães que confiaram seus filhos a mim, especialmente Lauren Flink, Jean Newcomb, Kalpana David, Mary Minard, Karen Bergreen e Ali Curtis.

Sue e Chuck Rosenberg foram, o tempo todo, leitores entusiasmados, redatores de e-mail sensacionais e pessoas infinitamente flexíveis.

Os comentários de Ted Thompson nas primeiras cinquenta páginas foram diretos e sinceros. Mais importante, foram gentis o suficiente para me fazer começar de novo.

Deb West e Jan Zenisek me mantiveram organizada e sempre estiveram dispostas a comemorar os pequenos momentos.

Meu objetivo em Iowa era encontrar leitores que eu manteria após me formar na faculdade. Isso me trouxe Melissa Mogollon, que passou horas na minha sala resolvendo questões sobre a trajetória dos personagens em troca de sanduíches Nodo, e Isabel Henderson, que esmiuçou cada linha e baixou o aplicativo da MTV para que pudéssemos dar um tempo na escrita. E, além de me deixar acampar na cozinha dela por horas ("Estou sendo uma péssima anfitriã? Você quer mais refrigerante?"), Claire Lombardo sugeriu alterações bastantes detalhadas, para as quais eu me voltava quando me sentia triste. Aprecio muito esse feedback e essas amizades. Vocês conseguiram superar as expectativas que eu tinha quando fui para Iowa. (Claire, vou te mandar uma mensagem em cinco minutos.)

Esse romance também foi possível graças ao apoio e à sensibilidade de amigos maravilhosos, e ao acordo tácito de me perdoarem pelos anos escrevendo os rascunhos dele. Sou muito grata pela amizade daqueles que acreditaram em meus escritos, mesmo quando nem eu mesma acreditava. Muito obrigada a Mary Walters, Njoki Gitahi, Caleb Way, Karin Soukup, Loren Blackman, Darryl Gerlak, Holly Jones e Alycia Davis.

As equipes da Hillman Grad Network e da Sight Unseen Pictures me desafiam e me animam todos os dias. Muito obrigada a Lena Waithe, por seu acolhimento enquanto professora, rapidez como escritora e por sua incrível capacidade de brilhar ao mesmo tempo que abre as portas para mais gente. A Rachel Jacobs, por sua capacidade de enxergar além de uma história, por sua paciência generosa e eterna, e por todas as vezes em que respondeu mensagens e e-mails quando não deveria. E a Rishi Rajani, por sua atenção aos detalhes, seu compromisso com o espírito deste romance e pelo uso de pontos de exclamação mais genuíno que eu já encontrei.

Christina DiGiacomo leu tudo o que eu já escrevi até hoje, e comemorou comigo quando um emprego em tempo integral se tornou possível. Estou muito satisfeita por termos decidido ser melhores amigas em 2001.

E, finalmente, obrigada a Nathan Rosenberg. Nate, é um privilégio absoluto chamar você de família. Talvez a melhor coisa que eu já fiz na vida tenha sido clicar em Enviar.

Conheça outros títulos da Editora Arqueiro

Um casamento americano
Tayari Jones

Os recém-casados Celestial e Roy são a personificação do sonho americano e do empoderamento negro. Mas um dia os dois são separados por circunstâncias imprevisíveis: Roy é condenado a doze anos de prisão por um crime que Celestial sabe que ele não cometeu.

Mesmo impetuosa e independente, Celestial é dominada pelo desamparo e busca conforto nos braços de um amigo de infância.

Quando a condenação de Roy é anulada repentinamente depois de cinco anos, ele sai da prisão pronto para retomar a vida com a esposa.

Um casamento americano lança um olhar perspicaz ao coração e à mente de três pessoas unidas e separadas por forças além do seu controle, e que precisam lidar com o passado enquanto seguem – com esperança e dor – em direção ao futuro.

Vox
Christina Dalcher

O governo decreta que as mulheres só podem falar 100 palavras por dia. A Dra. Jean McClellan está em negação. Ela não acredita que isso esteja acontecendo de verdade.

Esse é só o começo...

Em pouco tempo, as mulheres também são impedidas de trabalhar e os professores não ensinam mais as meninas a ler e escrever. Antes, cada pessoa falava em média 16 mil palavras por dia, mas agora as mulheres só têm 100 palavras para se fazer ouvir.

...mas não é o fim.

Lutando por si mesma, sua filha e todas as mulheres silenciadas, Jean vai reivindicar sua voz.

Para saber mais sobre os títulos e autores da Editora Arqueiro,
visite o nosso site e siga as nossas redes sociais.
Além de informações sobre os próximos lançamentos,
você terá acesso a conteúdos exclusivos
e poderá participar de promoções e sorteios.

editoraarqueiro.com.br